SCHÖNER STERBEN IN BERN

Nicole Bachmann, 1964 in Basel geboren, studierte Psychologie und Sozialarbeit in Fribourg und promovierte in Zürich. Nach einem Zwischenstopp in Montréal lebt sie seit vielen Jahren in Köniz bei Bern und arbeitet als Dozentin an der Fachhochschule Nordwestschweiz. Neben wissenschaftlichen Werken schreibt sie Kriminalromane, Hörspiele und historische Kinderbücher.

NICOLE BACHMANN

SCHÖNER STERBEN IN BERN

Kriminalroman

emons:

Bibliografische Information der Deutschen Nationalbibliothek
Die Deutsche Nationalbibliothek verzeichnet diese Publikation in der Deutschen Nationalbibliografie; detaillierte bibliografische Daten sind im Internet über http://dnb.d-nb.de abrufbar.

Umschlagmotiv: Robin Vandenabeele/Arcangel.com
Umschlaggestaltung: Nina Schäfer, nach einem Konzept von Leonardo Magrelli und Nina Schäfer
Umsetzung: Tobias Doetsch
Gestaltung Innenteil: César Satz & Grafik GmbH, Köln
Lektorat: Irène Kost, Biel/Bienne, Schweiz
Druck und Bindung: CPI – Clausen & Bosse, Leck
Printed in Germany 2021
ISBN 978-3-7408-0969-0
Originalausgabe

Dieser Roman wurde vermittelt durch die Agentur Altas, Bern.

Für meine liebenswürdige Mutter Salima Bachmann Hoecker, die auch Theater gespielt hat, aber ansonsten ganz anders ist als Lou Becks Mutter

Prolog

Meine Augen drohten zuzufallen. Mitten im Gehen. Ich liess den Kopf hängen, schaute auf den Boden vor meinen Füssen, setzte wie ein Automat Fuss vor Fuss. Fuss vor Fuss. Rechts vom Kiesweg wuchsen Blumen, rote, blaue, gelbe Blumen.

«Stiefmütterli», sagte meine Mutter.

Ich wollte mich hinlegen, neben diese Blumen legen, schlafen, bloss ein paar Minuten schlafen. Aber wir mussten weiter, mussten unbedingt weiter. Ich schloss einen Moment die Augen, nur kurz …

«Gehen wir nach Hause?», fragte meine Mutter.

Sie sprach etwas weniger langsam und undeutlich, aber immer noch, als ob sie das Sprechen verlernt hätte, bei jedem Wort überlegen müsste, wie die Laute geformt werden. Sie schlurfte mit kleinen Schritten neben mir her, der ganze Körper steif wie ein Roboter, die Arme seitlich angedrückt. Aber sie hatte mich erkannt, redete mit mir.

Ich riss die Augen wieder auf. Wir mussten hier raus, so schnell wie möglich. Ich musste sie in Sicherheit bringen. Mutter blieb stehen. Ich zog sie am Arm weiter. Es fühlte sich an, als ob man durch dickflüssigen Sirup waten würde.

«Dort vorne geht es nach Hause. Komm mit, du wirst sehen», sagte ich.

Wir gingen weiter, Schritt für Schritt, während ein überwältigendes Gewicht mich zu Boden drückte. Ich meinte zu spüren, wie der Antagonist seine Wirkung von Sekunde zu Sekunde mehr verlor und das Barbiturat den Kampf gewann. Ich würde es nicht mehr lange schaffen, wach zu bleiben. Ich hatte zu viel Zeit verloren. Verzweiflung riss mich hoch, gab mir die Energie, meine Augen offen zu halten. Wir mussten weg, so weit wie möglich weg, uns verstecken, raus aus diesem Park. Ich spürte tausend Blicke auf meinem Rücken, während wir uns ungeschützt über den offenen Rasen bewegten. Ich hatte noch immer keine Ahnung, weshalb, aber innerhalb dieser Mauern waren wir in tödlicher Gefahr.

«Wie schön, schau, die Blumen», lallte meine Mutter.

Vor uns lagen die Biegung des Flusses und die Trauerweide. Unter der Weide eine Bank und das halb verfallene Ruderboot. Die Weide schützte uns vor Blicken. Aber verstecken nützte nichts, gar nichts. Früher oder später würden sie uns finden. Die Angst liess mich keuchen. Ich stolperte, sie hielt mich fest.

«Da ist eine Bank. Setzen wir uns», sagte sie.

Die Bank fühlte sich kalt an, fest, man könnte darauf liegen, schlafen. Ich lehnte mich an Mutters Seite. Ihr Körper war mir fremd, steif, mager. Warum hatten sie ihr die Haare geschoren? Ihre schönen roten Haare.

Nur einen Moment. Schlafen.

Laute Rufe rissen mich wieder hoch. Von der Zufahrt her Motorengeräusch, Hundegebell.

Die Jagd hatte begonnen.

EINS

Philipp kam hoch zu mir in die Forschungsabteilung, im siebten Stock des Privatspitals Walmont, und schlug vor, einen Familienchat einzurichten. Es war Dienstag, der 5. Mai, kurz vor zehn, ein strahlender Frühsommertag. Vor drei Wochen war er von seinem anderthalb Jahre dauernden Aufenthalt in Kanada nach Bern zurückgekehrt. Eigentlich hätte ich überglücklich sein sollen.

Für welche Familie, fragte ich. Das brachte ihn einen Moment zum Schweigen. Aber dann kam er wieder in Fahrt und erinnerte mich daran, meine Folsäure einzunehmen, keinen Tropfen Alkohol zu trinken – «Wirklich keinen einzigen Tropfen, Lou!» –, auf vitaminreiche Nahrung zu achten und vor allem nicht zu viel zu arbeiten und genügend zu schlafen. Er sei froh, dass er endlich bei mir sein und auf mich aufpassen könne. Ich biss auf die Zähne und sagte nichts, während eine Woge des Ärgers durch mich hindurchflutete. Auf mich aufpassen – ich konnte selbst für mich sorgen. Ich brauchte keinen Aufpasser. Philipp sagte mir noch, dass er an diesem Abend leider den Spätdienst von Wanner, dem zweiten Oberarzt der Geriatrie, habe übernehmen müssen und deshalb nicht mit mir essen könne. Er werde in der Klinik übernachten. Bevor er mir nochmals Vorschriften bezüglich gesunden Essens machen konnte, drängelte ich ihn aus dem Raum und schloss die Türe nachdrücklich hinter ihm.

Ich sass an diesem Tag bereits seit halb acht Uhr in meinem Büro, schaute viel zum Fenster hinaus, hinüber zu den noch immer schneebedeckten Bergen des Gantrischmassivs. Und trödelte vor mich hin. Niemand tadelte mich dafür, ich bin die Chefin der Forschungsabteilung. Das tönt nach mehr, als es ist. Die Abteilung besteht aus lediglich zwei Personen. Ich habe Psychologie studiert, mich aber schon sehr früh von meinem ursprünglichen Ziel, Therapeutin zu werden, abgewandt, weil mich die Welt der Forschung gepackt hatte. Mein Fachgebiet ist die Epidemiologie, die Wissenschaft von der Verbreitung von Krankheit und Gesundheit in der Bevölkerung. Ich liebe es, statistische Analysen zu machen, aus Unmengen von Informationen Muster herauszuschälen, die erklären, weshalb Menschen unterschiedliche Chancen auf eine gute Gesundheit haben. Und natürlich geht es auch darum, konkrete Krankheitsherde von Listeriose über Noroviren bis Campylobacteriose aufzuspüren und so schnell wie möglich zu eliminieren. Die zweite Person in meiner Abteilung, die Sekretärin Tscharya Mûdjib ur-Rahmân, war an diesem Morgen an einer Fortbildung zum Thema elektronische Geschäftskontrolle.

Normalerweise arbeite ich ausgesprochen gerne. Ich kann hier im Walmont das tun, was mich fasziniert und was mir sinnvoll erscheint, und nur selten versucht jemand, mir Vorschriften zu machen. Selbstverständlich gibt es eine ganze Menge Routineaufgaben. Doch wir machen hier auch Dinge, die eher selten zum Aufgabenbereich eines Privatspitals gehören. In der SHC-Studie, kurz für «Subjective Health Concept», untersuche ich beispielsweise die Heilungschancen abhängig davon, was die Patienten selbst für ein Verständnis von Gesundheit und Krankheit haben. Je nach Kultur machen sich Menschen ganz unterschiedliche Vorstellungen davon, was krank macht und was gesund. Diese Vorstellungen sind manchmal falsch wie bei der grauenhaften Legende, dass ein mit HIV angesteckter Mann durch Geschlechtsverkehr mit einer Jungfrau wieder gesund werden könne. Meist aber sind diese Krankheitskonzepte einfach nur anders als diejenigen, die in der Schweiz verbreitet sind. Man muss gar nicht so weit reisen: Im Tessin gibt es den sogenannten erkälteten Magen, den wir in der deutschsprachigen Schweiz nicht kennen. Man erkältet sich den Magen, wenn man während einer Mahlzeit friert, und dies löst Magenschmerzen aus. In der Türkei wiederum sind viele Menschen der Meinung, dass man sich bei Rückenschmerzen keinesfalls bewegen sollte, bis es wieder besser geht. Dies ist gemäss unserem schulmedizinischen Wissen genau falsch. Wir untersuchen nun, ob diese Konzepte einen Einfluss auf die Heilungschancen haben. Denn was nützt die beste Operation, wenn aufgrund von Missverständnissen nach dem Spitalaufenthalt die ganze Wirkung zunichtegemacht wird?

Dass hier Studien durchgeführt werden, die nicht direkt mit Controlling, Qualitätssicherung, Leistungsmessung und Wirtschaftlichkeit zu tun haben, geht auf die Geschichte unseres Spitals zurück und auf die Persönlichkeit unseres Direktors Roland Merian, der daran festhält, dass ein Spital, auch ein privates, in erster Linie dazu da ist, sich um das Wohl der Patienten zu kümmern, und erst in zweiter Linie, um Gewinne zu maximieren. Merian ist bereits weit über das Pensionsalter hinaus, doch ich hoffe, dass er noch einige Jahre durchhält. Das Walmont, 1832 von einer Berner Adligen als Frauenheilanstalt im Westen von Bern gegründet, weist eine Geriatrie und eine Kinderklinik auf, obwohl diese beiden Bereiche seit Jahren nicht rentabel sind. Auf der lukrativen Seite des Angebotsspektrums befindet sich die ästhetische Chirurgie, die sich auf die Behandlung von reichen Patienten insbesondere aus dem arabischen Raum spezialisiert hat. Neben der Medizin auf höchstem Niveau wird diesen Patienten und ihrer Entourage eine Luxus-Hotellerie angeboten. Mit den Tarifen für diese Klienten werden Geriatrie und Pädiatrie querfinanziert, die beide einen hervorragenden Ruf für ihre Sorgfalt und Familienzentrierung haben. Und deshalb im heutigen Gesundheitsfinanzierungssystem per se nicht rentabel sein können.

Ich drehte mich zum Fenster und schaute nach unten in den Park, der sich wie immer bei schönem Wetter um diese Tageszeit explosionsartig bevölkerte. Winzig klein war dort meine Freundin Helga zu erkennen, die als leitende Hebamme bei uns arbeitete. Sie trug ein Tablett mit ihrem Mittagessen, schaute sich suchend um und setzte sich an einen Tisch zu Kolleginnen aus der Geburtsabteilung. Ich fühlte mich ausgeschlossen und wusste gleichzeitig, dass ich selbst es war, die sich fernhielt. Nachdem Philipp nach Kanada abgereist war, hatte ich seine

Rückkehr herbeigesehnt, hatte mich unglücklich gefühlt wie kaum je in meinem bisherigen Leben. Ich hatte befürchtet, dass unsere Beziehung, die noch nicht lange bestand, diese Trennung nicht überstehen würde. Es war viel geschehen während seiner Zeit in Nordamerika, einiges hatte uns nähergebracht, anderes hatte uns voneinander entfremdet. Philipp hatte mich monatelang immer wieder gebeten, meinen Urlaub bei ihm in Kanada zu verbringen und gemeinsam das Land zu bereisen. Ich hatte keine Lust darauf gehabt, weil ich befürchtete, mich in dieser Rolle unwohl zu fühlen, als sein Anhängsel, die Fremde, die keine Ahnung von Land und Leuten hat. Philipp wollte mit mir verschiedene First Nations besuchen, die Indigenen Kanadas, denen er sich aufgrund seiner Abstammung nahe fühlte. Seine Urgrossmutter war eine Cree gewesen. Ich war erst hingeflogen, als er mich dringend um Hilfe gebeten hatte: Eine rätselhafte Epidemie drohte eine ganze Band der Nation der Stellat'en in British Columbia auszulöschen. Mehr durch Zufall konnte ich schliesslich die Ursache der Krankheit finden. Die Erlebnisse hatten Philipp und mich wieder einander nahegebracht, und als ich ihn beinahe verlor, wurde mir schmerzhaft bewusst, wie sehr ich ihn noch immer liebte.

Ich seufzte. Und nun war er zurück, vorübergehend einquartiert in einer Airbnb-Studiowohnung im Kirchenfeld, und nervte mich mit seiner Sorge, seinen Bemutterungsversuchen und seiner zwanghaften Wohnungssuche. Wenn ich ehrlich war … Ich wollte ihn nicht hierhaben. Nicht jetzt, in dieser Situation, wo alles so unklar war und ich mich verletzlich und unsicher fühlte. In diese Fragilität trampelte er mit seinen Plänen für die gemeinsame Fünf-Zimmer-Wohnung im Grünen mit drei Nasszonen und Riemenparkett, seinen Wünschen nach einem Weber-Grill mit digital steuerbarem Bratspiess und einer De-Sede-Sofalandschaft in silbergrauem Veloursleder. Schon alleine bei der Vorstellung, aus meiner kleinen, aber gemütlichen Stadtwohnung in eine porentief cleane Siedlung ins sogenannte «Grüne» zu ziehen, wurde mir schlecht. Ich war ein Stadtmensch.

Seit ich kurz vor meinem Abflug in Montréal realisiert hatte, dass meine Tage überfällig waren, lebte ich in einem Dämmerlicht, einem Zustand des Hin-und-hergerissen-Seins, des Dafür und Dawider, der Vor- und Nachteile. Ich konnte keine Punkte auf eine Pro-und-Kontra-Liste setzen, summieren und subtrahieren und mit dem Ergebnis leben. Nicht, wenn es um ein Leben ging, ein winziges Leben zwar, aber doch ein Leben. Und um mein eigenes. Und ja, auch um dasjenige von Philipp.

Ich fühlte mich unendlich schlapp und gleichzeitig nervös. Irgendetwas musste geschehen. Ich lief hinunter zum Labor. Dort schnorrte ich Natascha Kubik, seit mehr als fünfzehn Jahren Chefin unseres Spitallabors, um eine Zigarette an. Kubik war gerade damit beschäftigt, eine Assistentin zusammenzustauchen. In ihrem Labor verlangte sie höchste Präzision und Konzentration. Sie hasste es, wenn jemand nachlässig arbeitete. Ich hatte es aufgegeben, die Laborassistenten kennenzulernen, die Namen wechselten zu rasch. Nur die Kubik blieb, in ewig gleicher perfekter Haltung und ebensolchem Benehmen, ein Monument, das der Verwitterung ausgesetzt war. Aber die Falten und Risse, die sich immer tiefer in ihr mageres Gesicht einfrassen, unterstrichen nur ihre aussergewöhnliche Erscheinung. Heute trug sie ein lavendelblaues Chanel-Kostüm mit lindgrün abgesetzten Borten. Dazu passend hauchdünne Seidenstrümpfe, Stilettos und eine lässig im Mund hängende Gauloise Bleue. Sie rauchte im Labor rund um die Uhr, trotz aller Versicherungen des Spitals, dass dies ein ISO-zertifizierter rauchfreier Betrieb sei. Bisher hatte sich noch kein Spitalmanager gegen die Kubik durchgesetzt.

«Du rauchst doch gar nicht», sagte sie erstaunt und streckte mir ihre Packung hin.

«Jetzt schon», sagte ich. «Hast du vielleicht noch Streichhölzer? Ich will raus in den Park.»

«Was ist denn los mit dir?»

«Es ist … Ich bin … Vielleicht später. Danke!»

Vom Labor aus nahm ich einen komplizierten Weg, um

möglichst niemandem zu begegnen. Die Tiefgarage der leitenden Angestellten stand heute fast leer, weil Chirurgie und Innere Medizin von Synheart, einer amerikanischen Firma, zu einem Kongress in Montreux eingeladen worden waren. Es ging darum, eine neue Generation Hightech-Herzklappen kennenzulernen und sich mit Essen, Wein und Jazz verwöhnen zu lassen. Zuhinterst rechts in der Tiefgarage hatte ich vor Jahren von einem ungesicherten Notausgang erfahren, der über eine schmale, steile Betontreppe direkt in den nördlichsten Zipfel des Parks führte. Claudio Ceccarelli, Mitarbeiter im Hausdienst des Spitals, hatte mir diesen Ausgang gezeigt. Er hatte ihn jahrelang dazu benutzt, ungesehen Velos hinein- und hinauszutransportieren, um sie in seiner selbst eingerichteten Werkstatt im Keller des Spitals zu reparieren. Das ging so lange gut, bis ein neuer Manager des Walmont alle Räumlichkeiten kontrollieren und auf ihre Nutzung überprüfen liess. Während ich die zwanzig Stufen hinaufstieg, fühlten sich meine Beine tonnenschwer an.

Ich schlenderte langsam zum Teich, versuchte, tief zu atmen. Meine Brust war ein Zementblock. Ausatmen, dachte ich, Ausatmen ist wichtiger als Einatmen. Nur: Wie atmet man aus, wenn man das Gefühl hat zu ersticken? Ich setzte mich auf die Parkbank, die direkt neben einem Weissdorn stand, und hoffte auf Beistand aus der Vogelwelt. Wo waren die Amseln, Finken, Meisen, Stare, Stelzlein, Tauben oder meinetwegen auch Krähen, jetzt wo ich sie gebraucht hätte? Es war viel zu still um mich. Ich zündete die Gauloise an und nahm einen Atemzug, blies den Rauch langsam aus und fühlte mich etwas besser. Was sollte ich tun, was sollte ich bloss tun? Ich war in eine Falle geraten. Familienchat – wenn ich das nur schon hörte, wurde mir übel. Schritte näherten sich auf dem Kiesweg. Ich duckte mich reflexartig und erschrak wie eine Zehnjährige, die heimlich raucht, als ich die Herankommende erkannte.

Es war Helga. Seit wir uns kannten, stritten wir über alles Nebensächliche und halfen uns bei allem, was wirklich wichtig war. Ich hatte die letzten Wochen versucht, ihr möglichst unauffällig aus dem Weg zu gehen.

«Was machst du denn da? Du rauchst doch nicht», sagte sie.

Sie setzte sich neben mich.

«Ich bin schwanger.»

Jetzt war es raus, ich hatte es jemandem gesagt. Es war real.

Ich. Bin. Schwanger.

Mein Herz klopfte bis zum Hals.

«Und deshalb fängst du an zu rauchen? Bravo, sehr gut, ganz wunderbar, Lou.»

«Es ist nicht deshalb, ich meine, natürlich ist es deshalb, aber nicht ...» Was stammelte ich da herum wie ein Teenager? Ich richtete mich etwas auf. «Philipp treibt mich in den Wahnsinn mit seinem Sicherheitsgetue. Vitamine, kein Alkohol, kein Kaffee ... Ich kann nicht mehr atmen.»

«Du kannst nicht mehr atmen, deshalb fängst du an zu rauchen. Macht Sinn.»

«Bitte hör auf, Helga.»

Helga verstummte. Ich hatte das Gefühl, dass sie erst in diesem Moment wirklich realisierte, was geschehen war.

«Hee!», sagte sie. Mit ganz heller Stimme.

Sie stiess mich an und lachte.

«Hei, Lou, du bist schwanger! Unglaublich, das hätte ich nun wirklich nicht gedacht.»

Sie lachte wieder. Voller Freude. Mein Herz raste, und gleichzeitig fühlte sich mein Körper starr an. Helga musterte mich von der Seite.

«Hast du mir nicht gesagt, du willst keine Kinder?», fuhr sie zögernd fort. «Das hast du doch immer gesagt.»

Ich nahm einen letzten Zug und drückte die Zigarette aus.

«Willst du es denn ... dieses Kind?»

Ich gab keine Antwort.

«Wievielte Woche?», fragte Helga, abrupt in ihren Hebammenton wechselnd, sachlich, professionell.

«Achte.»

«Du musst dich entscheiden, ob du es behalten willst?»

Ich nickte.

«Scheisse, Lou. Das ist übel. Tut mir leid.»

Meine Hände zitterten.

«Bis zur zwölften Woche hast du theoretisch Zeit. Aber mit der ganzen Vorlaufzeit ... Du solltest dich unbedingt bis Ende der zehnten Woche entscheiden. Mein Rat als Hebamme. Für einen medikamentösen Abbruch ist es bereits zu spät.»

Ich nickte.

«Was meint Philipp dazu?»

«Er ist begeistert.»

«Du sagst das, als ob es ein Todesurteil wäre.»

«Er weiss genau, was er will, aber es ist doch auch mein Leben. Verdammt, es ist vor allem *mein* Leben.»

«Philipp ist der Vater? Das ist wenigstens sicher, nicht?», fragte sie.

«Nein ... eher nicht.»

Vielleicht würde das Kind mit roten Locken geboren. Eine Erinnerung an eine – nach einem heftigen Streit mit Philipp – zunächst schmerzliche, schliesslich äusserst bierlastige und fröhliche Nacht in Montréal, deren letzte Stunden mir nur noch sehr vage greifbar waren.

«Scheisse, Lou! Oh, Shit.»

«Du wiederholst dich, Helga.»

Ein leichter Wind kräuselte die Oberfläche des Teiches. Ein Angestellter der Cafeteria ging auf der anderen Seite vorbei und schaute neugierig zu uns herüber. Helga sagte nicht: Eine sechsunddreissigjährige Frau und ungewollt schwanger, und du weisst nicht einmal, wer der Vater ist? Sie sagte nicht: Wie stellst du dir das vor? Sie sagte nicht: Du schaffst das schon. Sie sagte gar nichts. Schliesslich erhob sie sich.

«Tja, also. Wenn du Hilfe brauchst, ich bin da. Wie auch immer du dich entscheidest.»

Ich nickte, einen Kloss im Hals.

***

Am Abend wärmte ich mir eine Gemüsesuppe, wusch das wenige Geschirr ab und packte eine CD mit Benjamin Brittens Vertonung der Hölderlin-Fragmente aus, die ich kürzlich gekauft hatte. Der Pianist hatte den Mut, nicht nur den Sänger zu begleiten, sondern erzählte seine eigene Geschichte, hielt gegen die Singstimme, war mit ihr im Zwiegespräch und Widerspruch. Die Stimme des Tenors packte mich von der ersten Sekunde. Sein Ausdruck wechselte von warm, sehnsüchtig über kalt, empört zu resigniert. Die Gedichte, die Britten vertont hatte, handelten von Angst, Enttäuschung, von verlorener Liebe und der Erinnerung an kostbare Momente. Die beiden Musiker führten mich in eine andere Zeit, eine andere Welt. Mitten in dem wunderbar lyrischen Lied über die Sehnsucht nach einer Heimat, die für immer verloren war, klingelte das Telefon. Philipps Stimme, viel zu laut, viel zu nahe, zertrümmerte meine Melancholie mit einem Enthusiasmus, der mich schüttelte.

«Alles, was wir noch brauchen, ist eine schöne Wohnung. Ich bin so glücklich, wieder hier mit dir zu sein. Es ist ein Wunder, Lou! Dieses Kind ist ein Wunder. Ich bin zu achtundneunzig Prozent zeugungsunfähig. Und nun bist du schwanger.»

Gegen meinen Willen sagte ich, was ich eigentlich hatte verschweigen wollen. «Und wenn es nicht von dir ist?»

Ich hörte sein lautes Atmen.

«Philipp?»

Er hatte aufgehängt.

Was macht man in einer solchen Situation, wenn man sich nicht besaufen darf? Ich sass auf dem Sofa, meine Arme um die Beine geschlungen, zusammengeknüllt. Mein Unterleib fühlte sich hart an, fremd. So sollte das nicht sein, dachte ich. Ich fühlte Tränen in meinen Augen.

Laute Stimmen im Treppenhaus liessen mich hochschrecken. Die Schritte tönten nach schwungvollen Stöckelschuhen. Es klingelte an meiner Wohnungstüre.

«Louisa Amalia! Halloo!»

Die letzten beiden Os kamen als Flötentöne durch die geschlossene Türe. Es gibt nur ganz wenige, die mich mit meinen beiden Taufnamen ansprechen, und es gibt nur ein einziges Wesen, das diese Flötentöne hinbekommt. Oh nein!

«Mutter?»

Ich öffnete die Türe. Sie trug ein schwarzes, fast bodenlanges Cape kombiniert mit einem knallorangen Schal und hatte sich im identischen Farbton die Lippen angemalt. Ihre Haare hatten eine neue Farbe bekommen, die ich als Bordeauxrot identifizierte, und fielen in fülligen Wellen bis über ihre Schultern. Sie sah unglaublich lebendig und dramatisch zugleich aus. Eine schöne, stattliche Frau. Ich überlegte einen Moment. Margaret Rutherford als Miss Marple?

«Was willst denn du hier?», fragte ich.

«Was ist denn das für eine Begrüssung, Louisa Amalia?»

Sie breitete ihre Arme aus. «Gib mir einen Kuss, lass dich umarmen. Ich habe dich ewig nicht gesehen.»

Ich wurde geküsst und dann auf Armlänge weggehalten. Sie musterte mich kritisch. Das kannte ich.

«Haare nicht gewaschen, du solltest auch mal zum Coiffeur, meine Liebe. Und was trägst du da? Ist das ein Männerunterhemd aus dem Zweiten Weltkrieg?»

«Deine Begrüssung ist auch nicht freundlicher als meine, Mutter.»

Sie ging ins Wohnzimmer, liess sich auf das Sofa nieder, richtete sich kerzengerade auf, und ihr Gesicht wurde zu einer Maske kühlen Ernstes. Marlene Dietrich? Zeugin der Anklage?

«Livia stirbt», sagte sie. «Ich bin hier, um mich von ihr zu verabschieden.»

«Das tut mir leid. Wer ist Livia?», fragte ich und schnappte gleichzeitig nach Luft. Ein stechender Schmerz liess mich zusammenzucken.

Meine Mutter hatte nichts davon mitbekommen, sie war ganz von sich selbst erfüllt.

«Du kennst doch Livia! Die Frau von Berchtold Sager … dem grossen Sager!»

«Sager? Etwa der Schauspieler Sager?»

«Das war kein Schauspieler, das war ein Genie! Ach Gott, wie ich ihn vermisse.»

Grosse Geste, verzweifelte Stimme. Hatte sie nicht mal eine Elektra gespielt, die so sprach?

«Ist er nicht erst kürzlich gestorben? Ein Herzinfarkt?», fragte ich sachlich.

«Das war letzten Herbst. Er stand auf der Bühne, spielte den Wladimir in ‹Warten auf Godot›, und paff, weg war er. Genau so wollte er sterben, ohne Vorwarnung, mitten aus dem Leben heraus. Sie durften ihn nicht reanimieren, er wollte das nicht.»

«Und jetzt stirbt seine Frau? War sie nicht viel jünger als er?»

«Sie ist erst dreiundvierzig. Er war sechsundzwanzig Jahre älter als sie. Ein schönes Paar, sage ich dir. Was ist eigentlich mit diesem Philipp? Ist er immer noch in Kanada?»

«Nein.»

Sie gab sich erstaunlicherweise mit dieser Auskunft zufrieden, ohne nachzubohren. Ich goss mir einen Tee auf, und wir setzten uns. Ich nahm vorsichtig die Beine hoch und nippte an dem Tee, während ich mit einem Ohr den Erklärungen meiner Mutter zuhörte. Der Schmerz in meinem Unterleib hatte sich gelöst, der Bauch fühlte sich aber nach wie vor sehr hart an. Was war bloss mit mir los?

Mutter erzählte von Livia, die seit dem Tod ihres Mannes nur noch ein Schatten ihrer selbst war. Ihr Leben habe jeden Sinn verloren. Sie sei entschlossen zu sterben, jedoch stilvoll, nicht irgendwo von einer Brücke oder so, nein. Sie habe den besten Spezialisten der Schweiz gebucht und werde in Würde und mit Stil hinübergehen.

«Sie gibt eine Abschiedsparty. Wo habe ich bloss die Adresse?» Sie wühlte in ihrer Tasche. «Ich bin eingeladen. Natürlich muss ich dabei sein. Kann man das bei euch im Walmont nicht auch machen?»

Ich hatte nicht richtig zugehört, überlegte gerade, ob ich Helga oder Philipp anrufen sollte.

«Was machen?»

«Du hörst mir gar nicht zu. Also ... Livia kann nicht mehr weiterleben. Sie will aber nicht in einem schmutzigen Hinterzimmer sterben, so Exit-mässig, du weisst ja.»

«Hinterzimmer? Das war vor fünfzig Jahren bei den Abtreibungen, Mutter.»

«Sie ist doch nicht schwanger, Louisa Amalia! Hast du was auf den Ohren?»

Wir waren auf dem besten Weg zu einem Streit mit allem, was dazugehört: Verletzungen, Gekreische, Vorwürfe. Ich wollte das nicht, nicht in dem Zustand, in dem ich war. Ich kämpfte mich auf die Füsse.

«Möchtest du einen Tee?»

Sie blinzelte, überrascht von dem jähen Themenwechsel.

«Ach nein, tut mir leid. Ich muss gleich los. Wo ist bloss der Zettel mit der Adresse geblieben? Wenn ich mich richtig erinnere, ist es in der Nähe des Loreleyplatzes. Oder muss ich dort umsteigen? Ach herrje!»

«Meinst du Loryplatz? Wieso kann Livia nicht mehr weiterleben? Ist sie krank?», fragte ich in ruhigerem Ton.

«Das habe ich dir doch gerade eben gesagt! Sie ist einsam, sie hat keinen Inhalt mehr in ihrem Leben, kann sich an nichts mehr freuen und –»

«Sie hat eine Depression? Das kann man behandeln.»

«Das habe ich gedacht, dass du das sagst, nur so ist es eben gerade nicht. Ohne ihren Mann ist sie nur noch ein Schatten. Sie hat keinen Lebensinhalt mehr. Ohne ihn ist sie einfach nichts mehr.»

«Das hat man bei den Witwenverbrennungen auch behauptet», sagte ich, was von meiner Mutter grosszügig überhört wurde.

«Livia will mit Stil von Mutter Erde gehen. Und sie hat von diesem Top-Angebot in Bern gehört. Das Ganze kostet, aber du weisst ja, dass sie Geld haben.»

Ein neuerlicher heftiger Schmerz, eine Art Krampf, liess mich zusammenzucken. Ich legte meine Hand auf den Unterleib. Eine verräterische Geste, doch meine Mutter war mit ihrer Geschichte beschäftigt. Herrgott noch mal, diese Schmerzen – das war doch nicht normal, oder? Hoffentlich war Helga zu Hause. Ich musste sie um Rat fragen. Wenn nur endlich Mutter ginge, dann könnte ich mich hinlegen.

«Es ist nicht Exit», fuhr sie fort. «Das ist alles viel gediegener, exklusiver. Nichts für Hinz und Kunz. Da ist ein Profi zuständig, keine Amateure.»

«Hinz und Kunz ... Wir sind auch Hinz und Kunz, hast du das vergessen?»

«Ich finde es schön, dass Livia sich das leisten kann. Und das ist alles topseriös. Zuerst musste sie zu einer Untersuchung. Ihr Blut wurde untersucht, Ultraschall, Fragebogen ausfüllen. Alles vom Feinsten. So kann man sicher sein, dass alles reibungslos abläuft und Livia keine Schmerzen und keine Angst haben muss.»

«Das ist doch sauteuer.»

«Das ist nicht so wichtig, Louisa Amalia. Wichtig ist, dass sie gut betreut wird. Was für ein Jammer, sie ist nur noch ein Schatten ihrer selbst. Und dann noch dieser Félix!»

Ich sehnte mich nach einer Wärmeflasche, die ich auf meinen Bauch legen konnte. Ich wollte mich hinlegen. Ich wollte, dass sie endlich ging.

«Wann musst du dort sein?», fragte ich.

«Félix Bürki, mit aigu auf dem e. Den kennst du wahrscheinlich nicht. Dieser Schleimer, dieser Wichtigtuer macht sich an Livia heran. Er weiss genau, dass sie keinen Erben hat, also will er sich das Geld krallen. Natürlich, er behauptet, das ganze Geld sei für seine Stiftung zur Förderung des Theaters in Weiss-der-Gott-wo ... Transsylvanien oder so. Dass ich nicht lache! Er selbst hat ja keine Ahnung vom Theater, hat nicht mal seine Stimme schulen lassen.»

Wieder zuckte ich zusammen. Es folgte ein noch stärkerer Schmerz, ein dumpfer Krampf. Ich versuchte, ruhig zu atmen.

«Was machst du für ein Gesicht? Stimmt etwas nicht?»

«Kopfschmerzen. Solltest du nicht langsam aufbrechen?»

«Er nuschelt. Stell dir vor. Aber ich weiss etwas, was der liebe Félix mit aigu nicht weiss, ha! Da kann er noch lange um Livia herumscharwenzeln. Ah, ich plaudere und vergesse die Zeit. Ich muss los.»

«Wann kommst du zurück?»

«Keine Ahnung, Louisa. Es könnte spät werden. Du bist sowieso da, nicht?»

Ich füllte eine Bettflasche mit heissem Wasser, legte mich aufs Sofa und rief Philipp an. Ich wurde an seinen Piepser weitergeleitet und gab nach drei Minuten auf. Helga nahm sofort ab. Als ich ihr von den Schmerzen erzählte, war es einen Moment still. Dann meinte sie, ich solle mich hinlegen und mir Ruhe gönnen. Sobald der Schmerz wieder stärker würde oder falls andere Symptome dazukämen, solle ich sofort in die Frauenklinik fahren. Ich solle gut auf mich aufpassen, und ich könne auch in der Nacht bei ihr anrufen. Ich fühlte mich einen Moment gerührt von ihrer Fürsorge. Ich kuschelte mich auf dem Sofa zusammen, las im neuen China Miéville, der mir in meiner Lieblingsbuchhandlung in die Hände geraten war, und wartete auf meine Mutter.

***

Irgendwann wurde ich davon geweckt, dass meine Wohnungstüre laut zuknallte und grelles Licht in meinem Hirn explodierte. Ich schaute mit zusammengekniffenen Augen in Richtung Eingang und erschrak. Meine Mutter schwankte und musste sich am Türrahmen abstützen. Den Schal hatte sie verloren, ihr Cape war verrutscht, und ihre Haare waren einseitig an den Schädel angedrückt. Ihr Gesicht sah aus wie die Maske aus einem Horrorfilm. Die Wimperntusche hatte sich über ihre Wangen verteilt, der orangefarbene Lippenstift war nur noch partiell erkennbar und wirkte dadurch umso greller in dem bleichen Gesicht. Sie war schlagartig alt geworden.

Sie liess sich neben mich auf das Sofa fallen und verzog ihren

Mund zu einer Art Lächeln. Sie stank nach Alkohol, Schweiss und süsslichem Parfüm.

«Der Champagner war exquisit, Louisa. Ganz exqui–» Ein Schluckauf unterbrach sie. «Es gab Lachsbrioches und Roastbeef und so Zeugs, nur das Beste», fuhr sie mit schwerem Zungenschlag fort. «Oh, mir ist übel.»

Ich überlegte mir, wo ich die Schüssel deponiert hatte, die man zum Kotzen brauchte, und ob ich sie noch rechtzeitig organisieren konnte. Sie begann zu schluchzen. Gleichzeitig schien sie zu schrumpfen. Ein alter, zerbrechlicher, zutiefst verstörter Mensch sass neben mir, und ich hatte das Gefühl, das erste Mal in meinem Leben meine Mutter zu sehen, ganz ohne schützende Rolle, einfach nur den Menschen. Ich fühlte mich schrecklich hilflos. Vorsichtig legte ich meine Hand auf ihre Schulter und drückte sie ein wenig. Sie fasste nach meiner Hand und umklammerte sie mit ihren langen knochigen Fingern.

«Ach, Lou, es war ganz schrecklich», brachte sie schliesslich heraus.

«Was ist denn bloss geschehen, Mama?»

Ihr Weinen wurde wieder stärker. Ich machte mich so behutsam wie möglich los, holte Papiertaschentücher. Irgendwann beruhigte sie sich. Sie hatte die Augen geschlossen, und ich dachte schon, sie wäre eingeschlafen, da begann sie zu sprechen, leise, aber deutlich.

«Zuerst war alles noch in Ordnung. Livia war gefasst, die anderen auch. Helene weinte, und Félix verteidigte seinen Platz an Livias Hand mit Zähnen und Klauen, das war zu erwarten. Wirklich hübsche Räumlichkeiten sind das. Stell dir vor, das Haus steht in einem kleinen Park, man geht zuerst durch einen Rosengarten, passend, nicht? Der Eingang ist separat um die Ecke, man muss also nicht an den wartenden Patienten vorbei. Auch innen ist alles sehr geschmackvoll eingerichtet, muss ich sagen. Dieser Mann hat gutes Publikum, das sieht man sofort. Und es gab feines Essen, alles wie Livia gesagt hat.»

Sie wischte sich Tränen aus den Augen.

«Wir wussten nicht, was wir reden sollten, und niemand hatte Hunger. Alle haben gesoffen. Champagner, wirklich ein guter Tropfen, das schon.»

Sie begann wieder zu schluchzen. Ich war müde, mir war kalt, ich schlotterte regelrecht. Ich ging in die Küche, holte ein Glas Wasser. Sie trank es aus, schnäuzte sich und straffte ihren Oberkörper.

«Félix liess mich keinen einzigen Moment mit Livia alleine, ich wollte nur ein wenig Raum, ein bisschen Privatsphäre, damit ich ihr ein paar persönliche Dinge hätte sagen können. Er war unmöglich! Einfach nur unmöglich.» Ihre Stimme wurde fester, langsam geriet sie in Rage. «Ich hätte Félix am liebsten mit einem Fusstritt hinausbefördert, den falschen Hund, Erbschleicher, Cochon! Ich konnte doch nicht mit ihm streiten, nicht in diesem Moment, an diesem Ort. Alle taten ganz heilig, man unterhielt sich flüsternd und lächelnd, eine Riesenshow an grauenhafter Scheinheiligkeit. Ein Stück von Tennessee Williams!»

Ich füllte Mutters Glas nochmals mit Wasser, und sie leerte es in einem Zug.

«Es würde mich nicht wundern, wenn es Félix war, der ihr diese Idee in den Kopf gesetzt hat. Das mit dem Sterbenmüssen. Er ist scharf auf ihr Geld. Dieser Unmensch. Er hasst Frauen. Tat immer so schleimig freundlich zu Livia, dabei hat er sie gehasst.» Mams Energien kamen eindeutig zurück, sie schien zu wachsen. «Und dann noch dieser Sterbeheini! Ich habe sofort gesehen, dass das ein grundschlechter Mensch ist. Ich meine, vielleicht ist er ausgebildet und alles, aber er hat etwas Böses an sich. Sein Lächeln war nicht echt.»

Oh nein. Mutter konnte sich stundenlang ereifern über Menschen, die sie etwas schräg angeschaut hatten.

«Und er hat auch noch ausgeschaut wie Tom Ripley in dieser Highsmith-Verfilmung. Verflixt, wie hiess der Schauspieler?»

«Ich habe keine Ahnung, von was du redest.»

«Na, dieser Dings, ein Franzose, ah, jetzt weiss ich's wieder: Alain Delon als Tom Ripley. Natürlich zwanzig Jahre älter. Immer freundlich gelächelt hat er, doch ich sage dir, da war so was Jack-Nicholson-Mässiges in seinem Lächeln, wie in ‹Shining›. Genau wie in ‹Shining›!»

«Entscheide dich bitte: Jack Nicholson oder Alain Delon, das ist ja wohl nicht dasselbe.»

«Die Kälte in den Augen ist dieselbe. Genau dieselbe. Eindeutig ein Psychopath.»

«Nur weil er so aussieht wie ein Filmdarsteller, muss er doch nicht –»

«Halt! Warte, was dann passiert ist», unterbrach sie mich. «Also, Livia sagte, sie sei bereit. Wir haben sie umarmt, Félix hat sich festgeklammert, Livia musste sich quasi losreissen von dieser Zecke. Wir mussten rausgehen. Vierzig Minuten später durften wir wieder rein, und da war sie schon tot. Hat sich nicht mehr bewegt, nicht mehr geatmet.»

Mutters Stimme war wieder kräftiger, und langsam fand sie zurück in irgendeine Rolle, machte grössere, entschiedenere Bewegungen, richtete den Körper ganz gerade.

«Sie war tot. Paff und weg», sagte sie viel zu laut, und ich überlegte, mit welchen Worten ich sie am ehesten beruhigen und Richtung Gästebett lotsen konnte. Ich wollte nur noch in mein Bett, weg von dieser grellen Stimme und dem Licht. Ausserdem waren meine Füsse pures Eis.

«Und dann lag sie da. So still. Ein Körper halt. Und dann haben wir keine Zeit gehabt, um uns ein letztes Mal zu verabschieden. Ich hatte eine Kerze mitgebracht, keine grosse Sache, ich wollte nur einfach diese Kerze anzünden, so eine aus Bienenwachs, und ein paar Minuten ruhig neben ihr sitzen, aber dieser Psychopath hat uns rausgescheucht. Er müsse sie in die Rechtsmedizin bringen, das sei Vorschrift. Félix hat seine Jacke genommen und ist gegangen, natürlich, der muss nicht trauern, der Hund. Mission erfolgreich, das wollte er ja. Aber ich habe Livia geliebt. Es war schlimm, alles war so anders, vorher war sie da und lebendig und ein Mensch und dann paff, ein Körper, weg für immer, und der Typ sagt, so, raus jetzt, hopp, hopp, ganz geschäftig, keine Zeit mehr für Rührseligkeiten.»

«Tot ist eben tot, ob Hinz oder Kunz. Und da hilft auch kein teurer Champagner», unterbrach ich sie auf einmal genervt. Was hatte sie denn erwartet?

«Du bist so kalt, Louisa Amalia. Wie kannst du nur so kalt sein?»

«Ich bin nicht kalt, nur realistisch. Und ich möchte endlich schlafen, ich bin müde.»

«Weisst du, was Livia ihm gezahlt hat? Zwölftausend Franken.»

«Was?»

«Ich wusste, dass du mit mir schimpfen würdest, ich wusste es.»

«Zwölftausend Franken? Das kann nicht sein, Mutter.»

«Es war aber so. So viel hat es gekostet, dass Livia dort sterben durfte. Und dieser Kurpfuscher, der war ganz sicher nicht nett zu ihr, und niemand durfte dabei sein, als es passierte, und danach wurden wir rausgescheucht wie eine Herde Schafe.»

«Komm, Mama. Du musst dich ausruhen.»

«Er hat sie getötet. Sie ist tot … meine arme Livia.»

«Darum ging es doch. Das wollte sie doch. Komm endlich!»

«Nie glaubst du mir, nie, nie, nie!»

Weinerlicher Ton, ihre Kleinmädchenrolle, die ich ganz besonders hasste. Jetzt war genug. Ich packte sie am Oberarm und schleppte sie zum Gästezimmer. Sie wehrte sich und wäre um ein Haar umgefallen. Die hastige Bewegung löste bei mir wieder einen Krampf aus. Ich versuchte ruhig zu atmen, es tat verdammt weh. Ich brach in Schweiss aus.

«Hier ist dein Bett. Schlaf dich aus, und morgen sieht die Welt wieder besser aus.»

«Du glaubst mir nicht. Nie glaubst du mir, nie», jammerte sie wieder, bereits etwas besänftigt.

Sie liess sich auf das Bett fallen, Schuhe, Cape, alles noch an. Ihre Augen waren zu, das Gesicht immer noch völlig verschmiert von Schminke und Tränenspuren, und ich hatte ein schlechtes Gewissen, dass ich grob gewesen war. Aber ich konnte nicht mehr. Ich zog ihr die Schuhe von den Füssen und deckte sie zu.

«Schlaf gut», sagte ich in freundlicherem Ton.

Als ich wenig später noch einmal nach ihr sah, schnarchte sie bereits.

ZWEI

Ich erwachte um halb fünf morgens vom Vogelgesang. Die Revierverteidigung war in vollem Gange, alles mit dem Ziel, Nachwuchs aufzuziehen. Ich schrieb meiner Mutter eine kurze Notiz, bevor ich zur Arbeit aufbrach, und legte sie auf den Küchentisch. Mein Telefon blinkte. Drei unbeantwortete Anrufe, Philipps Mobilnummer. Ich rief ihn an, wollte es hinter mich bringen.

«Philipp? Ich bin's.»

Ein Moment Stille, dann klang seine Stimme ungewohnt tief. «Es ist trotzdem ein Wunder. Das ist alles, was ich dazu zu sagen habe.»

Um mich zu beruhigen, arbeitete ich in den folgenden Stunden an einer komplexen statistischen Modellierung. Mitten in dem Versuch, ein Growth Mixture Modeling zur Analyse des longitudinalen Verlaufs der Genesungschancen nach einer Herzoperation aufzubauen, knallte meine Türe auf, und Tscharya stellte sich breitbeinig vor meinen Tisch, die Arme verschränkt. Eine klare Ansage, etwas war definitiv im Argen, und offensichtlich war ich höchstpersönlich schuld daran.

Ich musterte ihr Gesicht. Zwei Piercings mehr in der rechten Augenbraue, eines mehr in der Lippe seit meiner Rückkehr aus Kanada. Ihre Haare hatten eine Farbe, die am ehesten als wollweiss beschrieben werden konnte. Über dem linken Ohr war ein etwa zwei Zentimeter hoher und etwa acht Zentimeter breiter Block zu einem Millimeterschnitt rasiert und hellgrün gefärbt. *De gustibus non est disputandum*, doch bei Tscharya korrelierte die Anzahl der Piercings und die Grellheit ihrer Haartracht stark negativ mit ihrer Stimmung. Sie machte zurzeit ganz offensichtlich keine gute Phase durch.

Tscharya Mûdjib ur-Rahmân war eine gut ausgebildete, motivierte, intelligente und ausgesprochen kompetente Bürofachfrau. Seit ich sie angestellt hatte, managte sie unsere Forschungsabteilung mit Umsicht und einer cleveren Intelligenz, über die ich immer wieder staunte. Aber sie war auch unglaublich unsicher. Sobald nur das kleinste Zeichen erkennbar war, dass die Controllingabteilung oder das Chefsekretariat oder – bei Gott! – sogar der Direktor mit uns unzufrieden waren, geriet sie in Panik. Ihre Geschichte machte das verständlich, mühsam war es dennoch. Als ich sie damals zu einem Vorstellungsgespräch einlud, hatte sie sich trotz ausgezeichnetem Lehrabschlusszeugnis bereits bei mehr als hundert Betrieben beworben. Ich hatte mir, ihrem Namen entsprechend, eine kopftuchtragende dunkle, kleine, rundliche, etwas schüchterne junge Frau mit dicken Brillengläsern ausgemalt – weshalb auch immer – und einen regelrechten Schock erlebt. Tscharya hat schneeweisse Haut, übersät mit Sommersprossen, sie ist gross und dünn, trug damals ihre sichtbare Haut voller Piercings und dazu grellbunte stachelige Haare. Tscharya hat zwei Handicaps: Sie ist von einem Ehepaar adoptiert worden, das einen orientalischen Namen trägt, und sie versteckt ihre Unsicherheit hinter einem kratzbürstigen und grellen Outfit.

«Hast du meine E-Mail gelesen?», fragte sie.

«Welche E-Mail?»

«Die ich dir weitergeleitet habe. Von der Gerber-von Greyerz. Sie hat die Reorganisation des Stabs für die nächste GEKO traktandiert. Du musst etwas unternehmen, Lou.»

Während meiner Ferien hatte Frau Dr. med., Dr. oec. Josiane Gerber-von Greyerz, neue Leiterin Unternehmensentwicklung des Walmont, die geniale Idee gehabt, für die nächste Geschäftsleitungskonferenz, kurz GEKO, zu traktandieren, dass der gesamte Stab der Klinik reorganisiert werden und, als eine der Veränderungen, unsere Forschungsabteilung nicht mehr zum Stab des Walmont gehören solle, sondern zur Finanz- und Controllingabteilung. Damit wären wir nicht mehr dem Direktor unterstellt, und er hätte kaum mehr eine Chance, seine schützende Hand über uns zu halten. Das wäre mit Sicherheit das Ende unserer Forschungsstudien. So ein Mist! Die nächste GEKO sollte anfangs Juni stattfinden. Ich musste erreichen, dass das Traktandum gestrichen oder zumindest verschoben wurde.

«Sonst noch was?», fragte ich und hoffte, dass meine Stimme gelassen und zuversichtlich genug klang.

«Gib mal ein: klinikwalmont.ch/forschung.»

«Unsere Homepage? Was ist damit?»

«Mach einfach.»

Ich seufzte und tat, wie mir geheissen wurde. Anstelle der gewohnten lindgrünen Seite poppte etwas grell Zitronengelbes vor mir auf und liess mich blinzeln.

«Was ist denn *das*?», fragte ich erstaunt.

Diesmal seufzte Tscharya. «*Das* ist unser neuer Auftritt, von dem ich dir seit ungefähr zwei Monaten erzähle. Der Relaunch.»

«Ach.»

Ich scrollte durch die wenigen Angaben zu unserer Forschungsabteilung und stutzte. Als unsere übergeordnete Organisationseinheit war «Digital Management» angegeben.

«‹Digital Management›? Was ist denn das?»

«So heisst neu der Bereich ‹Informatik und Datensicherheit›. Beschluss von letztem Herbst. Hast du offensichtlich verschlafen.»

«Und weshalb in aller Welt gehören wir plötzlich zur Informatik?»

«Das haben diese Typen, welche den neuen Webauftritt gestaltet haben, wahrscheinlich einfach so entschieden.»

«Das geht doch nicht! Die können uns doch nicht einfach einer anderen Organisationseinheit zuweisen. Wir gehören zum Stab, verdammt noch mal. Was ist denn da eigentlich los? Die Gerber-von Greyerz will uns zu den Finanzheinis versetzen, und jetzt gehören wir plötzlich zur Informatik? Spinnen denn alle?»

«Das versuche ich dir doch schon seit Wochen zu verklickern, aber du hörst ja nicht zu. Merian ist angeschlagen. Und unsere Forschungsabteilung soll verschoben, verschachert und aufgelöst werden.»

«Noch ist es nicht so weit. Ruf sofort Hämpe an, die sollen das korrigieren.»

«Geht nicht. Hans-Peter ist frühpensioniert worden.»

«Das wusste ich gar nicht. Und wer ist sein Nachfolger? Oder ist vielleicht ein Wunder geschehen und wir haben eine Leiter*in* der Informatik?»

«Du weisst das mit Hans-Peter nicht, weil du seit Monaten kein Protokoll und kein Memo aus der Geschäftsleitung gelesen hast. Und auch nie zugehört hast, wenn ich dir von dieser Sache berichtet habe.»

«Von welcher Sache?»

«Der Auslagerung unserer Informatik. Wir haben neu einen SPOC.»

«Einen Spock? Raumschiff Enterprise oder was? Kannst du mal Klartext reden, Tscharya?»

Tscharya verzog ihren schwarz geschminkten Mund zu einer minimalen Andeutung eines Lächelns. «*Single Point of Contact*. An diesen SPOC müssen alle Anliegen zur Informatik, zum Web et cetera gerichtet werden. Und das seit genau sieben Wochen. Nur hat Madame Beck wieder mal nichts davon mitbekommen.»

Langsam hatte ich genug von ihren Anspielungen. «Mir ist es egal, ob Spock, die Marsianer oder wer auch immer zuständig ist, die sollen das sofort korrigieren.»

«Also gut, ich eröffne ein Ticket. Und bevor du fragst: Das heisst so, wenn man ein Anliegen an den SPOC richtet. Man füllt ein Webformular aus, und das ergibt ein Ticket, das dann abgehandelt wird. Alles ganz transparent. Sie führen sogar eine Statistik. Da siehst du die Anzahl der offenen Tickets, der bereits abgehandelten Tickets und die durchschnittliche Zeit, die sie benötigen, um ein Ticket zu bearbeiten.»

Tscharya ging, und ich streckte ihrem Rücken die Zunge raus. Aber recht hatte sie. Es war dringend nötig, dass ich dem Geschehen in unserer Klinik mehr Aufmerksamkeit widmete. Es war nicht das erste Mal, dass unsere Forschungsabteilung gefährdet war. Nur, diesmal schien es, als ob sich gleich mehrere Gegner auf uns eingeschossen hätten.

Etwas später kam Helga, fragte, wie ich mich fühle, und erzählte eine Geschichte über Paul, ihren Mann, der wild entschlossen war, den Teich von Monet aufzuspüren und ihn, in Tauchausrüstung, von unten zu malen. In Öl. Wie das Malen unter Wasser funktionieren solle, wurde mir bis zum Schluss nicht klar.

***

Philipp war bereits da und hielt zwei Plätze frei, als ich um halb eins im Personalrestaurant des Walmont eintraf. Wie immer hatte er seinen Arztkittel für die Mittagspause ausgezogen. Den meisten seiner Kolleginnen und Kollegen war es wichtig, im Walmont als Angehörige der medizinischen Kaste erkannt zu werden. Der Arztkittel diente ihnen als Uniform und Rangabzeichen zugleich. Philipp war solch beruflicher Standesdünkel fremd. Ich lächelte, als ich das Hemd erkannte, das er trug. Ich hatte es ihm geschenkt, als wir erst ein paar Monate ein Paar waren. Es war aus einem weichen, matt glänzenden Baumwollstoff mit Seide in einem zarten Himmelblau. Ich hatte diesem Hemd nicht widerstehen können, da ich wusste, dass es bestens mit Philipps Hautfarbe und seinen schwarzen Haaren harmonieren würde. Dieses indigene Aussehen hatte er von seiner Urgrossmutter geerbt. Er hatte mir erzählt, dass er eine Weile gehofft hatte, adoptiert worden zu sein, da er weder seiner Mutter noch seinem Vater im Geringsten ähnlich sah. Da erst hatten ihm seine Eltern erzählt, dass seine Urgrossmutter eine Cree war, was bis zu diesem Zeitpunkt schamhaft verschwiegen worden war.

Wir assen mumifizierte Lasagne und in Salatsauce ertränktes Grünzeugs mitten im üblichen Gewimmel und Lärm und unterhielten uns über den neuen Roman von T.C. Boyle, die städtischen Bauvorhaben und eine von Philipps Patientinnen. Es war, als ob Philipp nie weg gewesen wäre. In diesem Moment genoss ich seine körperliche Nähe ebenso wie seinen Intellekt. Sogar sein schalkhafter Charme, den ich bereits verloren geglaubt hatte, zeigte sich wieder.

«Wollen wir heute auch zusammen abendessen?», fragte er. «Ich würde gerne für dich kochen. Ich habe Lammkoteletts gekauft.»

«An Senfsauce? Mit Kartoffelgratin?» Mir lief das Wasser im Mund zusammen, und Philipp nickte und lachte erfreut auf. Ich hatte mich an eines der ersten Essen erinnert, das er für mich gekocht hatte.

«Also», fuhr er fort und schien leicht zu erröten. «Ich wollte dich noch was anderes fragen. Es ist so, dass ich ... Also, wegen dem Wohnen.» Er holte Luft und fuhr hastig fort: «Ich halte das nicht mehr aus in diesem Studio. Da hat noch nie jemand wirklich gelebt, Lou. Das sind bloss vier Wände um ein Bett herum, ein Aufbewahrungsort für verlorene Seelen.»

Das «wie ich eine bin» blieb unausgesprochen, hing dennoch wie eine fette, stinkende Wolke zwischen uns in der Luft. Sollte ich noch ein «weil du nicht mit mir zusammenwohnen willst» anhängen?

«Ich hasse diese kackbraunen Wände und Teppiche und Bettdecken», fuhr er fort. «Es ist alles in derselben Farbe. Es ist grauenhaft unpersönlich.»

«Das tut mir leid. Ich habe gemeint, es gefällt dir.»

«Das Quartier ist schon in Ordnung, nur die Wohnung ... Ich kann dort nicht atmen, und diese braune Decke fällt mir nach drei Sekunden auf den Kopf. Ich habe gedacht, ich könnte vielleicht, wenn es dir nichts ausmacht, also ... Du hast doch dieses Sofa, das man ausziehen und als Gästebett –»

«Bei mir?»

«Geht das? Nur für den Anfang. Bis ich eine grössere Wohnung für uns gefunden habe.»

«Du weisst ja, dass es ziemlich eng ist bei mir und –»

«Nur für den Anfang. Bitte! Bis ich etwas anderes gefunden habe.»

Seine Wohnung in Montréal blitzte vor meinem inneren Auge auf. Ich hatte kaum je ein hässlicheres Hochhaus gesehen, und die Wohnung, die er dort drin bewohnte, war mit Gitterstäben an den Fenstern versehen, um die Selbstmordrate der Bewohner zu verringern. Das einzig Dekorative waren die Schimmelpilze an den Wänden, die man bei Bedarf auch als Rorschachtests benutzen konnte.

«Also gut. Nicht zu lange, aber ja. Natürlich, du kannst zu mir kommen.»

Philipps Gesicht entspannte sich, er begann zu lächeln. «Als Vorspeise mache ich Coquilles-Saint-Jacques, dann Lammkoteletts mit Gratin und Pfälzer Rüebli.»

Ich begann unsere Teller zu stapeln, es wurde Zeit, wieder an die Arbeit zu gehen.

«Ein Problem gibt es noch», sagte Philipp und nahm mir das Tablett aus der Hand. «Oliver Strittmatter hat mich heute angerufen. Wir haben zusammen studiert, das ist lange her. Jedenfalls hat er gehört, dass ich von Montréal zurück bin. Er und seine Freunde planen eine Reise nach Kanada, und da hat er gedacht, er könne sich bei mir noch ein paar Tipps holen.»

«Ja und?»

«Er hat vorgeschlagen, mich zu besuchen. Sonntagabend hätte die ganze Truppe Zeit, sie wollten sich eh treffen.»

Mir schwante Böses. «Wer ‹sie›? Wie viele sind das? Du willst sie zu mir einladen?»

«Oliver hat gemeint, es sei für mich angenehmer, wenn sie zu mir kommen, ich sei vielleicht noch im Jetlag. Sonst müsste ich zu ihm, und er wohnt irgendwo in der Nähe von Rüttihubelbad. Ich habe gedacht, ich könnte sie zum Abendessen einladen.» Er transformierte seinen ganzen Charme in ein Lächeln. «Ich übernehme die gesamte Arbeit, du kannst einfach mitessen.»

«Mehr als zehn Personen haben keinen Platz an meinem Tisch.»

«Ich weiss, ich war schon mal bei dir zu Hause, falls du das vergessen haben solltest.» Wieder dieses Lächeln.

Ich seufzte. Ich hasste solche Anlässe, Philipp wusste das ganz genau. Andererseits: Wie konnte ich ihm diesen kleinen Gefallen verwehren? Ich gab mir einen Ruck. Je eher der Anlass vorbei war, umso besser.

«Also gut», ich zog meine Mundwinkel nach oben, «aber ich mache keinen Small Talk, das weisst du.»

***

Die Heimfahrt erschien mir länger und anstrengender als am Vortag. Jedes Mal, wenn mich ein Velo überholte, das kein E-Bike war, wurde mir meine erschreckende Schwäche bewusst. Von der Leistengegend her spürte ich ein Ziehen gegen unten in Richtung Gebärmutter. Ich versuchte den Schmerz zu ignorieren.

In meiner Wohnung nahm ich noch immer das Parfüm meiner Mutter wahr, aber sie war bereits gegangen. Auf dem Küchentisch lag der Zettel, den ich ihr hingelegt hatte. Auf der Rückseite hatte sie geschrieben, ich solle das Gästebett neu beziehen, die Decke muffe, sie würde den Psychopathen verklagen, wobei mir und möglicherweise auch ihr selbst nicht klar war, ob sie damit diesen Félix mit aigu oder den Sterbehelfer meinte, und als Letztes, ich solle Philipp einen Gruss ausrichten, er solle sie wieder einmal besuchen. Ich würde mich später an dieses Gefühl der Erleichterung erinnern, das ich bei dem Gedanken verspürte, sie nicht mehr bei mir zu Hause anzutreffen und nicht mit ihr reden zu müssen. Und würde mich dafür zutiefst schuldig fühlen.

Ich kam gerade aus der Dusche, da klingelte das Telefon.

«In der Bolle von Magadino ist ein ganzer Trupp von Seidenreihern gesichtet worden. Wir fahren morgen hin. Kannst du freinehmen? Kommst du auch mit?», dröhnte mir die aufgeregte Stimme von Bernhard Schöni, seit mehr als zwanzig Jahren Präsident der «Ala Bern», des lokalen Ornithologen-Vereins, entgegen. Meine Grossmutter hatte mich als Kind zu den Ornithologen in Basel mitgeschleppt und mit diesen Spinnern bekannt gemacht, die manchmal Tausende Kilometer weit reisten, nur um irgendeinen seltenen Singvogel oder einen schwarzen Schwan zu sehen.

Ich hielt den Hörer hastig zehn Zentimeter von meinem

Ohr entfernt. «Morgen? Tut mir leid, das geht nicht, ich habe zu viel zu tun.»

«Es hat eine schiefergraue Morphe darunter! Willst du dir das etwa entgehen lassen? Komm schon, gib dir einen Schupf.»

Eine Sekunde lang stellte ich mir vor, wie schön es wäre, einen Tag mit der Beobachtung von Vögeln zu verbringen und den vielen Heldengeschichten zu lauschen, die meine Ala-Kolleginnen und -Kollegen bei solchen Gelegenheiten zum Besten gaben.

«Ich kann wirklich nicht.»

«Du machst dich rar, Louisa. Warst du an der Jahresversammlung? Oder auf der letzten Exkursion? Kommst du wenigstens mit an unsere nächste Heckenaktion?»

Ich versprach, mir dies zu überlegen, und wimmelte ihn ab. Dann dachte ich darüber nach, weshalb ich den Ausflug ins Tessin eigentlich nicht mitmachen wollte. Zeit hätte ich genug. Es war, als ob etwas in meinem Inneren sich gegen freudvolle Erlebnisse sträuben oder diese sogar fürchten würde.

***

Philipp hatte das Kochen nicht verlernt. Er blühte regelrecht auf, während er schnippelte und rührte, würzte und briet. Es machte Spass, ihm zuzuschauen. Einen Moment sah ich wieder Philipps trostlose Küche in Montréal vor mir. Er schien wie verwandelt, aufgewacht aus einem lähmenden Alptraum. Tief zog ich die Düfte ein. Oh Gott, das hatte ich wirklich vermisst! Der Mensch war nicht dafür geschaffen, alleine zu essen. Oder wenigstens war ich es nicht. Philipp übernahm nach dem Essen auch den Abwasch. Ich sass auf dem Sofa, die Beine hochgelegt, und liess es mir gut gehen.

Nach geschlagener Schlacht schlug Philipp einen Spaziergang vor, damit sich seine transkontinental umherirrende Seele im Berner Boden festkrallen könne. Wir gingen zu meinem Lieblingsbaum, einer alten Linde, die alleine mitten auf einem Hügel steht und über dem Quartier Wache hält, setzten uns auf das dazugehörende Bänkli und schauten in der einsetzenden Dämmerung über die Stadt. Im Gebüsch nebenan lärmten Spatzen, flogen auf, laut streitend, landeten etwas weiter entfernt auf einem Haselstrauch. Der Schrei eines Raubvogels liess mich nach oben in den noch lichten Himmel schauen. Nur etwa zwanzig Meter über mir flog ein Mäusebussard. Er schraubte sich in engen Kreisen hinauf, bis er nur noch als kleiner dunkler Fleck auszumachen war, und sauste davon. Und da war auch ein grosser Schwarm Schwalben geschäftig am Herumwirbeln. Ich kniff die Augen zusammen, um besser sehen zu können, versuchte die rasend schnellen Bewegungen zu verfolgen. Es waren Hirundo rustica, Rauchschwalben, gut erkennbar am hellen Bauch und den dunkel abgesetzten Flügeln. Da müsste auch ein dunkler Kragen um den Hals sein. Ohne Fernglas konnte ich dieses Merkmal nicht ausmachen. Nie wurde ich müde, den Flug der Schwalben zu beobachten. Ihre pfeilschnellen, eleganten Bewegungen: kurz flattern, Flügel anlegen, segeln, zur Seite kippen, nach unten sausen, flattern, nach oben sausen, segeln. Dazu ihrem allerliebsten Tswiit Tswiit lauschen. Ich lächelte. Keine schiefergraue Morphe, aber reines Glück.

Philipp erzählte mir von seinen letzten Wochen in Montréal und seinem Entscheid, endgültig in die Schweiz zurückzukehren, von dem gescheiterten Versuch, seine Wurzeln bei den Cree zu finden, und von seiner Sehnsucht nach einem Zuhause.

«Ich kann dir nicht Heimat sein», sagte ich in das entstandene Schweigen hinein.

Er erhob sich.

«Ich weiss, Lou, ich habe es begriffen», sagte er leise.

Er fasste nach meinen Händen, um mich auf die Beine zu stellen. «Du hast ja eiskalte Hände. Gehen wir zurück.»

Wir gingen eng umschlungen nach Hause. Ich fühlte mich wohl und geborgen. Ich beschloss, dass Philipp die kommenden Wochen bei mir wohnen würde. Gegen elf begann er ernsthaft zu gähnen.

«Du solltest schlafen gehen», sagte ich.

«Entschuldige.»

Noch ein Gähner. Ich erhob mich und blieb unentschlossen stehen. Mein Bett war breit genug für zwei Personen und viel bequemer als das Sofa. Früher hatte er auch immer in meinem Bett geschlafen. Vor Montréal. Seit Kanada war alles unklar zwischen uns. Philipp hatte mich während meines Besuchs auf Distanz gehalten, als ob ich die Pest hätte. Nicht, weil er mich nicht mehr liebte. Jedenfalls hatte er das so gesagt. Er hatte in der Zwischenzeit erfahren, dass er unfruchtbar war. Er wollte mich freigeben, damit ich mit einem anderen Mann Kinder bekommen könne. Kinder, die ich gar nicht wollte. Aber jetzt war ich schwanger. Und Philipp war hier. Was hiess das für mich? Was wollte er? Ach, verdammt, warum war alles so kompliziert geworden?

Philipp schaute mich fragend an.

Ich gab mir einen Ruck. «Du kannst auch in meinem Bett schlafen, wenn du möchtest. Nur, wenn du möchtest.»

«Gerne, danke», sagte er.

So einfach.

***

Der nächste Tag brachte wohltuende Routine. Ich arbeitete konzentriert. Philipp fuhr zum Unispital Zürich, wo er an einem Austauschtreffen mit REGG-Leuten aus Toronto teilnahm. REGG stehe für *Research Group on Geriatrics and Gerontology*, erklärte er mir, erstaunt darüber, dass es noch Menschen gab, die das nicht wussten. Anschliessend begleitete er die Delegation zu einem Galaessen ins Dolder Grand Hotel. Ich genoss den Moment der Ruhe alleine in meiner Wohnung. Am Abend rief mich Bernadette Bonvin an, die wahrscheinlich älteste und beste Freundin meiner Mutter. Eine Walliserin aus Brig, die seit vierzig Jahren in Basel im Gundeli-Quartier wohnte. Sie habe sich diesen Nachmittag mit meiner Mutter für einen Kinobesuch verabredet. Eine Pedro-Almodóvar-Reprise im Kino Rex. Ursula sei nicht erschienen. Ob sie krank sei? Ob ich wisse, was mit ihr los sei? Ich verneinte, versprach, meine Mutter anzurufen, und vergass es sofort wieder.

***

«Was sagt eigentlich Philipp dazu, dass Wanner sein Geriatriekonzept abgeschafft hat?», fragte mich Tscharya in der Kaffeepause am nächsten Morgen. Roger Wanner war der Arzt, der die Geriatrie in Philipps Abwesenheit geleitet hatte. Während sie sich den Milchschaum ihres Latte macchiato von den Lippen leckte, versuchte ich möglichst unauffällig, die tagesaktuelle Zahl ihrer Piercings zu eruieren. Saisonbereinigt leicht unterdurchschnittlich, stellte ich erleichtert fest.

«Ich wusste gar nicht, dass das Konzept abgeschafft worden ist. Das Walmont hat doch einen Preis dafür erhalten», sagte ich.

«*Tempi passati*, würde ich mal sagen.»

Sie löffelte weiter an ihrem Milchschaum, während ich darüber nachdachte, was das für Philipp bedeutete. Nichts Gutes, so viel stand fest. Weshalb hatte er mir das nicht gesagt?

«Wie wird das eigentlich gelöst, jetzt, da Philipp wieder arbeitet? Geht Wanner oder bleibt er?», fragte ich.

«Er bleibt. Annika sagt, sie werden die Oberarztstelle und eine Forschungsstelle je hälftig teilen. Das ist ein neues Modell.»

«Wer ist Annika?»

«Die Neue vom Personaldienst. Sie hat mir auch gesagt, dass Philipps Anstellung sozusagen auf Probe ist. Das neue Modell der Zusammenarbeit mit Wanner muss sich zuerst bewähren, dann erst wird er fest angestellt.»

Auch davon hatte mir Philipp nichts erzählt.

«Ich muss kurz weg», sagte ich und stand auf.

«Vergiss nicht, dass du heute noch mit der Vorbereitung für die GEKO beginnen musst, Lou.»

«Ich weiss, ich weiss, du hast es mir in den letzten Wochen etwa hundertmal gesagt.»

Tscharya deutete meinen Tonfall richtig. «Chefin!», rief sie mir hinterher. «Diesmal *darfst* du es nicht vermasseln.»

Am Eingang der Geriatrie begrüsste mich Marianna, eine Krankenpflegerin, die ich von früher kannte.

«Was für eine Freude, dass Philipp wieder da ist», sagte sie strahlend und umarmte mich.

«Ja. Wo ist er? Darf ich ihn kurz stören?»

«Sie sind gerade auf der Visite. Wahrscheinlich irgendwo zwischen Zimmer 217 und 220.»

«Danke, Marianna.»

Im Flur sprach mich eine Ärztin an, die ebenfalls strahlend von Philipp erzählte. Es war wirklich eindrücklich, wie glücklich alle über seine Rückkehr waren. Über der Türe des Krankenzimmers 217 leuchtete das Signallicht orange. Das hiess, dass gerade eine medizinische Behandlung vorgenommen wurde und man nicht stören sollte. Ich hörte mehrere Stimmen, klopfte und öffnete die Türe einen Spaltbreit, um hineinzuspähen.

«… hat in Ihrer Abwesenheit reibungslos funktioniert, Kollege Laval. Ich brauche Ihre Belehrungen nicht», sagte ein Mann in Weisskittel, und sein Ton war eisig. Oh, oh. Diese eine Person war definitiv *nicht* begeistert von Philipps Rückkehr. Nicht gut.

In dem Raum befanden sich vier Personen. Eine davon lag im Bett. Die anderen drei waren Philipp, ein sehr gereizter Oberarzt Wanner und die Leiterin Pflege der Geriatrie, Geneviève Dutoit.

«Dr. Laval möchte lediglich darauf hinweisen, dass –», sagte Geneviève gerade, da erblickte mich Philipp.

«Lou. Komm her!»

Ich erschrak. Seine normalerweise olivbraune Gesichtsfarbe war zu einem blassen Grau erloschen, die Haut spannte sich über den ausgeprägten Backenknochen, und seine Augen lagen tief in den Höhlen, umgeben von schwarzen Augenringen. Bisher war mir gar nicht aufgefallen, wie erschöpft er war.

«Können wir weiterfahren, Kollege?», fragte Wanner und versuchte gar nicht erst, seine Ungeduld zu kaschieren.

Philipp wandte sich dem Bett zu, in dem ein gross gewachsener Mann lag. Als Erstes fielen mir seine riesigen Ohren auf, der Schädel war von einer dünnen Hautschicht überzogen, die sich schmerzhaft zu spannen schien. Da war kein Fettgewebe mehr. Die Augen waren tief in ihre Höhlen eingesunken und so matt, dass es mir nicht möglich war, ihre Farbe zu erkennen. Seine Lippen waren ausgetrocknet und an zwei Stellen aufgesprungen. Man hatte ihm eine Infusion gesteckt, um die Dehydration zu behandeln.

«Das ist Herr Hauser, er ist vierundneunzig Jahre alt», sagte Philipp und legte dem alten Mann die Hand auf die Schulter. «Er wurde gestern Abend eingeliefert und für einige Stunden in die Intensiv verlegt, weil er an Herzinsuffizienz leidet. Wir besprechen gerade, wie die weiterführende Behandlung aussehen soll. Dr. Wanner möchte gerne einen Eingriff vornehmen, um Herrn Hausers Herz zu entlasten. Ich bin nicht sicher, ob das der richtige Weg ist. Und Herr Hauser konnte bisher seine Meinung noch nicht sagen. Herr Hauser», sagte er überdeutlich artikuliert und laut, indem er sich direkt an den Patienten wandte. «Sie haben Probleme mit Ihrem Herzen. Es arbeitet nicht mehr so gut wie früher, das wissen Sie, nicht?»

Der Mann nickte.

«Wir können Ihnen Medikamente geben, damit Sie sich etwas besser fühlen, wieder besser atmen können. Das wird leider nur kurze Zeit helfen. Wir können Sie auch operieren. Falls die Operation gelingt, wird es Ihnen einige Monate lang wieder gut gehen.»

Der Mann strich mit den Händen in einer fahrigen Bewegung über die Bettdecke. Man konnte ihm sein Unbehagen ansehen.

«Was meinen Sie? Sollen wir Ihr Herz operieren, damit Sie sich wieder besser fühlen?», fragte Philipp.

Der alte Mann versuchte etwas zu sagen. Sein Mund war eingefallen, und mir fiel auf, dass er sein Gebiss nicht eingesetzt hatte. Die Laute, die aus seinem zahnlosen Mund kamen, waren unverständlich. Er keuchte und griff nach Philipps Arm. Gelb verfärbte lange Fingernägel, gebogen wie Krallen, bohrten sich in Philipps Ärmel. Der Patient strengte sich offensichtlich an, etwas zu sagen, aus seinem Mund kam jedoch lediglich ein Lallen.

«Hören Sie doch auf, Laval, Sie quälen ihn nur», zischte Wanner.

«Die Notfallmediziner haben vergessen, sein Gebiss miteinzupacken, als sie Herrn Hauser geholt haben», erklärte Philipp mir zugewandt. «Verständlich, sie haben nur daran gedacht, sein Leben zu retten. Aber nun haben wir das Problem, dass Herr Hauser sich nicht mitteilen kann, obwohl wir doch so dringend seine Meinung hören sollten. Angehörige, die wissen, was er sich wünscht, existieren leider keine mehr. Ohne Herrn Hauser können wir nicht entscheiden, was geschehen soll.»

«Wir müssen und wir können. Wir sind Ärzte», sagte Wanner.

«Moment, der Patient ist urteilsfähig», entgegnete Geneviève.

«Wir haben keine Zeit», sagte Wanner. «Seine Werte sind kritisch. Wir könnten ihn bereits heute Nachmittag operieren. Es hat ein Zeitfenster im Operationsplan. Das sollten wir nutzen.»

Der alte Mann hielt noch immer Philipps Arm umklammert. Er starrte mich aus eingesunkenen Augen an, die Augenbrauen vor Anstrengung zusammengezogen.

«Wo wohnt er denn, der Herr Hauser?», fragte ich.

«Ostermundigen. Salmenstrasse 17», las Geneviève vom Rapportzettel ab, kramte Hausers Wohnungsschlüssel aus der Schublade des Nachttischchens und warf ihn mir zu.

Das war meine Chance, an diesem Tag wenigstens *eine* sinnvolle Sache auf die Reihe zu bringen und die leidige Diskussion mit Tscharya wegen der GEKO noch etwas hinauszuschieben. «Ich bin in einer Stunde zurück», sagte ich. «Mit dem Gebiss.»

«Das ist keine Visite», hörte ich Wanner noch verärgert sagen, «das ist ein Jekami. Ich will jetzt sofort eine Entscheidung haben, oder Sie tragen die volle Verantwortung.»

Als ich im Laufschritt an Marianna vorbeieilte, rief sie mir nach: «Dicke Luft?»

Ich antwortete über die Schulter: «Dicke Luft.»

Sie machte einen Jauchzer. «Ich hatte es gehofft.»

Kopfschüttelnd verliess ich die Geriatrie und eilte so schnell es ging zum Velounterstand, der sich beim Hinterausgang der Klinik befand. Mit dem Fahrrad war ich in zwanzig Minuten im Zentrum von Ostermundigen angelangt. Ich hatte den Weg über die Monbijoubrücke gewählt, musste am Thunplatz haarscharf an einem Lastwagen vorbeimanövrieren, kam am Paul-Klee-Zentrum vorbei, fuhr an der Mauer des Schosshaldenfriedhofs entlang und bog wenig später rechts in das Wohnquartier. Ich wusste, wo sich die Salmenstrasse befand. Vor ein paar Monaten hatte in einer Querstrasse dazu die Jahresversammlung der «Ala Bern» stattgefunden, die ich in Tat und Wahrheit besucht hatte, auch wenn sich unser Präsident, Bernhard Schöni, nicht daran erinnerte. Salmenstrasse Nummer 17 stellte sich als ein Mehrfamilienhaus mit sechs Parteien heraus, das erst vor Kurzem renoviert worden war. Bei Peter Hauser im dritten Stock antwortete niemand, ich hatte auch nichts anderes erwartet. Als ich die Wohnungstüre aufschloss, öffnete sich die Türe von Gegenüber. Hausers Nachbarin trug einen knapp geschnittenen Trainingsanzug in grellem Orange mit violett abgesetzten Streifen, der ihren muskulösen Körper betonte. Ihre Haare waren blond gefärbt, und sie hatte eine Bräune, die nach Solarium aussah. Aus ihrer Wohnung drang ABBAs «Dancing Queen», unterlegt mit einem Technobeat. Sie sah nach superfitten fünfzig aus. Sie wollte wissen, was ich in der Wohnung zu suchen hätte. Ich stellte mich als Mitarbeiterin des Walmont vor. Sofort wandelte sich ihr Argwohn in Besorgnis. Sie fragte, wie es Pesche gehe und ob man ihn besuchen dürfe. Als ich ihr dessen missliche Lage wegen des fehlenden Gebisses erklärt hatte, begleitete sie mich in Hausers Wohnung.

Eine ziemlich dicke weisse Katze mit intensiv goldenen Augen begrüsste uns mit Miauen. Sie strich mir um die Beine, und ich streichelte sie automatisch. Sie stieg auf die Hinterbeine und drückte ihren Kopf an meine Hand.

«Das ist Lara. Pesche liebt die Katze. Sagen Sie ihm, dass ich gut zu ihr schaue. So lange, bis er zurück ist, kein Problem. Ich mache das gerne, nicht, Lara?»

Kurz darauf fanden wir die Zähne im Badezimmer. Die Nachbarin lief in ihre Wohnung, brachte mir ein passendes Tupperware, das ich in meinem Rucksack verstaute, und ich rannte mit dem klappernden Päckchen wieder nach unten. Einen Moment lang freute ich mich, dass ich mich so voller Energie fühlte, dann musste ich mich wieder auf den Verkehr konzentrieren. Zwanzig Minuten später war ich, wie versprochen, zurück im Walmont.

Marianna passte mich ab. «Schnell! Hast du die Zähne?», fragte sie mich. «Seine Sauerstoffsättigung ist im Keller.»

Neugierige Blicke von Patienten und deren Angehörigen verfolgten uns, während wir im Eilschritt zu Hausers Zimmer rannten. Marianna stellte das Kopfteil des Bettes hoch, packte die zwei Gebisshälften aus, spülte sie kurz ab und reichte sie Herrn Hauser. Ich wandte mich ab, während der alte Mann mit den Dingern in seinem Mund herumfummelte.

«Danke, dass Sie meine Zähne geholt haben», sagte er. Seine Aussprache war noch immer leicht verschliffen, und das Sprechen strengte ihn offensichtlich an, aber seine Worte waren nun verständlich.

«Gern geschehen. Ich soll Ihnen Grüsse von Frau Gugger ausrichten.»

«Danke.»

Ich schielte unauffällig auf den Monitor. Die Sauerstoffsättigung war immer noch sehr tief.

«Es ist … lächerlich in meinem Alter», er befeuchtete seine Lippen mit der Zunge, «aber ich fühle mich … hässlich», er legte sich die Hand auf die Brust, holte Luft, «hässlich ohne meine Zähne.»

Er schnappte nach Luft, der Monitor begann zu piepsen, beruhigte sich sofort wieder. Hauser war erschreckend bleich.

«Es ist … würdelos, nicht?», fragte er und bat mich um den Schnabelbecher. Er atmete schwer. Er wirkte wirklich sehr krank. Marianna kontrollierte den Monitor, machte eine kurze Notiz.

«Ich hole die Oberärzte», sagte sie.

«Die streiten sich … nur», wisperte der alte Mann.

«Sie müssen doch entscheiden, wie es weitergehen soll», sagte ich.

«Haben Sie», er atmete schwer, «… Lara?»

«Ich habe Lara gesehen, es geht ihr gut. Frau Gugger füttert sie und schaut zu ihr, während Sie im Spital sind. Machen Sie sich keine Sorgen. Es geht Lara sehr gut.»

Hauser schloss seine Augen, sein Gesicht entspannte sich. In diesem Moment kam Philipp ins Zimmer. Er lächelte mich an, und in seinen dunklen Augen tanzten die Lichter, die ich so lange vermisst hatte. Auch sein Gesicht hatte wieder etwas Farbe bekommen. Er wickelte Hauser die Blutdruckmanschette um den dünnen Oberarm und klemmte ihm den Pulsoxymeter über das vorderste Glied des Mittelfingers, um Puls und Sauerstoffsättigung zu messen.

Er wandte sich zum Monitor und kontrollierte die Werte.

«Mittagessen?», fragte ich flüsternd. Es war bereits Viertel nach zwölf, und ich hatte Hunger.

«Zehn vor eins?», fragte er.

Ich nickte und ging.

Im Büro blinkte der Anrufbeantworter meines Telefons. Ich hatte mich kaum hingesetzt, da klingelte es bereits wieder. Es war Bernadette, Mutters Freundin. Ich seufzte. Ursi sei eindeutig verschwunden, dröhnte mir ihre aufgeregte Stimme entgegen. Es müsse ihr etwas zugestossen sein. Ich versuchte, sie zu beruhigen, aber Bernadette war felsenfest überzeugt, dass meine Mutter in Schwierigkeiten war. An diesem Morgen war vorgesehen gewesen, dass die Frauengruppe «Gläibasel» das

Stadttheater besuchen würde. Ursi habe das organisiert, sie habe ja die besten Beziehungen. Die Gruppe durfte hinter die Kulissen schauen, mit dem Lichtmeister und der Regisseurin plaudern und zum krönenden Abschluss in eine Probe des Tanzensembles reinschauen.

«Ich weiss, dass Ursi sich das niemals hätte entgehen lassen. Sie hatte den Anlass ja von A bis Z organisiert. Und einer der Tänzer, ein Russe, soll aussehen wie der junge Nurejew. Hat sie gesagt.»

«Ich glaube nicht, dass wir uns Sorgen machen müssen. Wahrscheinlich hat sie einfach vergessen, dass ihr das abgemacht habt, schliesslich ist sie auch nicht mehr die Jüngste. Und sie war letzthin etwas durcheinander und müde.»

«Das ist doch wieder einmal typisch! Ursula ist nicht im Geringsten vergesslich. Und schon gar nicht dement, falls du das antönen wolltest.»

«Natürlich nicht, ich wollte nur –»

«Es muss ihr etwas zugestossen sein.»

«Was soll ihr denn zugestossen sein? Du machst dir zu viele Sorgen.»

Bernadette wollte sich nicht beruhigen lassen, und langsam ging sie mir auf die Nerven. Sie meinte tatsächlich, ich solle sofort nach Basel reisen und nach meiner Mutter schauen. Ich versprach, mich um die Sache zu kümmern, ohne auf Details einzugehen, und konnte sie endlich abwimmeln.

Ich wartete zehn Minuten am Eingang des Personalrestaurants vergeblich auf Philipp, bis eine SMS eintraf, dass er keine Mittagspause machen könne. Verärgert wollte ich mir ein Sandwich mit aufs Büro nehmen, da traf ich auf Helga. Wir setzten uns an den letzten freien Tisch im Park, der aufgrund seines wackligen und windschiefen Zustands unbeliebt war. Helga machte sich an den Tischbeinen zu schaffen, bis sich die Tischplatte in einer leidlich stabilen Waagerechten befand. Ein kühler Windstoss liess mich frösteln. Der Himmel hatte sich bedeckt, die Luft roch nach Regen.

«Fühlst du dich gut?», fragte mich meine Freundin, zog ihre

Strickjacke aus und reichte sie mir. Die Jacke war viel zu gross, aber kuschelig warm. Ich seufzte vor Behagen.

«Hast du schon einen Ultraschall gemacht? Ich kann dir eine Ärztin empfehlen, wenn du möchtest», fuhr sie fort.

«Hast du schon mal von einem Arzt gehört, der Sterbehilfe anbietet?», fragte ich, um das Thema zu wechseln.

Helga überlegte, schüttelte den Kopf. «Damit kenne ich mich nicht aus. Ich weiss nur, dass es in der Schweiz Exit und Dignitas gibt. Mehr will ich auch gar nicht wissen.»

Den letzten Satz hatte sie trotzig von sich gegeben. Ich fragte sie nach dem Grund.

«Meine Haltung scheint nicht modern zu sein. Jeder betrachtet heute Autonomie als oberstes Recht des Bürgers. Aber ich habe etwas gegen Leute, die sich davonstehlen, sobald das Leben unangenehm wird.»

«*Davonstehlen?* Und was soll das heissen, dass das Leben *unangenehm* wird? Menschen, die mit assistiertem Suizid sterben, haben vielleicht seit Jahren unter extremen Schmerzen gelitten, oder sie wissen, dass sie früher oder später ersticken werden, weil die Lunge nicht mehr mitmacht. Oder sie haben seit Jahren keine Freude mehr am Leben.»

«Mag sein. Aber Selbstmord ist immer schwierig für die Angehörigen. Ein Suizid hat etwas Egoistisches an sich. Für den Toten ist alles fein, doch sollte man nicht auch an diejenigen denken, die zurückbleiben? Jeder gewaltsame Tod hinterlässt Wunden, die nicht heilen wollen. Das weisst du ja selbst am besten.»

Ich wollte nicht über meinen Vater sprechen. Irgendwann wird die Zeit kommen, da ich es will. Und wenn mit jemandem, dann mit Helga.

«Ich denke, es gibt auch Fälle, wo der assistierte Suizid für alle Beteiligten aufgeht», sagte ich.

Helga grunzte mit vollem Mund etwas, was als Zustimmung durchgehen konnte.

«Du hast meine Frage nicht beantwortet, Helga. Hast du schon mal etwas davon gehört, dass ein Arzt in Bern eine Art

De-luxe-Freitodbegleitung anbietet? Meine Mutter war letzten Dienstag hier in Bern und hat erzählt, dass sie bei so was dabei war.»

«Eine De-luxe-Variante? Was soll denn das sein? Das tönt echt krank, ausserdem wäre es illegal, wenn er finanziell davon profitieren sollte. Hat deine Mutter wirklich gesagt, dass das ein Arzt war?»

«Ich kann mich nicht mehr genau erinnern. Es war ziemlich wirr.»

«Ich sag dir mal was: Du weisst, dass ich nicht gläubig bin. Ich arbeite jetzt seit mehr als zwanzig Jahren als Hebamme. Ich schätze mal, ich war bei mindestens dreitausend Geburten dabei. Und jedes Mal, wenn so ein Winzling seinen ersten Atemzug tut, ist es für mich ein Wunder. Und ein Geschenk.»

Sie schaute mich einen Moment eindringlich an, und es war klar, an was oder genauer gesagt, an wen sie gerade dachte. Reflexartig legte ich eine Hand auf meinen Bauch. Helgas einer Mundwinkel ging einen Millimeter gegen oben.

«Das Ende des Lebens ist nicht dasselbe wie der Anfang», sagte ich und wusste selbst nicht genau, was ich damit meinte.

«Mag sein, doch das Leben wird uns geschenkt, und wir haben Besseres zu tun, als es wegzuwerfen.»

«Denk doch mal an Demenz», sagte ich. «Was macht es für einen Sinn, jahrelang dahinzudämmern, in einem Vorhof der Hölle, zwischen Leben und Tod oder jedenfalls nicht mehr wirklich lebendig und geistig aktiv? Wenn ich an Demenz erkranken sollte, wäre das für mich ein Grund, Schluss zu machen. Stell dir vor, eingesperrt in einem Pflegeheim, mit zu wenig Personal, lausiger Betreuung und dem Fernseher als einziger Unterhaltung. Und überhaupt, früher hätte sich das eine Gemeinschaft gar nicht leisten können, alte, schwer kranke Menschen so lange am Leben zu erhalten.»

«Aber wir *können* es uns leisten. Wir leisten es uns, alt zu werden, und da gehört es dazu, sich um die Kranken am Lebensende zu kümmern, für sie zu sorgen. Was wäre das für eine Gesellschaft, die nicht mehr für Kinder, Kranke und Behinderte sorgt? Alles sogenannt unproduktive Leben als wertlos betrachtet? Das ist doch eine Horrorvorstellung.»

«Was macht das für einen Sinn für dich selbst als Betroffene? Wenn ich mir überlege, was für mich das Leben lebenswert macht ... der Kontakt zu anderen, denken können, sich entscheiden können, Musik hören ... dieser Moment hier – im Schatten eines grossen, alten Baumes sitzen, mit meiner Freundin schwatzen, auf die Lichtreflexe im Wasser schauen, eingehüllt von einer leichten Brise und dem Sirren der Grillen.»

Helga lachte, drückte mir kurz den Arm und machte sich auf zu einer neuen Geburt, dem Wunder des Lebens.

Die einen klammern sich an das Leben, dachte ich. Andere wollen loslassen. Vielleicht hat das auch mit einer Art Demut zu tun. Ich bin nicht so wichtig. Ich komme, bin einige Jahrzehnte auf dieser Erde, und ich gehe wieder. Andere kommen und gehen. Und irgendwann wird es unsere Spezies nicht mehr geben. Das ist in Ordnung. Es entsteht immer wieder etwas Neues.

***

Am Nachmittag versuchte ich mehrere Male, meine Mutter zu erreichen. Bernadette hingegen nahm ihr Telefon sofort ab, als ob sie auf meinen Anruf gewartet hätte. Sie war in heller Aufregung. Sie habe Mutters Nachbarin in der Bäckerei getroffen. Diese habe keine Ahnung, wo Ursi sein könnte, und sie wisse sonst immer alles. Ich versprach widerwillig, mich bei Bekannten und Verwandten zu erkundigen, ob sie irgendwo untergekommen sei, und schickte meinem Bruder eine SMS, ob er wisse, wo Mam sei. Er antwortete mit «Nein». Fragte nicht mal nach, warum ich diese Frage stellte. Ich hatte keine andere Reaktion erwartet. Als Kinder hatten wir einander sehr gemocht, je älter wir wurden, desto weniger hatten wir einander zu sagen, und seit der Scheidung von Reba, die ich und auch meine Mam sehr gemocht hatten, war die Beziehung zwischen uns völlig erkaltet.

Eine Stunde später meldete sich Bernadette erneut. Sie war

bei meiner Mutter zu Hause gewesen. Es habe niemand geöffnet, der Briefkasten sei voll mit Zeitungen und vor der Haustüre würden Milchflaschen stehen.

«Ich bin sicher, dass du dir unnötig Sorgen machst, Bernadette. Sie wird schon wieder auftauchen.»

«Ich kann dich nicht verstehen. Weshalb sorgst du dich nicht? Ist dir deine Mutter vollkommen gleichgültig? Was bist du eigentlich für ein Mensch?»

«Moment mal. Ich –»

«Nein, jetzt rede ich, Louisa! Du weisst gar nicht, wie schlecht es Ursula geht.»

«Nein, das weiss ich tatsächlich nicht. Sie ist bei bester Gesundheit.»

«Dann hat sie es dir also nicht gesagt. Weil Ursi dich nicht belasten wollte, deswegen.»

«*Was* gesagt? Sie will mich nicht belasten? Machst du Witze?»

«Oh nein! Rede nicht zynisch über sie. Ursi hat das nicht verdient.»

«Meine Mutter ist eine Dramaqueen! Mich nicht belasten, da kann ich nur lachen. Es geht ihr blendend, aber sie ruft mich mitten in der Nacht an, weil sie ein Hühnerauge entdeckt hat.»

«Du kennst deine Mutter nicht, du verstehst sie nicht.»

«Ja. Das kann ich definitiv bestätigen.»

«Und wenn sie im Koma liegt?»

«Im Koma? Warum um Gottes willen soll Mutter im Koma liegen?»

Einen Moment war sie still. «Du weisst es also wirklich nicht?»

«Was weiss ich nicht, verdammt noch mal?»

«Sie hat Diabetes.»

«Meine Mutter hat nie Diabetes gehabt.»

«Sie hat Diabetes Typ II. Du solltest das wissen, schliesslich bist du damit erblich vorbelastet.»

«Ich glaube dir nicht. Du erzählst mir weiss Gott was für Geschichten.»

«Soll das heissen, dass ich dich anlüge?»

«Nein, natürlich nicht, ich –»

«Hast du ihren Schlüssel? Geh zu Ursis Wohnung, schau dir ihr Apothekerschränkchen an. Sie nimmt täglich Medis, um ihren Insulinspiegel zu kontrollieren. Danach reden wir weiter.»

Sie knallte den Hörer auf. Ich Sekunden später auch. Wie konnte sie es wagen, mich so anzuherrschen! Und das wegen nichts und wieder nichts. Es war undenkbar, dass meine Mutter an Diabetes litt und mir nichts davon gesagt hatte. Sie, die mich wegen jedes Niesens, jedes verstauchten Fingers sofort anrief? Unmöglich. Bernadette musste sich irren, meine Mutter hatte ihr irgendetwas erzählt ... Vielleicht, um sich in eine neue Theaterrolle einfühlen zu können. Ja, das musste es sein. Eine Neuinszenierung von Thomas Manns «Zauberberg», nur litten die Patienten nicht an Schwindsucht, sondern an Zucker. Und deswegen sollte ich nun nach Basel fahren und die Wohnung meiner Mutter durchsuchen? Ich stellte mir vor, wie sie voller Elan, braun gebrannt von einem Aufenthalt in Monaco nach Hause kam, mich dabei ertappte, wie ich gerade ihr Nachttischchen durchwühlte, und mir eine grässliche Szene machte von wegen Überwachungsstaat, Nazimethoden und Entmündigung. Nein danke. Ausserdem fühlte ich mich regelrecht erschöpft. Ich wollte meine Füsse hochlegen und einen ruhigen Abend zu Hause verbringen.

Es wurde nichts daraus. Gegen vier klopfte Philipp an meine Bürotüre.

«Wir haben uns nochmals mit Herrn Hauser unterhalten, Wanner und ich», erzählte er. «Sie haben während meiner Abwesenheit eine Checkliste auf der Geriatrie eingeführt, die bei jedem Patienten durchgearbeitet werden muss. ‹Informed consent› steht da auch drauf, und das Kästchen musste noch abgehakt werden. Nur wollte Hauser keinen ‹consent› geben. Er will nicht operiert werden.»

«Und was bedeutet das für ihn?»

Philipp wiegte seinen Kopf hin und her. «Schwierig zu sagen», meinte er schliesslich. «Herzinsuffizienz, Probleme mit der Niere, wenn wir alles tun, was man mit invasiver Medizin machen könnte, hätte er vielleicht noch ein Jahr, vielleicht zwei Jahre vor sich. Aber weisst du was? Wenn ich wetten müsste, würde ich sagen, er hat sich zum Sterben entschlossen, und das wird er auch durchziehen.»

«Auf mich wirkte er irgendwie nicht so, als ob er mit dem Leben abgeschlossen hätte.»

«Er hat mir gesagt, er wolle nur sicher sein, dass für seine Katze gesorgt ist. Sobald das klar war, hat er sich entspannt. Und sich gegen die Operation entschieden.»

«In dem Fall bin ich sozusagen schuld an seinem baldigen Tod. Ich habe ihm nämlich erzählt, seine Nachbarin würde für Lara sorgen. Das ist seine Katze.»

«Du hast ihm Ruhe und Frieden gegeben, das ist nichts Schlechtes. Nun muss ich nur noch erreichen, dass Wanner nicht dazwischenfunkt. Herr Hauser hat keine Patientenverfügung gemacht, seine Wünsche stehen also auf wackligen Beinen, und Wanner hat noch nicht begriffen, dass es manchmal unsere Aufgabe ist, Menschen auf ihrem letzten Weg zu begleiten, und nicht, uns ihnen in den Weg zu stellen.»

«Du bist erst gerade angekommen, und schon hast du Krach mit deinem wichtigsten Kollegen.»

Philipp verzog sein Gesicht. «Meinst du, ich mache einen Fehler?», fragte er.

«Vielleicht solltest du dich erst mal etwas mit dem neuen System in der Geriatrie vertraut machen. Wanner ist ja auch kein Trottel.»

«Das Problem ist, dass ich einfach nicht zuschauen kann, wenn grobe Fehler gemacht werden. Es geht um Menschen, die uns anvertraut sind.»

«Und wenn du es mit Diplomatie versuchen würdest? Vielleicht erreichst du damit mehr?»

Philipp seufzte. «Ich werde es versuchen, Lou. Aber jetzt sag mir, wie es dir geht.»

«Alles in Ordnung.»

«So siehst du nicht aus. Du solltest dir wirklich mehr Ruhe gönnen, weniger arbeiten und mehr schlafen.»

«Noch mehr Ruhe und ich liege im Koma!»

«Sag doch so etwas nicht. Du machst mir Angst.»

«Es geht mir prima.»

«Dann komm heute Abend mit zu der Wohnungsbesichtigung. Eine Fünf-Zimmer-Maisonette in einer neuen Siedlung am Belpberg mit wunderbarer Aussicht auf die Berge. Ich habe ein Auto gemietet und kann dich hier abholen. Du musst nicht mit dem Velo nach Hause fahren, und hinterher koche ich dir eine Haferschleimsuppe. Das wärmt und beruhigt den Magen.»

Die Vorstellung, eine Fünf-Zimmer-Maisonette-Wohnung am Belpberg zu besichtigen, war mir völlig zuwider und die Haferschleimsuppe ebenso. Ich sagte, ich hätte keine Zeit, meine Mutter sei verschwunden, packte meine Sachen und fuhr nach Basel.

***

Ich stand in Basel auf dem Bahnhofplatz und fühlte mich mitten im Gewusel der Leute und Klingeln der Trams sofort wieder zu Hause. Es ging mir jedes Mal so, wenn ich in dieser Stadt ankam, nur war ich viel zu selten da. Das letzte Mal war es noch Winter gewesen, am Morgestraich, dem Beginn der Basler Fasnacht.

Mutter besass eine Drei-Zimmer-Wohnung am Oberen Rheinweg im Kleinbasel. Ich machte mich zu Fuss auf den Weg, ging die Elisabethenstrasse entlang, am «Pilzli» vorbei, das schon seit meiner Kindheit existiert und immer noch etwa dieselbe Schaufensterauslage hat, eine Art Zeitmaschine, die mich zurückkatapultiert in die Phase, als ich zwölf Jahre alt war. Beim Bankverein entschied ich mich für einen kleinen Umweg in Richtung «Dalbe», damit ich beim Kunstmuseum vorbeischlendern und im Innenhof einen Blick auf die «Bürger von Calais» werfen konnte. Sie waren immer noch da, die verzweifelten Bürger. Die Skulpturengruppe von Rodin hatte mich bereits als kleines Kind fasziniert. Ich überquerte die Strasse und bog in die Rittergasse ein, wo ich vor Ewigkeiten Tanzunterricht genommen hatte, am Münster vorbei, in die Augustinergasse und den Rheinsprung runter. Auf der «Mittleren Brugg» blieb ich einen Moment stehen, atmete tief den vertrauten Geruch des Rheins ein und liess meinen Blick flussauf- und -abwärts schweifen. So breit und mächtig war dieses Wasser, eine Verbindung zum Meer, zur weiten Welt, gesäumt von diesen alten, starken Häusern und überragt von Industrie und Handel. Dieser Anblick war mir Heimat, gab mir zugleich Geborgenheit und Freiheit. Von hier kann man aufbrechen, und zu diesem Ort kann man auch wieder zurückkehren.

Beim Café Spitz ging's scharf rechts nach unten zur «Gläibasler» Rheinpromenade. Zwei Minuten später war ich bei Mutters Zuhause angelangt: ein schmales Haus, pastellgelb gestrichen, mit Küche und Bad im Parterre, zwei winzigen Zimmern im ersten und einem grossen Zimmer im zweiten Stock. Eine absolute Traumlage zum Wohnen mit Sicht auf die Grossbasler Seite mit Rheinsprung, Münster und dem Café Spillmann. Ganz besonders liebte ich das Blaue und das Weisse Haus, zwei Barockbauten, die in der zweiten Hälfte des 18. Jahrhunderts für die beiden Brüder Jakob und Lukas Sarasin und ihre Seidenbandfabrik gebaut worden waren. Die Sarasins gehörten zu den im Laufe der Gegenreformation geflohenen Hugenotten, welche neben ihrem Glauben auch die grosse Kunst des Seidenfärbens mitbrachten, Grundstein der Basler Chemie, welche bis heute einer der wichtigsten Pfeiler des Basler Wohlstands darstellt.

Ich selbst bin in einem Hochhaus am Rand der Stadt aufgewachsen, und dort wäre meine Mutter wohl noch immer, wenn sie ein paar Jahre nach dem Tod meines Vaters nicht einen Mann kennengelernt hätte, der ihr für die symbolische Summe von fünf Franken diese Wohnung abgetreten hatte. Sie hat mir nie etwas von diesem Mann erzählt, ich kenne nicht mal seinen Namen. Und über die Art der Beziehung, die sie zu ihm pflegte, kann ich nur phantasieren. Sie nannte ihn ihren Gönner und teuersten Freund. Er ist vor ein paar Jahren gestorben, ich werde wohl nie mehr über ihn erfahren. Wie auch immer, das geht mich ja auch nichts an, aber sie besitzt nun diese unglaubliche Wohnung am Rheinweg.

Ich klingelte zur Sicherheit, wartete einen Moment und benutzte den Schlüssel, den sie mir vor Jahren gegeben hatte. Es war das erste Mal, dass ich alleine ihre Wohnung betrat, und ich fühlte mich unwohl dabei. Im Parterre war alles perfekt aufgeräumt und sauber. In meiner Kindheit und Jugend hatte unsere Familie chaotische Zeiten durchgemacht, vor allem, wenn meine Mutter in einer intensiven Theaterphase war. Dann wurde das Haushalten aufs Minimum beschränkt, und wir assen fast nur noch Tiefkühlpizza, die – weshalb auch immer – jedes Mal verkohlt auf den Tisch kam, oder Pastetli mit Sauce aus der Büchse und dazu Nüdeli. Entsprechend den Prioritäten und dem Zeitmanagement aller Beteiligten sah unsere Wohnung stets aus wie nach einem Wirbelsturm, wozu wir Kinder kräftig beitrugen. Im Vergleich dazu wirkte Mutters neue Wohnung am Rheinweg geradezu steril und fühlte sich für mich noch immer fremd an. Ich stieg die Treppe hoch, liess meinen Blick ein erstes Mal durch die Räume schweifen.

In der Küchentür blieb ich abrupt stehen. Auf dem Tisch stand Frühstücksgeschirr. Eine Tasse mit einem eingetrockneten Kaffeerest, ein Glas Honig, ein gebrauchter Teller mit Brotkrümeln. Mir wurde innerlich kalt. Das sah merkwürdig aus, das passte nicht zu ihrer neuen Ordentlichkeit. In die Ferien war sie nicht gefahren, ohne den Tisch abzuräumen und das Geschirr zu spülen. Oder hatte sie es einfach vergessen, bevor sie ging? Ein erstes Zeichen von Demenz?

Ich durchsuchte rasch den Rest der Wohnung. Ihr Bett war ungemacht. Wo war ihre Handtasche, hatte sie den Pass bei sich? Hatte sie einen Koffer gepackt? Fehlten Kleider? Ich öffnete ihren Kleiderschrank, liess meine Finger durch die Blusen und Röcke gleiten und sog ihren Duft ein. Ich hatte keine Ahnung, ob Kleider fehlten. Dafür kannte ich meine Mutter viel zu wenig. Im Badezimmer stiess ich auf den kleinen Rollkoffer, den sie bei ihrer Übernachtung bei mir dabeigehabt hatte. Er stand neben der Waschmaschine, darin ein Nachthemd, Unterwäsche und zwei Pullover. Es sah aus, als ob sie vorgehabt hätte zu waschen, aber nicht mehr dazu gekommen wäre. Ich öffnete mit bangem Herzen den Apothekerkasten. Da lagen Schlaftabletten, Schmerztabletten und eine angebrochene Packung mit Malariaprophylaxe. Nirgends ein Medikament, das in Verbindung zu Diabetes stand.

Also doch. Mam hatte Bernadette irgendeine Story erzählt, weshalb auch immer. Und die Arme hatte sich unnötig geängstigt. Wütend über Mams Rücksichtslosigkeit und entschlossen, sie aufzutreiben und zur Rede zu stellen, durchsuchte ich den Rest der Wohnung, in der Hoffnung herauszufinden, wo sie steckte. Ich durchschnüffelte ihre Kommode, ihren Kleiderkasten und die Schublade ihres Nachttischschränkchens. Und da fand ich sie: mehrere Packungen Forxiga-Tabletten zu zehn Milligramm, ein Medikament, das gemäss Beipackzettel zur Gruppe der SGLT-2-Hemmer gehört und der Behandlung von Typ-2-Diabetes dient. Da war auch eine ungeöffnete Packung mit Insulinpens. Und ein Heft mit dem Logo der Diabetesgesellschaft Region Basel, in dem sie Tag für Tag jeweils um acht, um drei und um neun Uhr abends ihre Blutzuckerwerte eingetragen hatte. Säuberlich, Tag für Tag, Woche für Woche, Monat für Monat. Den letzten Eintrag hatte sie am Vortag, Donnerstag, 7. Mai, acht Uhr morgens gemacht. Am selben Nachmittag hatte sie den Kinobesuch mit Bernadette verpasst.

Von da an nichts mehr.

Ich liess mich auf das Bett fallen. Diese abgebrochene Liste von Messwerten sah nicht gut aus, sie fühlte sich nicht gut an. Und Himmel noch mal, warum hatte sie mir nie erzählt, dass sie krank war? Waren wir uns denn so fremd?

Was sollte ich tun? Die Polizei einschalten? Und wenn sie bloss auf irgendeinem Trip war? Sie hasste die Polizei. Sie wäre furchtbar aufgebracht, wenn ich sie öffentlich suchen lassen würde wie einen entlaufenen Hund, während sie gerade in einem buddhistischen Kloster meditierte oder zu schweben begann. Nur: Das mit dem nicht abgeräumten Tisch, das passte nicht zu ihrem neuen Lebensstil, so würde sie nicht in die Ferien verreisen.

Im Flur stand eine kleine Kommode, in der wir seit Urzeiten wichtige Unterlagen deponierten. Sie hatte als einziges Möbelstück den Umzug in die Rheingasse überlebt. In der oberen Schublade lag noch immer die gewohnte Kartonschachtel mit einem verblichenen Bild des Spalentors auf dem Deckel. Ich öffnete sie und fand darin unter einem Stapel Rechnungen Mams Pass, ihre Identitätskarte und auch den Ausweis ihrer Krankenkasse. Meine Mutter hatte mir einmal einen Vortrag darüber gehalten, dass sie sich in ihrem eigenen Land nicht dazu zwingen lasse, sich überall und jederzeit ausweisen zu können. Sie sei kein Verbrecher und dieses Land keine Diktatur. Ich konnte mir nicht vorstellen, dass ein Polizist den Mumm hatte, sie nach ihrem Ausweis zu fragen. Doch das hiess auch, dass man ihre Personalien nicht feststellen konnte. Ich fluchte leise. Auf einmal war ich mir völlig sicher, dass ihr etwas zugestossen war, dass sie nicht freiwillig verschwunden war.

Ich durchsuchte ein zweites Mal ihre Wohnung, diesmal gründlicher. Dabei stiess ich auf ein ledergebundenes Notizheft, das sich als eine Art Tagebuch entpuppte. Die Einträge waren datiert, doch die Abstände zwischen den Notizen betrugen oft ein bis zwei Monate. Ich wollte das nicht lesen, das war zu privat, dachte ich. Andererseits gaben die letzten Einträge vielleicht einen Hinweis auf ihr Verschwinden. Ich blätterte das Heft durch auf der Suche nach dem neuesten Eintrag und blieb an meinem Namen hängen.

Vor knapp einem Jahr hatte meine Mutter geschrieben:

Lou ist nicht zum Glück geboren. Doch wer ist das schon. Die Dummen, Naiven, die nicht über ihre eigene Nasenspitze hinaussehen. Die eisern Überzeugten, die zwanghaften Optimistiker, die Fraglosen, Runden, Glatten, An-

schmiegsamen, die das Schicksal der Welt weder erkennen noch wenden wollen.
Natürlich bin ich eifersüchtig. Ruth hat drei Enkelkinder zum Knuddeln. Sie nimmt sie sauber und fein duftend in Empfang und gibt sie ein paar Stunden später dreckig und stinkend wieder ab. So geht das! Der Lauf der Dinge, das Natürliche. Kinder, Eltern, Grosseltern, Generation um Generation. Die Welt dreht sich weiter, rund und rund, sie geht nicht unter. Ich sollte vielleicht einen Baum pflanzen. Zum Teufel, so ein mageres Stämmchen mit ein paar traurigen Blättchen dran! Mein Sinnbild, dass es weitergeht. Dass das alles einen Sinn hat. Ich hasse aber diese mageren Dinger, bei denen man erst in hundert Jahren sagen kann, ob das was wird. Das geht alles so deprimierend langsam. Ich weiss nicht einmal, ob Lou Kinder möchte. Wir reden nicht über solche Dinge. Eigentlich reden wir über überhaupt gar nichts. Aber ich liebe sie, und ich glaube, sie liebt mich auch.

Unwillkürlich stiegen mir Tränen in die Augen. Sie war mir fremd und doch so nahe. Wie konnte das sein? Und hatte sie recht? War ich nicht zum Glück geboren? Würde ich als einsamer Mensch leben und sterben?

Ich setzte mich an den Küchentisch und dachte nach. Dann wählte ich die 117.

Eine Stunde später kreuzten zwei Polizisten in Uniform auf, eine jüngere Frau, gross, breitschultrig, mit blonden, zu einem Pferdeschwanz gebundenen Haaren, die sich als Cornelia Binder vorstellte, und Arnold Blatter, ein älterer, übergewichtiger Mann mit einer schweren Hornbrille. Wir setzten uns an den Tisch, sie hörten zu, fragten nach. Ich zeigte ihnen die Kaffeetasse, das ungemachte Bett und wies sie auf die Diabeteserkrankung hin. Sie fragten, ob meine Mutter vielleicht einfach verreist sei, ohne mir Bescheid zu geben, ob ein Koffer fehle oder ihre Papiere. Wenn sie freiwillig ins Ausland abgetaucht sei, dürften sie mir ihre neue Adresse nur mit dem Einverständnis meiner Mutter geben. Ich zeigte ihnen Pass und ID. Ob ich es auf dem Mobiltelefon versucht hätte? Man könne es im Notfall orten. Ich erklärte ihnen, dass meine Mutter sich weigerte, ein Mobiltelefon zu benutzen.

Sie fragten nach ihrem Alter und ob sie Anzeichen von Vergesslichkeit zeige. Ob es einen Partner gebe? Ob sie gerne in den Bergen wandern gehe, gefährlichen Sport mache? Ob es Anzeichen für eine Depression gegeben habe? Ob sie finanzielle Probleme habe? Ob ich sicher sei, dass sie kein Reiseset mit den nötigen Medikamenten zur Behandlung ihres Diabetes dabeihabe? Ich verneinte alles. Binder und Blatter tauschten einen Blick aus, und mir schien, dass sie einen Gang runterschalteten, bloss noch die Routine abwickelten. Meine Mutter sei erwachsen und mündig, sagten sie. Die meisten Erwachsenen, die vermisst gemeldet wurden, seien nach wenigen Tagen oder ein, zwei Wochen wieder da, gesund und munter. Sie hätte vielleicht eine Auszeit gebraucht oder schlicht und einfach vergessen, ihre Lieben über eine Reise zu informieren. Alte Menschen seien eben manchmal vergesslich oder etwas konfus. Ich solle mir nicht zu viele Sorgen machen. Und ihre Medikamente habe sie sicher dabei. Ich zeigte ihnen das Notizheft mit den Blutzuckerwerten, bei dem kein einziger Messwert seit dem 1. Januar des Jahres fehlte und die Eintragungen am 7. Mai am Morgen abbrachen.

Die beiden tauschten erneut einen Blick aus. Frau Binder wollte die Eintragungen sehen. Dann nickte sie ihrem Kollegen zu. Blatter straffte sich und bat um ein neues Foto, eine Personenbeschreibung und Haarbürste oder Kamm. «Wir möchten gerne eine DNA-Probe mitnehmen. Wir können einen Abgleich mit der Datenbank machen, in der aufgefundene Personen erfasst sind», sagte er.

«Aufgefundene Personen? Wo aufgefunden? Wie meinen Sie das? Etwa in der Leichenhalle?»

«Zum Beispiel in einem Spital, falls sich ihr Diabetes verschlechtert hat», sagte er. «Wir melden uns bei Ihnen, sobald wir eine Spur haben. Machen Sie sich nicht verrückt. Ganz sicher ist sie schon bald wieder da und kann nicht verstehen, weshalb Sie sich Sorgen gemacht haben. Wir erleben das sehr oft. Rufen Sie alle Bekannten Ihrer Mutter an. Wahrscheinlich ist sie ein paar Tage bei jemandem zu Besuch.»

«Und wenn niemand weiss, wo sie sich aufhält? Was mache ich dann?»

«Jetzt warten Sie erst mal ab.»

«Aber ...» Ich wusste nicht mehr weiter.

Frau Binder lächelte mich freundlich an. «Es ist schwierig, in einer solchen Situation zu warten, ich weiss. Dennoch ist es das einzig Sinnvolle.»

«Ich glaube nicht, dass ich das kann. Ich mache mir Sorgen, etwas stimmt nicht. Ich kann nicht einfach warten. Das schaffe ich nicht.»

Die Polizistin betrachtete mich aufmerksam. «Etwas können Sie tatsächlich tun», sagte sie. «Sie könnten eine private Suchanzeige aufgeben. Online und in Printmedien. Mit Chiffre. Manchmal hilft das. Auf jeden Fall schadet es nichts.»

Binder und Blatter fotografierten Pass und ID, tüteten einige Haare ein, gaben mir ihre Visitenkarten und verabschiedeten sich. Ich nahm das Adressbuch, das ich neben dem Telefon gefunden hatte, mit nach Hause. Es waren zweiunddreissig Personen aufgeführt. Viele Verwandte, an die ich mich vage aus meiner Kindheit erinnern konnte, einige Freunde und Bekannte, darunter auch Bernadette sowie Berchtold und Livia Sager, die ja nun beide tot waren. Trotz der Beteuerungen der beiden Polizisten war ich in grosser Sorge. Mams Wohnung hatte dieses Gefühl bei mir ausgelöst, diese verdammten Krümel auf dem Tisch, das Notizheft mit den Blutzuckermesswerten, die am Vortag mitten in den peinlich regelmässigen Aufzeichnungen abgebrochen waren. Ich war überzeugt, dass etwas nicht stimmte, dass ihr etwas zugestossen war.

Philipp schlief bereits, als ich nach Hause kam. Auf dem Küchentisch lag ein Prospekt der Siedlung am Belpberg. Viel Sichtbeton in Klotzform, grosse Fenster, die Scheiben dunkel getönt, sodass man von aussen keinen Einblick hatte, ein steriler Rasen zwischen den Klötzen und davor ein Platz mit jungen Birken als Zierpflänzchen inmitten von reinweissen Kieselsteinen. Die «urbane Wohninsel im Grünen» pries ihr maximal optimiertes Wohnerlebnis mit individuellem Wellnessbereich an. Wie konnte ich Philipp klarmachen, dass ich meine Wohnung liebte und dass ich Stadtluft brauchte und alte Häuser, die schon so vieles gesehen hatten, dass für sie auch die heutige Zeit mit all ihrem Wahnsinn bloss eine Episode darstellte? Ich wollte nicht in eine neu gebaute Eigentumswohnung ziehen, um keinen Preis der Welt.

Ich schlüpfte im Dunkeln so leise wie möglich unter die Bettdecke, versuchte, seine leisen Schnarchtöne zu ignorieren und meine eiskalten Füsse warm zu bekommen. Verstohlen streckte ich sie hinüber auf seine Seite in die Nähe seiner warmen Beine. Er stöhnte und drehte sich weg von mir. Wenigstens hörte das Schnarchen auf. Ich rollte mich zusammen und stellte mir vor, unter einer warmen Sonne zu liegen und dem Meeresrauschen zu lauschen. Möwenschreie mischten sich darunter, die Luft roch nach Salz und Algen.

DREI

Philipp war bereits verschwunden, als ich aufwachte. Auf dem Küchentisch lagen frische Gipfeli und eine Notiz. Er sei nach Stettlen gefahren, um eine weitere Wohnung zu besichtigen. Ich rief Bernadette an und erzählte ihr, was ich gefunden und getan hatte. Sie war so freundlich, mir meine vorherige Skepsis nicht unter die Nase zu reiben. Im Gegenteil: Sie versuchte mich zu trösten.

«Sie hat mir nicht erzählt, dass sie an Diabetes leidet», sagte ich zum Schluss. «Warum hat sie mir das nie erzählt?»

«Ich habe angenommen, dass du das weisst, Louisa. Deshalb mache ich mir doch solche Sorgen. Was ist, wenn sie ihre Medikamente nicht dabeihat?»

«Weisst du, ob sie einen Diabetes-Ausweis auf sich trägt oder so was Ähnliches?», fragte ich.

«Als wir einmal zusammen schwimmen waren, habe ich gesehen, dass sie eine Plakette um den Hals hatte. Eine silberne Kette mit einem Anhänger. Da steht drauf, dass sie Diabetes hat und welche Medikamente sie benötigt.»

Ich begann alle anzurufen, die ich in Mutters Adressbüchlein fand. Es war Samstag, und ich erreichte die meisten auf Anhieb. Mir wurde schmerzhaft bewusst, wie wenig ich von ihrem Leben wusste. Natürlich, da gab es unsere Verwandten, zum Beispiel Mutters Schwester Lydia, deren beide Töchter und einen Sohn. Meine Anrufe ergaben, dass Mam seit Jahren keinen Kontakt mit ihrer Familie hatte. Meine Mutter sei nicht einmal an Onkel Oswalds Beerdigung erschienen. Ich machte weiter mit den Verwandten väterlicherseits. Da waren drei Schwägerinnen und ein Schwager. Mit Bestürzung erfuhr ich, dass Onkel René im vergangenen Jahr verstorben war. Ich hatte ihn sehr gemocht. Er war der schräge Vogel der ansonsten überaus konservativen Familie gewesen. Ein kreativer und aufsässiger Geist, gemieden von allen anderen ausser von meinem

Vater. René hatte sich als Marktfahrer durchs Leben geschlagen und in einem kleinen Häuschen im Elsass gewohnt, nur einige hundert Meter von der Schweizer Grenze entfernt. Er war nie angemeldet gewesen, hatte also eigentlich illegal dort gewohnt. Wir hatten ihn eine Zeit lang oft besucht und waren jeweils in der Nähe von Schönenbuch grün über die Grenze.

Sein Häuschen hatte einem Kollegen gehört, der in derselben Fasnachts-Clique war. René konnte es für einen lächerlichen Betrag mieten. Als der Kollege starb, kümmerte sich keiner der Nachkommen um dieses windschiefe Erbe. Es war dort wunderschön im Sommer, aber im Winter fror René wahrscheinlich elendiglich. Hinter dem Haus hatte er ein grosses Gehege für seine Kaninchenzucht angelegt. In der Schweiz hält man seine Kaninchen normalerweise in winzigen Verschlägen, in denen sie sich kaum umdrehen können. Mein Onkel liess sie rennen und buddeln und über Baumstrünke springen. Ich kann mich an das tolle Treiben erinnern. Die Kaninchen jagten einander, machten die verrücktesten Sprünge. Aus reiner Lebensfreude. Fett wurden sie so natürlich nicht. Alles schon lange her. Und jetzt ist er also tot, dachte ich. Und ich habe es nicht einmal mitbekommen.

Ich kramte die Visitenkarte der Polizistin aus Basel hervor und versuchte, sie zu erreichen. Ein Anrufbeantworter verwies mich auf die üblichen Bürozeiten von Montag bis Freitag und eine Notrufnummer. Danach machte ich mich wieder an die Liste mit den Bekannten und Verwandten, die ich noch nicht gesprochen hatte. Niemand wusste etwas von meiner Mutter. Fast alle, die ich anrief, liessen mich einen mehr oder weniger leisen Vorwurf spüren. Nie hatten wir uns gemeldet, an keine Beerdigung waren wir gekommen. Auch nicht an Lisas Hochzeit vor zwei Jahren. Es war merkwürdig, diese Stimmen zu hören, die mir noch immer vertraut waren, und mich einen Moment als Teil dieser Familie wahrzunehmen. Und gleichzeitig waren mir diese Menschen viel fremder als meine Nachbarn oder die Kioskverkäuferin, mit der ich oft plauderte. Und ich mochte sie nicht, genau wie meine Eltern sie nicht gemocht hatten. Das waren nicht die richtigen Personen, um etwas über meine Mutter herauszufinden. Zwischen den Telefonaten ging ich einkaufen, putzte halbherzig die Wohnung und dachte mit Grauen an die morgen bevorstehende Party, schlief einmal auf dem Sofa ein, als ich Zeitung lesen wollte. Gegen fünfzehn Uhr fuhr Philipp ins Walmont, um nach einem Patienten zu sehen, dessen Zustand sich verschlechtert hatte.

Im Nachhinein machte ich mir die grössten Vorwürfe. Welche liebende Tochter würde einfach abwarten, wenn sie erfährt, dass ihre achtundsechzigjährige Mutter seit Tagen vom Erdboden verschwunden war? Aber ich bin wohl keine liebende Tochter, und meine Mutter ist ein so rätselhafter Mensch, dass ich sie wahrscheinlich nie verstehen werde. Als Kind war sie mir immer gross erschienen, viel grösser als ein normaler Mensch. Mit einer Stimme, die ganze Säle zum Zittern bringen konnte. Diese Stimme konnte schmeicheln, zischen, grollen, zwitschern, jammern, klingen wie ein altes Weib oder ein pickliger Jüngling, wie ein besoffener Grobian und Saukerl oder eine Wahnsinnige. Sie hatte mich als Kind mit ihrer Stimme oft zu Tode erschreckt. Sie konnte blitzartig von einer Rolle in eine andere wechseln, und ich wusste nie, wer hinter all diesen Masken der Mensch war, der mich geboren, gesäugt und aufgezogen hatte. Vielleicht gab es diesen einen Menschen, diesen einen Kern ihres Wesens gar nicht. Vielleicht hatte ich ihn nur noch nie erkannt und würde ihn auch nie zu sehen bekommen.

Noch heute fühlte ich mich eingeschüchtert und klein neben ihr. Sie füllte jeden Raum mit ihrer Präsenz, stand in jeder Gesellschaft im Mittelpunkt und wusste auf jede Frechheit eine schlagfertige Antwort. Sie war gross gewachsen, elegant und unglaublich selbstbewusst. Ich war in all diesen Punkten das genaue Gegenteil. Diese Tatsache hatte nicht dazu beigetragen, unsere Beziehung zu vereinfachen. Ich glaube, ich bin eine Riesenenttäuschung für meine Mutter. Dafür rächte ich mich, indem ich sie mir vom Hals hielt. Leider realisierte sie das gar nicht.

Meine Mutter startete immer wieder die verrücktesten Experimente, um Neues zu erleben, einzutauchen in fremde Welten, um alles am eigenen Leib zu erfahren, wie sie das nannte. Ich versuchte mir ihr Verschwinden so zu deuten, dass sie wieder einmal zu einem solchen Experiment aufgebrochen war. Und vielleicht – ihrem Alter entsprechend etwas zerstreut – das Treffen mit ihrer Freundin Bernadette vergessen hatte.

***

Kurz nach halb sieben am Sonntagabend waren alle Gäste da, insgesamt acht, und meine Wohnung kam mir viel zu klein vor. Ich hatte schon immer einen Gräuel vor solchen Anlässen gehabt. Ich wusste einfach nicht, wie man so etwas anständig über die Runden brachte, und ich hatte auch keinerlei Lust, es zu lernen. Dennoch nahm ich mir vor, diesmal mein Bestes zu geben.

Als Erster erschien Oliver, ein Spezialist für innere Medizin mit eigener Praxis direkt neben dem Engeriedspital. Er war braun gebrannt, mit unnatürlich weissem perfektem Gebiss und blonden Haaren, die sich auf dem Hinterkopf deutlich lichteten. Seine Kleidung sah aus, als ob überall ein kleines Krokodil drauf sein müsste, war es aber nicht. Er schüttelte mir unnötig kräftig die Hand. Während ich seine dicken Unterarmmuskeln bewunderte, fragte er, ob ich auch Arzt sei, und ignorierte mich danach für den Rest des Abends. Als Zweite kamen Sybille, Anästhesistin am Spital Thun, mit ihrem Mann Romano, der, wenn ich es richtig verstanden hatte, in der Medizininformatik tätig war. Sie brachten ein dreimonatiges Baby mit. Es folgten ein Peter, Rheumatologe, mit seiner Frau Silvia. Sie waren alle innerhalb einer Viertelstunde eingetrudelt, und ich bemühte mich, mir ihre Namen einzuprägen. Oliver, die Zähne, das war einfach. Dann Sybille von Thun mit Romano und Baby. Peter und Silvia, P. S., ganz einfach. Ich nahm Mäntel und Bébétragtuch ab, so weit alles okay, dachte ich, stolz auf meine neuen Gastgeberqualitäten.

Etwas später kamen noch Andreas und Anouk, ein unverheiratetes Paar, er ein Herzspezialist, sie Hausärztin in gemeinsamer Praxis. AA, Anonyme Alkoholiker mit Herz, das würde ich mir ebenfalls merken können. Ich schenkte Wein ein, repetierte die Namen im Gedächtnis und lächelte. Ich machte Bemerkungen über das Wetter und lächelte. Ich sorgte dafür, dass sich alle wohlfühlten, und lächelte. Helga wäre stolz auf mich. Philipp strahlte.

Oliver erwies sich als der grosse Redner der Truppe. Er erzählte gerne und laut genug. Nach dem Apéro wusste ich zahlreiche Anekdoten aus seinem beruflichen Alltag, ich kannte den Lebenslauf seiner Frau und die Schulnoten seiner Kinder, doch er hatte Philipp und mir keine einzige Frage gestellt. Es schien, als ob sich alle gut unterhalten würden, das Essen wurde zu Recht gelobt, und Philipp wirkte einigermassen entspannt. Die ehemaligen Studienkollegen erinnerten sich nun an frühere Zeiten, und ich begann mich ernsthaft zu langweilen.

«Wisst ihr noch, das alte Velo, auf dem ich immer gefahren bin?», fragte Oliver und zeigte seine Beisserchen, für die er sicher ein paar Tausender an Zahnarztkosten hingeblättert hatte. «Damals hatte ich nicht mal genug Geld für ein Auto. Ich musste immer in aller Herrgottsfrühe quer durch die Stadt strampeln, um rechtzeitig in den Lindenhof zu kommen.»

«Ich war auch immer mit dem Velo unterwegs, ich musste bis nach Bümpliz», sagte Andreas.

«Heute wäre ich verloren ohne meinen GLA», sagte Oliver.

«Du fährst Mercedes?», fragte Anouk von den Anonymen Alkoholikern. «Das ist ein SUV, nicht? Hat der nicht diese Dreihundertsechzig-Grad-Kamera?»

«Machst du denn Hausbesuche?», fragte ich erstaunt.

Oliver schaute mich an, als ob ich von einem anderen Planeten käme.

«Hausbesuche? Wie kommst du denn darauf?»

«Ich meine … mit dem SUV? Ist das nicht ein Offroader? Du hast doch gesagt …»

Alle lachten, auch Philipp, und ich wurde rot und wütend.

Oliver erklärte mir, dass er manchmal spätnachts von seiner Praxis beim Engeried nach Hause fahren müsse und dass beim Bahnhof und bei der Reitschule immer wieder merkwürdige Gestalten unterwegs seien. Und betrunkene Velofahrer treffe er auch immer wieder an. In seinem GLA fühle er sich vollkommen sicher. Ich schaute Philipp mit hochgezogenen Augenbrauen an, er zuckte nur mit den Schultern. Es folgte eine angeregte Diskussion über Automarken und -modelle. Endlich gingen sie zum Thema Kanada über. Sie planten eine Karawane mit Winnebago-Wohnmobilen von Montréal quer durch das Land und der Ostküste entlang.

«Richtige Oldsmobile aus den siebziger Jahren», schwärmte Anouk. «Wir bekommen einen ‹Minnie Winnie› und zwei ‹Indian›, alle original mit Dodge-V8-Motoren.»

Die folgende halbe Stunde sprachen sie mehr über die Wohnmobile und die Frage, ob die Motoren die geplante Kilometerzahl pro Reisetag schaffen konnten, als über das Land, das sie kennenlernen wollten. Ich fragte mich, weshalb sie überhaupt hergekommen waren. Fragen an Philipp stellten sie jedenfalls kaum, mit Ausnahme von Andreas, der unbedingt ein Indianerreservat besichtigen wollte. Philipp lächelte bemüht und versuchte, der Reisetruppe in spe wenigstens minimale Informationen über die First Nations, die Gemeinschaften der Indigenen in Kanada, und über ihre Lebensweise mitzugeben.

Oliver lobte den Wein und füllte sein Glas grosszügig auf. Philipp hatte mir zuliebe ein Dutzend Flaschen Humagne Rouge gekauft und mir gleichzeitig das Versprechen abgenommen, dass ich maximal ein Glas trinken würde. Die dritte Flasche war bereits leer, und Oliver hatte einiges dazu beigetragen. Philipp öffnete die vierte Flasche. Ich versuchte, mich mit Sybille von Thun zu unterhalten, aber diese war vollauf mit ihrem Baby beschäftigt, das Bauchschmerzen hatte und jammerte. Ihr Mann – Romeo? Ronaldo? – verbrachte die meiste Zeit draussen auf dem Balkon, rauchte und schaute sich dabei eine Sportsendung auf seinem Smartphone an. Ich schenkte mir das erste Glas Wein ein, nahm einen grossen Schluck und erntete dafür einen kritischen Blick von Philipp. Die Ärzte gingen zum Thema Finanzen über.

«Habt ihr die neue Tarmed-Tarifliste schon gesehen?», fragte S. von Thun, während sie weiterhin routiniert das Bäuchlein ihres Kindes massierte.

«Eine unglaubliche Sauerei!», sagte Oliver. «Wie soll man auf dieser Basis noch arbeiten können?»

«Wenn ich nur schon an meine Fixkosten denke, wird mir schlecht», sagte Peter von P.S. «Da kann man genauso gut die Praxis gleich schliessen.»

«Es hat in der Schweiz sowieso viel zu viele Fachärzte in eigener Praxis», sagte ich, «einer weniger käme da sehr gelegen.»

Philipp warf mir einen scharfen Blick zu.

«Die haben in Bundesbern ja keine Ahnung. Medizin ist nur noch ein kleiner Teil meiner Arbeit. Ich führe einen Betrieb. Die Konkurrenz ist mörderisch», sagte Oliver Beisszahn laut.

«Wenn es weniger Arztpraxen hätte, wäre die Konkurrenz auch nicht mehr so gross», sagte ich freundlich.

Philipp verzog das Gesicht.

«In der heutigen Arztpraxis ist Kundenbindung absolut zentral», verkündete Beisszahn.

«Was meinst du mit Kundenbindung?», fragte ich.

Er fuchtelte mit den Armen und warf beinahe die Wasserkaraffe um. Philipp brachte sie hastig in Sicherheit.

«Man muss die Leute proaktiv betreuen. Case Management, zielgenau und vorausschauend. Wir haben ein neues System, alles online und auch als App. Alle sechs Monate werden die Patienten aufgeboten, wir machen einen Check, und wenn sich die Werte langsam dem kritischen Bereich nähern, wird sofort gehandelt.»

«Tönt gut, eine App, ja», sagte P. von P.S.

«Nicht erst handeln, wenn die Grenzwerte überschritten sind», fuhr Beisszahn fort. «Wir reagieren schon vorher. Die Gesundheit unserer Patienten wird vorausschauend gemanagt. Vorausschauend! Das ist heute das Zauberwort. Und das Beste daran ist, dass das alles von meinen Damen ausgeführt werden kann.»

Er lachte.

«Welche Damen?», fragte ich.

«Blutentnahme, Kontrolle, Gespräch über Lebensstilveränderungen, machen alles meine Damen», fuhr er unbeirrt fort. «Sie stellen einen individuellen Therapieplan auf, zusammen mit dem Patienten. Patientenzentriert das Ganze. Essen, Bewegung, Sport, Schlaf, alles wird berücksichtigt. Die Compliance wird online kontrolliert, Soll- und Ist-Werte, das Ganze mit automatischem Mahnsystem.»

Er lachte wieder und zeigte dabei sein prächtiges Gebiss.

«Wenn jemand nicht pariert, sehen wir das auf den ersten Blick. Ein super System.»

«Pariert?», fragte Philipp.

«Entschuldigung, sollte mich wohl politisch korrekter ausdrücken. Es ist doch so: Es gibt die, die gesund werden wollen, und es gibt die anderen, die Schlaffis, die keinen Willen haben. Wer will, der kann auch was ändern. Mit den anderen habe ich kein Mitleid. Die Elite in jeder Gesellschaft ist gesund und wird alt.»

«Das war schon im Mittelalter so», bestätigte ich. «Die Leibeigenen hatten eine Lebenserwartung von etwa fünfunddreissig Jahren, die Adligen wurden siebzig Jahre alt. Alles Charaktersache, weiss man ja.»

Einen Moment war es still.

«Die Hälfte meiner Zeit geht drauf für Sozialarbeit», sagte die Frau von den Anonymen Alkoholikern in die Stille. «Bei uns Hausärzten ist das ganz normal. Wir behandeln eben nicht nur die Elite, sondern auch das Normalvolk, und da hast du manchmal Leute, die kaum lesen und schreiben können.»

«Bist du dafür ausgebildet?», fragte ich, und wieder zuckte Philipp zusammen.

«Ausgebildet?»

«Sozialarbeit ist ein Beruf, nicht? Man studiert das an einer Fachhochschule.»

«Ach nein, als Hausarzt musst du eben alles können.»

«Lou, würdest du bitte nochmals Wasser holen?», fragte mich Philipp mit deutlichem Flehen in der Stimme.

Ich biss mir auf die Lippen und nahm mir fest vor, kein Wort mehr zu sagen und mich nicht aufzuregen.

«Ein grosser Teil der heutigen Krankheiten ist rein auf Dummheit zurückzuführen», fuhr Anouk fort. «Ich könnte euch Geschichten erzählen. Man muss die Leute aus ihren Komfortzonen holen, das ist alles.»

«Und was ist mit angeborenen Risiken?», fragte Romano-Ronaldo, jedenfalls der Mann von Sybille von Thun, der sich wieder zu uns gesellt hatte und kurz von seinem Smartphone aufschaute.

«Ach, das ist meistens nur eine Ausrede», meinte Tausend-Franken-Gebiss-Oliver. «Schaut mich an: Ich stehe jeden Morgen um fünf Uhr auf, gehe entweder joggen oder ins Fitness-Studio, dann los zur Arbeit. Ich ernähre mich gesund, kein Fett, wenig Kohlehydrate. Am Abend Spinning, mindestens eine Stunde. Ich werde neunzig. Mindestens.»

Oliver schenkte sich wieder das Weinglas voll. Er trank sich ziemlich entschlossen durch unseren Weinvorrat, fiel mir auf. Sein Gesicht war nun mehr rot als braun gebrannt, und seine Nase glänzte unschön. Die Runde unterhielt sich weiter über ihre Patienten und kam anschliessend nochmals aufs Geld zu sprechen.

«Ich muss einen Umsatz von achthundertfünfzigtausend machen, sonst kann ich gleich Konkurs anmelden», sagte Oliver. «Wenn ich nur an die Versicherungskosten und die Steuern denke. Und dann muss ich auch dafür schauen, dass meine Damen spuren. Das ist das Schwierigste überhaupt! Ich sage euch: Zickenkrieg ist nur der Vorname. Kennt ihr das auch?»

Die Anonymen Alkoholiker nickten im Gleichklang. Philipp meinte, dass sie in der Geriatrie eigentlich ein gutes Team seien und dass es vielleicht auch darauf ankäme, wie die Zusammenarbeit mit der Pflege und den Admins organisiert sei.

«Alle Weiber wollen Teilzeit arbeiten, das ist der Kern des

Problems», entgegnete Oliver mit undeutlich nuschelnder Aussprache. «Und wir müssen schauen, wie wir über die Runden kommen.»

Ich überlegte mir, ob ich ein Kässeli herumgeben sollte, um für den armen Kerl Geld zu sammeln. Philipp warf mir einen entschuldigenden Blick zu. Ich murmelte etwas Unverständliches und ging auf den Balkon, um Luft zu schnappen. Zwei alte Männer bastelten seit Tagen unten im Innenhof an einem Puch-Mofa herum. Das Ding schien aus Hunderten von Einzelteilen zu bestehen, die sie auf einer alten Wolldecke ausgebreitet hatten und nun sorgenvoll betrachteten.

Im Flur begann ein Mobiltelefon zu klingeln. Oliver beantwortete den Anruf. Ich spitzte die Ohren. Vielleicht handelte es sich um einen medizinischen Notfall. Aber es ging um eine Finca auf Mallorca. Der Anrufer hatte sich auch eine zugetan und suchte einen Mann, der das Anwesen unterhielt. Oliver empfahl einen Miguel. Das sei ein guter Gärtner, sehr zuverlässig. Und dessen Margalida würde auch gleich putzen, einmal die Woche, nur zehn Euro für beide zusammen, Cash auf die Kralle. Für das Putzen seines Hauses im Tessin bezahle er locker das Doppelte, und es sei deutlich weniger sauber. Ich beschloss, das mit dem Kässeli sein zu lassen.

Als ich mich eine Weile später wieder an den Esstisch setzte, war man beim Dessert angelangt, und sie sprachen wieder über Patienten.

«Ich war heute Morgen wieder mal in der Neuenau. Das ist eine psychiatrische Klinik», sagte Oliver. Seine Stimme dröhnte wichtigtuerisch durch meine Wohnung, ich würde die Räume stundenlang lüften müssen, um sie davon zu reinigen. «Die haben vor rund zehn Jahren aufgemacht. Privatklinik, High-End-Versorgung. Gehören zur Eden AG, falls euch das was sagt. Musste bei ein paar Patienten den körperlichen Status checken und so. Lukrativer Auftrag. Die haben da super Psychiater, nur keine Spezialisten für innere Medizin oder Orthopädie oder so was. Das gehört zu ihrem Geschäftsmodell. Alles wird outgesourct, was nicht zum Kerngeschäft gehört, schlanke Organisation, effizient, das muss man ihnen lassen. Die Aktien haben eine ausgezeichnete Performance, kann ich nur empfehlen. Wenn die Patienten körperliche Beschwerden und Krankheiten haben, werden Externe zugezogen. Also, da war ein junger Mann, chronischer Psychotiker, hat ein Magengeschwür. Ich sag euch, das ist gar nicht einfach, da eine Anamnese zu machen. Zuerst wollte er nicht mit mir reden, dann ist er fast auf mich losgegangen. So was von aggressiv. Aber wie der malen kann, ich sag euch! Sie bieten da Kunsttherapie an: Zeichnen, Malen, auch Schreiben. Und dieser Mann hat in seinem Zimmer die Bilder aufgehängt, die er in der letzten Zeit gemalt hat. Sieht genau aus wie Wölfli, und dem seine Bilder sind ja weltberühmt, genau wie Wölfli. Der war ja jahrelang in der Waldau. Da war so was wie eine Ratte, die auf einer grossen Blume sass, typisch Art brut, oder eine Frauengestalt, so ganz verzittert gezeichnet, mit einer Blume behängt –»

«Das war Heinrich Anton Müller. Und der war in Münsingen, nicht in der Waldau», sagte ich.

«Und da war noch diese Frau», fuhr Oliver fort, als ob er meinen Einwand nicht gehört hätte. «Sie war eigentlich gar nicht für eine Kontrolle vorgesehen, aber es war ein Notfall. Sie hatte stark geschwollene Beine und Augenlider. Ihr Blutdruck war viel zu hoch. Ich hab sofort erkannt, dass es sich um eine klassische Mikroablumie handelt.»

«Mikroalbuminurie meinst du wohl», sagte Philipp.

«Ich hab sie also untersucht, und dann ist sie plötzlich aufgestanden und hat etwas über einen goldenen Engel gesagt. Sie sass die ganze Zeit einfach nur da, stumm und starr, kreidebleich, mit so kurzen Haaren, die nach allen Seiten abstanden, wie ein nasser Igel, voll echt die durchgeknallte Alte, und dann paff, steht sie auf und trägt ein ganzes Gedicht in englischer Sprache vor. Verrückt!»

«Deshalb ist sie ja in der Psychiatrie, nicht?», sagte Anouk.

«Warum haben sie eigentlich ausgerechnet dich angefragt?», fragte Philipp.

«Die haben mir einen konsalarischen Auftrag für innere Medizin gegeben, also die Eden AG.»

Das heisst konsiliarisch, dachte ich. Philipp schob unauffällig die Weinflasche aus Olivers Reichweite und schenkte ihm Wasser nach.

«Ich berate sie bei allen somatischen Krankheiten. Die meisten Psychos ernähren sich ungesund, haben keine Bewegung, rauchen fast alle. Die haben alle Herzprobleme, COPD und so Zeug. Und in der Psychi sind sie damit natürlich völlig überfordert.»

Oliver, der sein Gerede mit den allzu lebhaften Gesten des Betrunkenen unterstrich, knallte aus Versehen mit seinem Dessertlöffel an die Wasserkaraffe, und es gab ein unangenehm hohes Geklirre. Das Baby erwachte und begann zu weinen. Die Frau von Thun zog sich zum Stillen in mein Schlafzimmer zurück, und ich half ihr, sich mit Kissen und Decken einzurichten. Dann ging ich schnell nach draussen, der Anblick schnürte mir den Hals zu. Ich griff automatisch nach dem Humagne Rouge, um mir nachzuschenken. Philipp schob hastig die Flasche aus meiner Reichweite, wobei sie wieder in Beisszahns Nähe kam, und reichte mir ein grosses Glas mit Wasser. Mir fiel auf, dass er etwas gequält aussah.

«Die Frau leide an Demenz mit akuten psychotischen Schüben, haben sie gesagt», fuhr Oliver immer sprunghafter fort. «Sie sei kognitiv völlig abgebaut, so ein Gemüse halt. Und da steht sie plötzlich auf, verwandelt sich vor meinen Augen, es war der Wahnsinn, sage ich euch. Sie verwandelt sich in eine mächtige, total unheimliche Gestalt und sagt laut und deutlich ein langes Gedicht auf, etwas wie: *A golden-winged Angel* und was von *Eternity* und *Devil* … oder so ähnlich. Das ist Shakespeare. Wahnsinn!»

«A golden-winged Angel stood / Before the Eternal Judgement-seat. / His looks were wild, and Devils' blood / Stained his dainty hands and feet», flüsterte ich und leerte mein Glas.

«Was hast du gesagt?», fragte Philipp.

«Das ist Shelley, nicht Shakespeare», sagte ich lauter.

«Shelley? War der nicht schwul? Das ist auf keinen Fall Shelley, das ist Shakespeare», sagte Beisszahn, der Alleswisser.

«Was hat das mit schwul sein zu tun?», fragte Philipp nun auch deutlich hörbar irritiert.

«Jedenfalls war ich überzeugt, sie sei voll da», fuhr Oliver unbeirrt fort, «eine Sekunde später hat sie sich wieder hingesetzt, und da war kein Funken Intelligenz oder Klarheit mehr zu erkennen, aber Shakespeare zitieren, das ja. Die Fälle dort sind echt spannend und diese Klinik – alles vom Feinsten.»

Sie unterhielten sich weiter über ihre Patienten, und ich hielt mich an meinem Wasserglas fest. Gegen halb zwölf begann der allgemeine Aufbruch.

«Wo wohnt eigentlich dieser Oliver?», fragte ich Philipp, nachdem wir die Küche aufgeräumt hatten.

«Er hat ein umgebautes Bauernhaus in Rüttihubelbad und eine Zweitwohnung in Muri. Und ein Haus im Tessin.»

«Und eine Finca auf Mallorca», ergänzte ich. «Der arme Mann, was nur schon der Unterhalt kostet.»

Philipp verzog sein Gesicht. «Ich habe ihn ewig nicht gesehen. Ich hatte keine Ahnung, was für ein Blödmann er geworden ist. Tut mir leid.»

«Schon gut.»

«Stimmt denn das, was er wegen der schlecht versorgten somatischen Krankheiten der Patienten in der Psychiatrie gesagt hat?», fragte Philipp.

«Ja. Das stimmt tatsächlich. Aber es ist ein viel allgemeineres Phänomen, das lange übersehen wurde. Menschen mit schweren psychischen Erkrankungen wie zum Beispiel psychotischen Störungen sterben zehn bis zwanzig Jahre früher als die Durchschnittsbevölkerung. Und zwar die meisten an somatischen Erkrankungen, die eigentlich behandelbar wären.»

«Herz-Kreislauf-Erkrankungen?»

«Auch, ja.»

«Und weshalb ist das so? Wegen der Psychopharmaka, die sie nehmen müssen?»

«Es gibt mehrere Gründe: Sie sind manchmal nicht fähig

oder motiviert, sich an die Vorgaben der Ärzte zu halten. Sie leben sehr oft ungesund oder in prekären Lebenslagen, was ihren Körper vor der Zeit verbraucht. Sie haben zum Beispiel ein deutlich erhöhtes Risiko, eine gewisse Lebenszeit obdachlos leben zu müssen und Gewalt ausgesetzt zu sein. Schwere psychische Krankheiten führen oft dazu, dass Menschen vom sozialen Leben ausgeschlossen sind, dass sich ihr soziales Netz zurückzieht und sie vereinsamen. Auch das schadet nachweislich der körperlichen Gesundheit, beispielsweise dem Immunsystem. Dazu kommt, dass die somatisch ausgebildeten Ärztinnen und Ärzte sich oft nicht genug um sie kümmern oder mit ihrem Verhalten überfordert sind. Oft bekommen sie schlicht und einfach nicht die Interventionen und Therapien, die sie benötigen würden. Oder zu hohe Dosen von Psychopharmaka, die ihre Organe auf die Dauer schädigen. Auch bei uns in der Schweiz.»

«Also macht Oliver wenigstens *etwas* Sinnvolles, wenn er für diese Eden AG arbeitet.»

«Das ist wohl kaum ein ehrenamtlicher Dienst. Ich nehme an, er wird ganz gut verdienen an diesem Auftrag. Denk an die Performance der Aktien.»

«Weshalb wusstest du das eigentlich wegen Wölfli und dem anderen … Wie hiess er? Müller?»

«Heinrich Anton Müller, ja. Während des Psychologiestudiums haben wir mal das Museum in der Waldau besucht. War ganz interessant.»

«Und das Gedicht von Shelley?»

Ich lächelte. «Meine Mutter hat oft Gedichte rezitiert, wir Kinder haben das geliebt. Alles querbeet, Bettina von Arnim, Hölderlin, Kurt Marti, Ernst Burren, Erich Fried … Als wir grösser wurden, trug sie uns auch englische und französische Gedichte vor. Mein Vater hat sich immer und immer wieder Morgensterns ‹Der Purzelbaum› gewünscht. Kennst du es? Es ist wunderbar. Mein Favorit war dieses Gedicht von Shelley. Mam konnte die letzten Zeilen mit unglaublich fahler Stimme bringen.»

Ich schloss die Augen, versuchte mich zu erinnern.

«A golden-winged Angel stood
Before the Eternal Judgement-seat:
His looks were wild, and Devils' blood
Stained his dainty hands and feet.
The Father and the Son
Knew that strife was now begun.
They knew that Satan had broken his chain,
And with millions of demons in his train,
Was ranging over the world again.
Before the Angel had told his tale,
A sweet and a creeping sound
Like the rushing of wings was heard around;
And suddenly the lamps grew pale –
The lamps, before the Archangels seven,
That burn continually in Heaven.»

«Ziemlich gräuslich, nicht?», sagte Philipp.

«Grauslich oder grässlich, nicht gräuslich. Aber ja, du hast recht. Satan hat seine Ketten zerbrochen, und im Himmel wird's zappenduster. Lass uns ins Bett gehen.»

VIER

Am nächsten Morgen rief ich bei der Basler Polizei an, um zu fragen, ob sie eine Spur meiner Mutter hätten.

«Wir wissen nicht, wo sie steckt, aber ich kann Ihnen bestätigen, dass kein Schweizer Spital eine Ursula Beck aufgenommen hat», sagte Frau Binder in fröhlichem Ton.

Ich fühlte mich erleichtert darüber, dass Mam wahrscheinlich nichts zugestossen war, und enttäuscht zugleich, da ich noch immer nicht wusste, wo sie sich aufhielt. Ich fragte Frau Binder, wie ich vorgehen müsse, um diese Suchanzeige aufzugleisen, die sie erwähnt hatte. Frau Binder nannte mir eine Internetadresse zum Aufgeben von Chiffre-Anzeigen. Ich müsse ein Foto der vermissten Person hochladen, erklärte sie. Dazu eine Beschreibung des Äusseren der gesuchten Person und das Datum ihres Verschwindens. Auf keinen Fall meinen Namen, meine Adresse oder Telefonnummer angeben, warnte sie mich. Das gehe im Handumdrehen, und man habe schon manche scheinbar vermisste Person auf diese Weise wiedergefunden, wohlbehalten, auf einem Ausflug oder bei einem Wellnessaufenthalt. Ich müsse mich allerdings darauf gefasst machen, eine ganze Menge Unsinn zu hören zu bekommen. Ich machte mich sofort an die Arbeit, scannte ein einigermassen aktuelles Foto meiner Mutter ein, füllte das kurze Formular aus, kreuzte «Online-Plattform» und «Printmedien Region Nordwestschweiz» an, überwies dreihundertzwanzig Franken und gab die Anzeige auf.

Im Büro startete ich sofort den Rechner und schaute nach, ob jemand geantwortet hatte. Natürlich nicht, viel zu früh, schalt ich mich selbst. Es gelang mir einfach nicht, ruhig und gelassen abzuwarten. Was, wenn meine Mutter verunfallt war und irgendwo lag, frierend, verletzt, am Verdursten? Aber wo? Sie machte nie alleine Wanderungen. Sie hatte nicht mal Wanderschuhe. Wo konnte sie bloss sein?

Die folgende Stunde arbeitete ich halbwegs konzentriert an einer neuen Formel für altersstandardisierte Todesraten, die ich für einen Bericht zur Behandlungsqualität unserer Klinik benötigte. Alle paar Minuten checkte ich meine Mails. Noch immer nichts. Irgendwann kam Tscharya, wollte den Stand meiner Präsentation für die GEKO wissen und fragte mich etwas wegen eines Termins anfangs Juli. Mir wurde schlagartig bewusst, dass wieder eine Woche vergangen war. Neunte Woche. Und wenn ich mich nicht entscheiden würde? Wenn ich die Zeit einfach verstreichen liesse, nicht daran denken würde?

Das ganze Walmont sei informiert über die Auseinandersetzungen in der Geriatrie, meinte Tscharya im Hinausgehen. Es würden bereits Wetten abgeschlossen, wer gehen müsse: Wanner oder Philipp. Wanner sei sehr gut vernetzt und habe überall Freunde. Philipp müsse vorsichtig sein.

Nicht gut, gar nicht gut, dachte ich. Sobald sie weg war, analysierte ich die Patientendaten der Geriatrie zu der Zeit, als Philipp noch der alleinige Oberarzt gewesen war, und verglich sie mit den Daten nach seinem Weggang nach Montréal, als Wanner das Ruder übernommen hatte. Es war, wie ich insgeheim befürchtet hatte: Mit der Geriatrie war es in Philipps Abwesenheit finanziell aufwärts gegangen. Bei gleichbleibendem Case-Mix-Index war die Aufenthaltsdauer der Patienten auf der Station deutlich gesunken. Das hiess, der Gewinn pro Aufenthalt war deutlich gestiegen. Gut für unsere Finanzen, wahrscheinlich etwas weniger gut für die Patienten. Jedenfalls nach Philipps Erfahrung. Gerade für die alten Menschen brauche es einfach Zeit, um zu reden und um sicher zu sein, dass sie verstanden hatten, was man ihnen sagen wollte. Und auch, um ihnen nach einem Eingriff im Spital genug Zeit zu geben, um sich wieder zurechtzufinden und sich zu «büschelen», damit sie danach wieder nach Hause gehen konnten und nicht ins Pflegeheim mussten.

Unter Wanners Regime war die Dreissig-Tage-Rehospitalisationsrate höher ausgefallen. Es mussten also mehr Patienten innerhalb von dreissig Tagen nach dem Spitalaustritt wegen des gleichen Gesundheitsproblems noch einmal zurück ins Spital kommen. Vielleicht war das ein Hinweis darauf, dass die Patienten zu früh und in zu schlechtem Gesundheitszustand entlassen worden waren. Philipp würde sich bestätigt fühlen, wenn er dieses Ergebnis sah. Ich versuchte, ihn anzurufen. Sein Pager wurde angepiept, doch er meldete sich nicht. Drei Minuten später stand er in meinem Büro. Er sah völlig erledigt aus. Und wütend.

«Was ist los?», fragte ich.

«Sie haben meine ganze Arbeit der letzten Jahre zunichtegemacht! Das Geriatriekonzept: wird nicht mehr angewendet. Das soziale Assessment: nur noch bei Extremfällen. Die interdisziplinäre Koordinationssitzung: gestrichen.»

«Aber warum? Ich verstehe das nicht. Das Walmont hat ja sogar einen Preis dafür gewonnen. Und Merian –»

«Hör auf mit Merian! Der interessiert sich einen Dreck dafür, was hier in der Klinik geschieht.»

«Nicht so laut!»

Tscharya steckte den Kopf in meine Türe. «Was ist denn los? Schreit doch nicht so, es gibt hier Leute, die arbeiten müssen. Und überhaupt, solltest du nicht endlich an dieser verdammten Präsentation arbeiten, Lou?»

Wir verzogen uns in die zu dieser Zeit fast leere Cafeteria. Philipp wollte nichts trinken, er war noch immer aufgebracht. Ich berichtete ihm von den erhöhten Rehospitalisationsraten.

«Das erstaunt mich gar nicht. Dieser Wanner, was will er denn eigentlich?»

«In welchem Spital hat er gearbeitet, bevor er zu uns kam?», fragte ich.

«Ich habe keine Ahnung. Ich weiss nur, dass sie ihn vor vierzehn Monaten angestellt haben und dass er seither alles torpediert und abgebaut hat, was irgendwie Sinn gemacht hatte. Ich verstehe nicht, was er damit erreichen will.»

Eine Gruppe Assistenzärzte, angeführt vom Chefarzt der Chirurgie, kam auf unseren Tisch zu. Philipp verstummte, bis sie ausser Hörweite waren.

«Wanner ist fachlich eine Katastrophe. Das ist eine Rückkehr in die geriatrische Steinzeit.»

«Hast du ihn darauf angesprochen?»

«Er redet bloss von Kostengewicht und optimalem Patientenpfad.»

In diesem Moment tauchte Helga auf. Sie kurvte geschickt zwischen den eng stehenden Tischen hindurch, ein winziges Bébé im Fliegergriff bäuchlings auf dem linken Unterarm liegend, das Köpfchen in der Ellenbeuge geborgen, die Ärmchen und Beinchen in einem weiss-rot gestreiften Pyjama nach unten baumelnd wie bei einem schläfrigen Löwen auf einem Ast. Ich staunte jedes Mal, wie wohl und sicher sich die Neugeborenen in dieser Lage fühlten.

«Hallo, ihr Hübschen, endlich wieder vereint?»

Sie setzte sich zu uns an den Tisch, massierte und klöpferlte dem Winzling den Rücken, stutzte und fragte: «Was macht ihr denn für Gesichter?»

Philipp erzählte Helga nochmals alles von vorne, während ich an meinem Tee nippte.

«Ich finde, du solltest das mit Merian besprechen. Ich bin sicher, er wird dich unterstützen», sagte Helga.

«Aber weshalb hat sich Merian nicht für unser Konzept eingesetzt? Diese Änderungen musste er ganz sicher genehmigen. So etwas wird doch nicht ohne die Zustimmung des Direktors umgesetzt.»

Helga verzog das Gesicht.

«Ich glaube, er bekommt effektiv nicht mehr ganz alles mit», sagte sie mit gedämpfter Stimme, während sie den Rücken des Babys in kreisenden Bewegungen massierte.

«Merian?», fragte ich.

«Er ist auch nicht mehr der Jüngste.»

«Dann soll er zurücktreten», sagte Philipp.

«Auf keinen Fall!», sagte ich.

«So kann es doch nicht weitergehen! Heute Morgen hat Wanner einen älteren Mann entlassen. Er wurde bei uns wegen einer Fraktur des Hüftgelenks eingeliefert. Der Patient lebt alleine, seine Frau ist vor Jahren gestorben. Seine Wohnung ist im zweiten Stock. Da gibt es keinen Lift, und die Physio hat im Austrittsbericht geschrieben, dass der Patient das korrekte Treppensteigen mit den Stöcken noch nicht beherrscht. Ja, Gottsackteufel noch mal! Wanner hat nicht mal die Spitex für den armen Kerl organisiert.»

Ich unterliess es, Philipp darauf hinzuweisen, dass man in einem solchen Fall eher «Herrgottsack» sagte. Je aufgeregter er war, umso eher vergriff er sich bei Redensarten und Flüchen, eine Folge seiner multikulturellen Kindheit und Jugend zwischen kanadischem Englisch, Québécois, Schweizerdeutsch und dem Französisch der Romandie. Und da war auch die indigene Urgrossmutter, die wahrscheinlich noch ein paar Worte Cree zu der familiären Sprachkultur beigesteuert hatte.

«Ein anderer Fall», fuhr Philipp fort. «Eine Patientin, ich schätze sie auf etwa siebzig Jahre, Identität noch ungeklärt, da sie keine Papiere bei sich hatte, bisher kein Wort gesprochen hat und sie niemand als vermisst gemeldet hat. Sie wurde vor drei Wochen im Inselspital als Notfall eingeliefert, nachdem sie spätabends eine Betontreppe, die zu einer Zivilschutzanlage führt, hinuntergestürzt war. Sie hatte getrunken. Multiple Traumata, darunter ein mehrfacher Schädelbruch mit Blutungen im Gehirn, ein Beckenbruch, Blutergüsse am ganzen Körper, dazu stark unterkühlt. Sie war zwölf Tage auf der Intensiv. Sie hatte nur deshalb eine Chance zu überleben, weil sie ein kleiner Junge aus der nebenan gelegenen Flüchtlingsunterkunft gefunden hatte. Nachdem ihr Zustand sich stabilisiert hatte, wurde sie von der Insel an uns überwiesen, damit wir eine geriatrische Abklärung durchführen. Und was macht der Wanner?»

«Er klärt sie ab», meinte Helga mit einem Achselzucken.

«Eben nicht! Jedenfalls würde ich das nicht so bezeichnen. Ein EKG, MRI, Blutwerte bestimmen … Das haben sie alles bereits in der Insel gemacht. Aber das, was ich unter einem geriatrischen Assessment verstehe und das Inselspital übrigens auch, deshalb haben sie die Frau ja zu uns geschickt, das hat er nicht gemacht. Dafür hat die Frau bei uns zusätzlich noch eine Demenz diagnostiziert bekommen. Wie Wanner zu dieser Diagnose kommt, ist mir schleierhaft.»

«Weshalb spricht sie nicht?», fragte ich.

«Du solltest sie dir anschauen, Lou. Etwas an dieser Frau ist merkwürdig. Sie hat grosse Angst. Sie will sich mitteilen, uns etwas erzählen, bringt trotzdem keinen Ton über die Lippen. Das sieht für mich nicht nach einer Demenz aus. Vielleicht ist ihr Sprachzentrum durch den Schädelbruch beeinträchtigt worden. Und: Warum ist sie überhaupt so heftig gestürzt?»

«Hast du nicht gesagt, dass sie betrunken war?», fragte Helga.

«Sie hatte zwei Komma vier Promille intus, als sie eingeliefert wurde.»

«Na also ... Sie war sturzhagelvoll und stürzte diese Treppe runter.» Helga hatte noch nie mit Nachsicht reagiert, wenn Leute zu viel tranken. Dafür habe sie zu viele Familientragödien und Gewalt gegen Unschuldige erlebt, hatte sie mir einmal erklärt.

«Dement ist sie deswegen noch lange nicht», sagte Philipp. «Da sollte man doch mal ein bisschen genauer hinsehen, nicht? Und das nennt sich ein ‹geriatrisches Zentrum›!»

«Vielleicht kannst du herausfinden, wer sie ist, und die Angehörigen befragen, um herauszubekommen, wie ihr Gesundheitszustand vor diesem Unfall war», sagte ich.

«Wenn ich überhaupt noch Zeit bekomme, um weitere Tests vorzunehmen. Wanner will sie so bald wie möglich in ein Pflegeheim abschieben, ohne dass eine korrekte Demenzabklärung gemacht wird.»

«Jetzt bist du ja wieder da und kannst das in die Wege leiten», sagte ich in einem Ton, der wohl eine Spur zu beruhigend klang.

Philipp schaute mich mit gerunzelter Stirn an, dann seufzte er.

«Ich rege mich zu sehr auf, ich weiss», sagte er und bemühte sich um ein Lächeln.

«Was gibt es heute Abend zu essen?», fragte ich.

Diesmal lächelte er wirklich. «Ich habe an einen Kümmelbraten mit Bratkartoffeln und Lauchgemüse gedacht. Und zum Dessert Zimteis mit Zwetschgenkompott.»

«Wie wäre es mit Partnertausch?», fragte Helga.

«Oh nein!», wehrte ich ab. Helgas Mann Paul war ein begnadeter Maler, aber seine Kochkünste beschränkten sich auf verkochte Spaghetti mit Tomatensauce aus dem Glas.

Philipps Pager meldete sich, er sprang auf und eilte die paar Meter bis zum nächsten Wandtelefon. Helga fragte mich mit gesenkter Stimme, wie es mir heute gehe. Ich berichtete von meinem nach wie vor harten Bauch und den Schmerzen, die kamen und gingen. Helga meinte, ich solle mir viel Ruhe gönnen, versprach mir, am nächsten Tag eine Teemischung mitzubringen, die mir helfen würde, und verabschiedete sich. Der Winzling auf ihrem Arm müsse noch gebadet und gewogen werden.

***

Nach dem Mittagessen hatte jemand auf meine Suchanzeige geantwortet. Ich öffnete eine automatisierte Nachricht mit der Meldung, dass Antworten auf meine Anzeige eingetroffen seien. Ich solle auf den verschlüsselten Link klicken. Ich zögerte, hatte plötzlich Angst davor, was ich erfahren würde.

Sehr geehrter Herr,
ich habe Ihre werte Ehefrau oder eine Person, die ihr sehr ähnlich sieht, am Freitag, 1. Mai, im Restaurant «Zum Engel» in Baden-Baden (Deutschland) beobachtet. Sie war in Begleitung eines jungen Mannes und trug eine grosse schwarze Sonnenbrille, um sich vor inkriminierenden Blicken zu schützen.
Mit vorzüglicher Hochachtung
Meinrad Pfister

Grosse schwarze Sonnenbrille? Inkriminierende Blicke? Herr Meinrad Pfister, werten Dank. Die nächste Meldung.

Ich denke, ich habe diese Person im Allschwiler Wald gesehen. Hat sie einen dieser grossen Pudel? Einen schwarzen. Sie trug einen hellbraunen Wollmantel, ziemlich abgetragen, und lederne Wanderschuhe. Ich weiss das Datum nicht mehr. Rufen Sie mich an, wenn Sie mehr wissen wollen. 076 330 43 63.

Schwarzer Pudel? Lederne Wanderschuhe? Definitiv nicht. Weiter.

Hast du dein Alte vermisst? Unter 0800 332 66 99 du eine neue. Jung, fix, gesund, direkt aus Ukraine.

Scheisse, was sollte das? Die übrigen Meldungen waren auch nicht viel besser. Unter anderem bot mir ein Medium seine Dienste an.

Monsieur Ousmane, Hellseher, Heiler und grosses Medium. Hilfe bei allen Problemen. Wirksamkeit garantiert. Heilung, Rückführungen, Rauchstopp. Spezialist für ADS-Behandlungen. Ferndiagnose, Telefonberatung, Heilrituale. Rufen Sie an.

Wie viele Spinner gab es eigentlich noch, die nur darauf warteten, auf eine solche Anzeige zu antworten? Das Ganze war vergebliche Mühe, und gleichzeitig war meine Mutter noch immer verschwunden und vielleicht in Gefahr.

Etwas später fand ich mehr als dreissig neue Antworten auf meine Suchanzeige. Einige davon waren echt übel, und keine davon war in irgendeiner Weise nützlich. Ich versuchte, Frau Binder von der Basler Polizei zu erreichen, um ihr zu erzählen, dass die Suchanzeige nichts brachte, und sie zu fragen, was wir noch tun konnten, um meine Mam zu finden. Sie habe keinen Dienst mehr, wurde mir ausgerichtet, und ihr Kollege Noldi Blatter sei den ganzen Tag im Gericht.

Das brachte nichts. Ich kam keinen Millimeter vom Fleck.

Was hatte Mam bloss angestellt? Oder war sie wirklich nur verreist und hatte vergessen, jemandem davon zu erzählen?

Kurz darauf rief mich die persönliche Assistentin unseres Direktors an. Ich hatte gar nicht gewusst, dass es diese Funktion in unserer Klinik gibt. Sie hiess Meret Kramer und hatte eine junge Stimme, die vibrierte vor Unsicherheit und Stress. Merian würde in drei Tagen in Brisbane zum Weltkongress der «Association of Health Service Management» erwartet. Er solle als Keynote Speaker auftreten. Und für seine Präsentation fehle ihm eine ganz bestimmte Fotografie des Walmont aus dem Jahr 1867. Man sehe im Hintergrund einen Teil des alten Klinikgebäudes und davor eine Kutsche mit vier Pferden. Daneben stehe eine Gruppe von Angestellten in weissen Kitteln. Ob ich diese Fotografie kenne?

Das sagte mir was. Ich meinte mich erinnern zu können, dieses Bild schon gesehen zu haben. Es war nun wirklich nicht meine Aufgabe, der Assistentin des Direktors bei der Suche nach einer Fotografie zu helfen. Andererseits war dies eine Möglichkeit, Punkte beim Direktor zu machen, in Erinnerung zu rufen, wie nützlich die Forschungsabteilung war, und damit auch Tscharya zu beruhigen.

«Ich bin nicht ganz sicher», sagte ich, «vielleicht war dieses Foto Teil eines Vortrags meines früheren Chefs, Max LeBlond.»

«LeBlond? Der war vor meiner Zeit», sagte Meret munter.

Ach, Max, dachte ich. Er war viele Jahre lang mein Vorgesetzter gewesen, mehr als das, mein Mentor und manchmal fast ein Vaterersatz. Ich hatte ihn als unerreichbares Vorbild bewundert, als einen Menschen, der sowohl über profundes Fachwissen verfügte als auch eine Art Universalgenie war. Ganz sicher hatte ich ihn lange auf einen zu hohen Sockel gestellt und die dunklen Seiten seiner Persönlichkeit nicht wahrhaben wollen, seine wochenlangen Depressionen, seinen vernichtenden Zynismus, seine Unfähigkeit, sich die notwendigen Verbündeten zu schaffen.

Ich hatte ihm vertraut. Und er hatte mich systematisch belogen, mich über seine traumatische Vergangenheit im Unklaren gelassen, den tragischen Tod seiner Frau Rubina und seines neugeborenen Kindes in Yatenga, Burkina Faso, seine abgebrochene Karriere als Chirurg. Und er hatte mich, als ich ihm schliesslich in einer entscheidenden Sache in die Quere kam, zu töten versucht. Ich war wütend auf ihn. Und vermisste ihn zugleich. Unsere Beziehung war mir teuer, trotz allem.

«Ich kann mich dunkel erinnern, dass Max irgendwann mal einen Vortrag über die Cholera-Epidemie in Zürich gehalten hat», fuhr ich fort. «Die Aufnahme hat etwas mit der Cholera zu tun, stimmt das?»

«Genau», sagte Meret, und ihre Stimme klang bereits hoffnungsvoll. «Der Direktor hat mir gesagt, die Bildlegende heisse so etwas wie: Ankunft der ersten Cholerakranken in der Frauenheilanstalt Walmont in Bern. Hast du vielleicht irgendwo einen Abzug dieses Bilds? In einer hohen Auflösung?»

«Nein, das glaube ich nicht. Hat Merian in seinem Büro nicht eine Mappe mit all diesen alten Fotografien? Ich habe doch mal so was gesehen.»

«Nicht mehr, leider. Das wurde alles digitalisiert, um Platz zu sparen.»

«Also habt ihr doch eine digitale Version der Fotografie. Reicht das nicht?»

Meret seufzte. «Natürlich würde das reichen. Bloss haben wir keinen Zugriff auf die Dateien. Sie sind doch auf dem C-REPS abgelegt.»

«C-REPS, das tönt wie ein Vieh aus ‹Jurassic Park›», sagte ich.

«Clinical Repository System, C-REPS», erklärte Meret. «Das ist sicherer, als alle Daten auf unserem eigenen Server abzulegen. Sagt jedenfalls das neue Informatikbüro.»

«Eine Cloud-Lösung soll sicherer sein als unser eigener Server, der im U3 in unserem Haus steht?»

«Ja, zum Beispiel, wenn es ein Erdbeben gibt.»

«Oder wenn ein Tsunami die Schweiz trifft, ich verstehe.» Meine Stimme klang sogar in meinen eigenen Ohren so zynisch, dass ich mich mahnte, meinen Ärger nicht an der armen Meret auszulassen. «Nimm die Datei doch von diesem REPS-Ding runter.»

«Ja eben. Das geht nicht, weil wenn ich die Adresse eingebe, heisst es immer nur: Serveradresse unbekannt.»

«Dann melde dich doch bei diesen Cloudianern. Die sollen dieses REPS zack, zack in Ordnung bringen. Dafür sind sie doch da, oder?»

«Entschuldige bitte, Louisa, es tut mir leid, dass ich dich so lange aufhalte. Ich schaffe es einfach nicht, und der Kongress und der Direktor ...»

Es klang, als ob sie gleich zu weinen beginnen würde.

«Was ist denn das Problem, Meret? Ich verstehe es wirklich nicht. Ruf die Typen an oder schick ihnen eine E-Mail. Und sag, dass es ultradringend sei.»

«Es gibt keine Telefonnummer und auch keine E-Mail. Man kann nur so ein Ticket auslösen. Und das habe ich bereits vor zwei Wochen gemacht.»

«Und?»

«Ich habe eine automatische Antwort bekommen. Nämlich, dass ich die Nummer 1671 bin. Und dass der Stand der abgehandelten Tickets bei 1082 sei.»

«Himmelarsch, so geht das doch nicht! Was für ein Sauladen.»

«Es tut mir leid, Louisa, es –»

«Das ist doch nicht deine Schuld. Hör zu, ich schaue mal, ob ich die Fotografie irgendwo bei uns finde.»

Meret begann schon fast wieder zu weinen, diesmal vor lauter Erleichterung. Ich erinnerte sie daran, dass ich nichts versprechen könne, und machte mich auf die Suche. Tscharya half mir, die Archivboxen mit Max LeBlonds Unterlagen und persönlichem Krimskrams aus dem Wandschrank auf den Boden in meinem Büro zu wuchten. Ihre Laune hatte sich deutlich gebessert, als ich ihr erklärte, dass wir in dringender Mission den Direktor retten würden. Ich hob den Deckel der ersten Box an und spürte sofort einen Stich, als ich das Chaos darin erblickte. Afrikanische Miniaturen, abgekaute Bleistifte, wissenschaftliche Artikel aus den siebziger Jahren, eine Gedenkmedaille, einige Münzen, alte französische Geldnoten, eine zerfledderte Taschenbuchausgabe von Camus' «Die Pest», eine vergilbte Fotografie des jungen Max mit seiner Frau Rubina vor dem Eiffelturm.

Nach Max' schrecklichem Tod hatte ich seine Habseligkeiten in diese Boxen geschmissen und sie seither nicht mehr angeschaut. Es half alles nichts, ich musste mich durch das Chaos wühlen. Ich versuchte, so rasch und kühl vorzugehen wie möglich. Eine Viertelstunde später war ich durch. Nirgendwo eine Fotografie. Vielleicht war seine Präsentation in unserem Verzeichnis gespeichert. Einen Versuch ist es wert, dachte ich.

Die Ordner und Dateien stammten alle aus längst vergangenen Arbeitstagen mit Ausnahme eines einzigen Ordners, der mit «Yatenga Memorial Hospital» beschriftet war. Dieses Spital war Max' Vermächtnis. Er hatte jahrelang dafür gekämpft, in Burkina Faso, einem der ärmsten Länder der Welt, ein vorbildliches Spital betreiben zu können. Es war nach seinem Tod zu seinen Ehren eröffnet worden, und ich bin sicher, Max wäre glücklich zu sehen, wie gut es lief und welchen Beitrag zur Gesundheit der Bevölkerung es leisten konnte. Das Spital behandelte in seinem dritten Betriebsjahr bereits über achtzehntausend Patienten und hatte kürzlich einen Preis für seine Geburtsklinik erhalten. Diese hatte einen ambulanten Dienst mit rund achtzig ausgebildeten Hebammen angeschlossen, die in der gesamten Region mit Tuk Tuks zu den Frauen unterwegs waren. Dass das Geld zur Gründung dieses Spitals nur zusammengekommen war, weil Max eine klinische Studie am Walmont gefälscht hatte und unser Direktor Merian nach Max' Tod die Pharmafirma, welche an dieser Fälschung beteiligt war, erpresst hatte, war eine andere Geschichte.

Ich fand einen Ordner, den Max mit «Presentations» beschriftet hatte. Und da war eine uralte Version einer PowerPoint-

Präsentation mit der Bezeichnung «MLB_note_his_chol_CH_1900». Ich versuchte das Ding zu öffnen, und da, auf der ersten Folie, sah ich das Bild: alte Klinik Walmont, Kutsche, vier mächtige Pferde mit gestutztem Schweif und Mähnenhaar, Personal in weissen Schürzen, in einer Reihe aufgestellt, die Frauen mit weissen Hauben. Ich schickte Meret das Ding per E-Mail, und zwei Minuten später rief sie mich an. Sie entschuldigte sich für die Mühe, die sie mir machte, et cetera, et cetera, und dann sagte sie, die Auflösung der Fotografie aus dem PowerPoint-Programm sei ungenügend. Sie benötige eine höhere Auflösung, da der Direktor die Aufnahme zusätzlich für sein Poster benötige.

Ich seufzte. «Ich könnte noch einen letzten Versuch machen und im Archiv des Walmont nachschauen.»

«Das Archiv ist jetzt auch auf dem C-REPS, Louisa.»

«Ich meine nicht dieses Archiv, ich meine die analoge Version. Das Archiv im Untergeschoss. Der Raum.»

«Ein Archiv? Ein echtes … Ich meine, ein Ort, wo man reinkann?», fragte sie.

«Komm mit, Meret. Ich zeige es dir.»

Als ich den Archivraum betrat und der längst vergessen geglaubte Geruch von Tonnen alten Papiers, Moder und der einen oder anderen mumifizierten Maus zu mir durchdrang, begann mein Herz unvermittelt zu rasen. Dieser Geruch … Unwillkürlich schweiften meine Augen zu dem Ort, an dem ich mich damals verzweifelt versteckt hatte, von Max aufgespürt und angeschossen worden war. Und zu dem Ort, an dem Max kurz darauf gestorben war. Ich sah keine Spuren der damaligen Geschehnisse, keine Blutflecken, keine Unordnung, nichts. Das Archiv schien völlig unberührt von dem, was geschehen war.

Meret, die sich als nordische Schönheit entpuppte, langgliedrig, milchweisse Haut, grosse blaue Augen, leichte Stupsnase und blonde Engelslocken, wanderte munter und staunend den Regalwänden entlang, zog den einen oder anderen Ordner aus den Gestellen, liess ihre Hände über die alten Archivboxen gleiten.

«Der Wahnsinn. Das ist der Wahnsinn», sagte sie ein ums andere Mal.

Ich wollte das Ganze so schnell wie möglich hinter mich bringen und ging rechts um die erste Gestellwand herum, zu dem Regal der Forschungsabteilung. Hier waren etwa drei Quadratmeter Wand mit Archivmaterial von Max LeBlond belegt. Ich las die Beschriftungen und suchte das Jahr, in dem Max den Cholera-Vortrag gehalten hatte. Die Archivschachtel enthielt etwa ein Dutzend Achteinhalb-Zoll-Disketten, die Meret staunend untersuchte, eine ganze Menge Visitenkarten, unter anderem vom damaligen WHO-Direktor, aber nirgends ein Foto, in welchem Format auch immer. Ich wollte schon aufgeben, da stiessen meine Finger zuhinterst auf ein längliches Kästchen aus starkem Karton. Ich zog es heraus: eine Aufbewahrungsbox für Dias.

«Was ist denn das?», fragte Meret, und mir wurde wieder einmal bewusst, wie schnell vergänglich unsere Speichermedien sind.

Sie hatte noch nie von Dias gehört. Dabei war dies bis heute eine der besten Archivierungsmethoden für Fotografien, die zudem beliebig vergrössert werden konnten. Und zwar in bester Qualität. Es waren achtzehn Dias, und eines davon stellte die Szene dar, die wir suchten. Ich erklärte Meret, sie müsse zu einem Fotografen und die Dias einscannen lassen. Sie umarmte mich und rannte los.

***

Nachdem ich Tscharya die erfolgreiche Heldengeschichte der gefundenen Fotografie und damit der geretteten Keynote-Rede unseres Direktors in allen Details erzählt hatte, beschloss ich, nach Hause zu fahren und die Liste im Adressbuch meiner Mutter abzuarbeiten.

Die Verwandten hatte ich alle durch. Aber auch Mutters

Freundinnen und Freunde wussten nichts. Mit einer früheren Nachbarin hatte sie sich gestern Sonntag zu einem Brunch verabredet und war ebenfalls nicht erschienen. Zwei Personen konnte ich nicht erreichen. Eine davon war Nadia Senn, eine Schulfreundin, die vor vielen Jahren ins Hinterland von Cannes gezogen war.

Gegen neun kam Philipp. Als er mir einen Kuss auf die Schläfe gab, roch ich Alkohol. Er hatte offensichtlich einige Gläser Bier getrunken, was für ihn sehr ungewöhnlich war. Er hatte mir einmal gesagt, dass es für ihn, mit seiner Abstammung von den kanadischen Cree, nichts Schlimmeres gab als besoffene Indianer, und er hatte dabei das Wort «Indianer» bewusst verwendet, obwohl es aus seiner Sicht ein Schimpfwort war. Die indigene Bevölkerung Nordamerikas nennt sich selbst «First People», «Indigene» und im Fall der kanadischen Ureinwohner «Aboriginal Canadians» oder «Mitglieder der First Nations», aber nicht «Indianer».

Er sagte nichts, liess sich schwer auf das Sofa fallen und schloss die Augen.

«Und? Hast du etwas über deine Mutter herausgefunden?», fragte er später mit schleppender Stimme.

Schon längst hatte ich Philipp von Mutters Krankheit, dem Besuch in ihrer Wohnung und meiner plötzlichen Angst um sie erzählen wollen. Aber am Wochenende war er wegen der Vorbereitungen für das Essen mit seinen Freunden abgelenkt gewesen und hatte mir nie richtig zugehört. Und jetzt war er betrunken.

«Sie ist in keinem Spital und keiner Klinik laut Polizei», sagte ich, entschlossen, nur auf die Fakten einzugehen. «Ich habe fast alle Personen in ihrem Adressbuch gesprochen. Niemand weiss, wo sie sein könnte. Mit den meisten pflegte sie ohnehin keinen Kontakt. Seit Jahren nicht. Auf meiner Liste sind noch zwei übrig. Eine davon ist Nadia Senn, eine alte Schulfreundin. Nadia wohnt in Südfrankreich, und Mam hat sie mehrere Male dort besucht.»

«Und die andere?»

Ich blätterte in meinen Notizen.

«Ein Roman Hedinger mit Vorwahl aus dem Raum Basel.»

«Du machst dir zu viele Sorgen.»

Ich wollte widersprechen, liess es aber bleiben. Ich wollte mich nicht mit Philipp streiten.

«Vielleicht ist dieser Ronald Heiniger ihr neuer Lebenspartner, und sie befinden sich auf einem Segeltörn in der Südsee», meinte Philipp.

«Am wahrscheinlichsten ist sie bei Nadia, sitzt gerade gemütlich vor dem offenen Cheminéefeuer und trinkt ein Glas roten Banyuls.»

Wenn sie zurück ist, drehe ich ihr den Hals um, dachte ich.

Aus dem Halsumdrehen wurde nichts. Ich erreichte Nadia spätabends. Sie erschrak, als ich ihr erzählte, was los war, konnte mir aber auch nicht weiterhelfen. Die Telefonnummer von Roman Hedinger gehörte zu einer physiotherapeutischen Praxis im Kleinbasel, und das Foto auf der Homepage der Praxis zeigte einen braun gebrannten, muskulösen Glatzkopf anfangs dreissig mit strahlend blauen Augen. Durchaus sympathisch, doch etwas zu jung und zu körperbetont als Geliebter meiner Mutter.

***

Am nächsten Morgen war ich in einem schrecklichen Zustand, gequält von schlechten Träumen, an die ich mich nicht mehr erinnern konnte, die mich dennoch gefangen hielten. Ich zwang mich früh aus dem Bett, trank mit schlechtem Gewissen zwei Espresso und fuhr ins Walmont. Zehn nach sieben. Ich rief Frau Binder von der Basler Polizei an, erwartete den Anrufbeantworter und schrak zusammen, als sie sich mit lauter Stimme meldete.

«Niemand aus ihrem Bekanntenkreis weiss etwas», sagte ich. «Ich habe alle erreicht.»

«Hat die Vermisstenanzeige etwas gebracht?»

«Nein, da haben bloss Spinner und Spanner geantwortet.»

«Ich habe eine gute Nachricht für Sie», sagte sie. «Wir haben einen Abgleich gemacht mit der Liste von Spitalpatienten, die bisher nicht identifiziert werden konnten. Es gibt keine Übereinstimmung der gemeldeten Personen mit Ihrer Mutter. Sie ist definitiv nicht auf dieser Liste.»

«Und wenn sie einen Unfall hatte und niemand sie gefunden hat?»

«Haben Sie nicht gesagt, dass Ihre Mutter keine einsamen Wanderungen macht? Wo soll sie denn verunfallen? Machen Sie sich nicht verrückt, Frau Beck. Haben Sie den Computer Ihrer Mutter bereits angeschaut? Vielleicht finden Sie da Informationen über ihre Pläne, die Buchung für eine Reise, E-Mails, Internetseiten, die sie angesurft hat, oder so was.»

«Sie besitzt keinen Computer.»

«Na dann …»

«Was soll ich denn tun?»

«Warten. Einfach warten.»

«Das kann ich nicht, das macht mich wahnsinnig.»

Kurz danach kam die Wende. Als ich nach einer Besprechung mit den Kardiologen der Klinik zurück ins Büro kam, waren da siebenundvierzig neue Meldungen zu meiner Chiffreanzeige aufgelistet. Ich stöhnte. Aber bereits die dritte Antwort brachte einen ersten hilfreichen Hinweis.

Guten Tag. Ich wohne im Haus neben Ursula Beck in der Rheingasse. Ein Nachbar hat mir mitgeteilt, dass sie vermisst wird. Ich mache mir grosse Sorgen um Ursi. Rufen Sie mich bitte an.

Sie hiess Manuela Cattacin, der Stimme nach noch sehr jung, und war sehr aufgeregt. Sie habe am Donnerstag, dem 7. Mai, mit meiner Mutter gesprochen. Diese habe nach Bern reisen und abends ihre Tochter besuchen wollen. Sie habe ihren orangen Schal getragen. Das Gespräch fand auf der Strasse vor dem Haus statt, etwa um zehn Uhr dreissig. Ich dankte Frau Cattacin. Endlich eine wertvolle Information.

Unter viel Schrott fand ich endlich eine zweite wichtige Meldung.

Sehr geehrte Dame, sehr geehrter Herr,
ich habe die gesuchte Dame im Zug von Basel nach Bern, mit Abfahrt ab Basel elf Uhr fünf, am Donnerstag, 7. Mai, kennengelernt. Wir haben uns über Kultur, insbesondere Theater, unterhalten, und ich war sehr erstaunt, dass sie die Berliner Theaterszene ganz ausgezeichnet kennt. Ich bin aus Wien, wenn auch vorübergehend in der Schweiz wohnhaft. Die Dame war bei blendender Gesundheit und eine charmante Begleiterin. Ich hoffe von Herzen, es ist ihr nichts zugestossen. Wir haben uns auf dem Fahrsteig 8 in Bern aus den Augen verloren. Sie trug einen orangefarbenen Schal. Höflichst, Ihr Kläusle Bauer

Das war sie gewesen! Eindeutig. Sie war also am Donnerstag nochmals nach Bern gefahren und wollte mich besuchen. Nur war sie nie bei mir angekommen. Ich spürte Angst in mir aufsteigen. War das der Beweis dafür, dass ihr etwas zugestossen war? Gab es noch eine andere Erklärung dafür? Eine plötzliche Änderung ihrer Pläne? Wäre durchaus möglich. Sie war mit diesem Kläusle Bauer zusammen im Zug nach Bern gefahren und dort spurlos verschwunden. Sie war nicht dement, auf keinen Fall. Niemand wird von einem Tag zum nächsten dement. Und sie war auch nicht freiwillig verreist. Sonst hätte sie vor der Abreise ihre Küche aufgeräumt. Und nicht davon gesprochen, mich zu besuchen. Also musste sie noch irgendwo in der Gegend sein. Bloss wo? Und warum hatte sie den Termin mit Bernadette verpasst? Ein Unfall … Gedächtnisverlust … ein Diabetesschock … Herrgott noch mal, jede Möglichkeit, die mir einfiel, war grässlich.

Beim Mittagessen erzählte ich Philipp, was ich bisher erfahren hatte, und auch, dass meine Mutter an Diabetes litt. Er meinte, das sei doch alles ziemlich vage. Ich solle den Ratschlag der Polizei befolgen und warten, bis Mam wieder von alleine auftauche, und mir nicht zu viele Sorgen machen. Ich sagte, dass ich das nicht könne. Er widersprach. Wenn ich nur wollen würde, ginge das. Er berichtete von einer Wohnung in der Nähe von Rubigen, die für uns interessant sein könnte, drei Nasszellen, Parkett, zwei Balkone, Solarenergie, blabla. Ich spürte, wie ich wütend wurde, murmelte etwas Nichtssagendes. Diese Auseinandersetzung wollte ich auf später verschieben.

«Also gut», sagte Philipp, der wahrscheinlich meinen Ärger gespürt hatte. «Lass uns über deine Mutter sprechen.»

«Wenn ich nur wüsste, was sie hier in Bern wollte. Ich brauche irgendeinen Anhaltspunkt.»

«Bist du sicher, dass sie nicht mit dir darüber gesprochen hat? Als sie bei dir zu Besuch war?»

«Ich bin sicher, sie hat nichts von Reiseplänen gesagt. Sie hat mir nur von ihrer Freundin Livia erzählt, die an diesem Abend gestorben ist. Diese Livia hat ihre engsten Freunde eingeladen, um sich von ihnen zu verabschieden, und dann ist sie mit assistiertem Suizid gestorben.»

«Ein assistierter Suizid? Vielleicht hat dieses Erlebnis deine Mutter völlig aus der Bahn geworfen. Das kann schwierig zu verarbeiten sein.»

«Mam hat sich betrunken und ist danach völlig durcheinander zu mir gekommen. Am nächsten Morgen hat sie mir eine Notiz hinterlassen. Ich solle das Bett frisch beziehen, und sie wolle den Psychopathen verklagen. Nur weiss ich nicht, wen sie damit gemeint hat.»

«Den Psychopathen verklagen? So wie ich deine Mutter kenne, heisst das gar nichts. Sie ist so was von einer Dramaqueen.»

«Ich weiss. Und es kommen mindestens zwei Männer in Frage. Einer heisst Félix mit aigu, scheint ein ziemlicher Kotzbrocken zu sein, jedenfalls in den Augen meiner Mutter, spielt Theater, wenn auch schlecht, wieder gemäss Mam, und hat um diese Livia herumgeschleimt, weil er sich Hoffnung auf ihr Erbe machte. Mam hat sogar vermutet, dass dieser Félix Livia dazu überredet habe, sich zu töten.»

«Vielleicht können wir herausfinden, ob er in Bern wohnt. Vielleicht wollte sie zu ihm und ihm seine Schandtaten an den Kopf werfen. Félix mit aigu, Schauspieler, gibt es ja nicht wie Steine am Meer.»

«Sand am Meer.»

«Steine, Sand ... ist doch egal. Es gibt sowieso bald keine Sandstrände mehr.»

«Vielleicht meinte sie aber auch den Sterbehelfer. Sie hat sich sehr über ihn geärgert, weil er sie nach Livias Tod rausgeworfen hat und Mam nicht genug Zeit gab, um sich von ihrer Freundin zu verabschieden.»

«Das ist ja auch nicht die feine Art. Und wie ich gesagt habe, ein assistierter Suizid kann für nahestehende Personen regelrecht traumatisch sein. Und dem anderen, diesem Schauspieler, hat sie Erbschleicherei vorgeworfen? Ich meine, das ist ein ziemlich happiger Vorwurf, und wenn diese Livia tatsächlich reich war, könnte das doch ein Motiv sein.»

«Du redest wie in einem billigen Detektivroman. Motiv für was, um Gottes willen? Um Mam umzubringen?»

«Reg dich nicht auf. Ich wollte ja nur helfen.»

Ich brummte etwas von «schöne Hilfe», er verzog sich beleidigt, und ich kaute an einem Nagelhäutchen herum, bis es blutete.

***

Auf dem Weg nach Hause machte ich einen Zwischenhalt in der geriatrischen Abteilung. Auf dem Flur traf ich niemanden an, alles war still. Ich ging zum Bereitschaftszimmer, fragte nach der stummen Frau, Philipp habe mich gebeten, sie zu besuchen. Im Zimmer 218 war das vordere Bett leer, im hinteren, Richtung Fenster, lag eine alte Frau, schien zu schlummern, den Rücken mir zugewandt. Sie trug eines dieser Nachthemden der Klinik, weiss mit feinen blauen Streifen, das am Rücken aufklaffte und den Blick auf eine riesige netzartige Unterhose freigab. Ich ging leise um das Bett herum, räusperte mich, um sie sachte zu wecken. Das Geräusch liess sie so abrupt hochschiessen, dass ich erschreckt aufschrie. Sie sass im Bett, die Augen aufgerissen, die Decke hochgezogen, als ob sie sich dahinter schützen könnte. Vor was? Oder besser: vor wem? Ihr Gesicht zeigte immer noch Spuren des Sturzes, gelbe Verfärbungen auf der rechten Kinnseite und Stirn und kahle Stellen, wo man ihr die Haare hatte rasieren müssen, um die Wunden zu versorgen. Ich sah zwei etwa fünf Zentimeter lange genähte Narben, die sich rot gegen die Kopfhaut abzeichneten. Die Frau war ausgesprochen mager, ihre filigranen Schlüsselbeine und Schulterknochen waren wegen des verrutschten Nachthemds sichtbar. Sie sah erbarmungswürdig und schutzbedürftig aus. Aber aus ihren Augen blickte mich ein wacher Geist an. Ich entschuldigte mich für die Störung und ging. Philipp hatte recht. Diese Frau hatte schreckliche Angst.

***

Den Rest des Abends verbrachte ich zu Hause an meinem Rechner. Félix Bürki mit aigu war in local.ch aufgeführt und wohnte in Wabern zusammen mit einer Ramona Segesser. Ich hatte seinen vollständigen Namen auf der Besetzungsliste des Theaters an der Effingerstrasse gefunden. Seine Freundin gab mir am Telefon bereitwillig Auskunft, nachdem ich mich als Sachbearbeiterin von Pro Helvetia vorgestellt und etwas von einem Stipendium geschwafelt hatte. Laut Ramona war Félix am Tag nach Livias Tod nach Colchester verreist, wo er an einem internationalen Theaterfestival teilnahm. Ich ging auf die Homepage des Festivals, und tatsächlich, da war ein Foto, das mit «F. Burki, Switzerland» und entsprechendem Datum beschriftet war. Félix, das Ekel, hatte vielleicht ein Motiv, meine Mam zu hassen, doch er war nicht in der Schweiz gewesen, als sie verschwand. Blieb noch der Jack-Nicholson-ähnliche Sterbehelfer. Oder Alain Delon? Und wie sollte ich den finden? Und falls ich ihn fand, was sollte ich ihm sagen? «Guten Tag. Meine Mutter hat letzten Dienstag etwas Shining-mässiges in

Ihrem Lächeln entdeckt. Haben Sie vielleicht mit ihrem Verschwinden zu tun?»

Meine Gedanken und Pläne drehten sich im Kreis. Machte ich mich selbst verrückt mit meiner Sorge? War das einfach eine Folge von Hormonschwankungen während der Schwangerschaft? Entmutigt und erschöpft ging ich unter die Dusche und anschliessend ins Bett. Philipp lag bereits da, mir den Rücken zugewandt. Ich schlüpfte leise unter die Decke und mummelte mich ein. Philipp tat, als ob er schlafen würde. Ich berührte ihn leicht an seiner Schulter, streichelte die seidenweichen Härchen in seinem Nacken, aber er reagierte nicht. Ich seufzte, drehte ihm ebenfalls den Rücken zu, starrte die Wand an und versuchte mir vorzustellen, dass ich alleine im Bett lag.

FÜNF

Philipp hatte einen Zettel auf den Küchentisch gelegt. Er war um drei Uhr nachts erwacht. Er sei zur Arbeit gegangen und ob wir uns zum Mittagessen sehen könnten. Ich konnte nicht still sitzen und arbeiten. Ich musste etwas tun, selbst wenn es sinnlos war. Ich würde versuchen, diese Sterbehilfepraxis zu finden. Ich würde mit den wenigen Informationen arbeiten, die ich hatte. Ich schrieb Tscharya eine E-Mail, dass ich Überzeit kompensieren würde, und fuhr mit meinem Fahrrad zum Loryplatz.

Ich suchte eine Weile nach dieser ominösen Praxis mit der De-luxe-Sterbehilfe, die irgendwo hier im Quartier sein musste. Ich wusste nicht, ob es die Nähe zum Universitätsspital war oder geringe Mietkosten oder die Anbindung an den ÖV, jedenfalls gab es hier Dutzende von Arztpraxen, ja, in diesem Stadtteil schien kaum ein anderes Gewerbe zu existieren. Da waren Gruppen- und Einzelpraxen für Gynäkologie und Geburtshilfe, für Dermatologie, Ästhetische Chirurgie, Urologie, Innere Medizin und Mikrochirurgie, Hausarzt- und Familienmedizin und zusätzlich zwei Praxen für Psychotherapie und Psychiatrie. Dazu kamen Angebote für Massage, zwei Physiotherapien, Shiatsu und eine Praxis, die von Chiropraktikern und einer Osteopathin geführt wurden.

Ich versuchte mich daran zu erinnern, was meine Mutter gesagt hatte. Eine Adresse hatte sie nicht genannt, oder ich hatte sie vergessen. Sie hatte von einer Praxis und von Ärzten gesprochen. Da es aber kein Arzt sein konnte, handelte es sich wahrscheinlich um eine ärztliche Praxis, die Räumlichkeiten an eine Sterbehilfeorganisation untervermietet hatte. Ich beschloss, von einer Praxis zur nächsten zu gehen und danach zu fragen.

Mein Vorhaben nahm keinen guten Anfang, und von da an

ging es steil bergab. Ich betrat als Erstes die gynäkologische Gruppenpraxis, da sie am nächsten lag. Die Inneneinrichtung war exklusiv, da war unglaublich viel Raum, der Boden mit dunkler Eiche getäfert, an den Wänden hing abstrakte Malerei. Kein Laut war zu hören. Wo waren die Babys, Kinder und die schwatzenden schwangeren Frauen?

Ich ging etwa zehn Meter bis zu einer hohen Theke, stellte mich auf die Zehenspitzen und spähte darüber. Niemand zu sehen. Links von mir, wieder im Abstand eines Halbmarathons, war offensichtlich der Warteraum, der diskret mit Pflanzen vor Einsicht geschützt war. Ich wagte es nicht zu rufen und wartete.

Nach mehr als fünf Minuten kam eine gediegen gekleidete, grauhaarige Dame, mit einer Lesebrille um den Hals gehängt.

«Ja? Sie wünschen?», fragte sie mich.

«Ich wollte fragen, ob …»

Ich stockte. Auf einmal schien es mir ungeheuerlich, diese Frage zu stellen.

«Bitte?», fragte sie ungeduldig.

«Haben Sie diese Frau schon mal gesehen? War sie einmal bei Ihnen in der Praxis?» Ich streckte ihr das Foto meiner Mutter hin.

Sie schaute es gar nicht erst an.

«Ich darf Ihnen keine Auskunft über Patienten geben. Ich nehme an, das wissen Sie», sagte sie.

«Das verstehe ich, sie wäre aber nicht als Patientin hier gewesen.»

Sie schüttelte bloss den Kopf.

«Ich wollte Sie noch fragen, ob einer der Räume Ihrer Praxis an eine Sterbehilfeorganisation vermietet ist.»

«Bitte?»

Die Dame blinzelte und schaute mich verständnislos an.

«Eine Sterbehilfeorganisation … wie Exit zum Beispiel.»

«Ich muss Sie bitten zu gehen. Wir vermieten keine Räume, und wir würden auf gar keinen Fall – gehen Sie!»

Sie war ruhig geblieben, doch ihr Blick sprach Bände. So

würde sie auch dreinblicken, wenn sie Hundescheisse auf ihrem prächtigen Täfer entdecken würde. Ich schlich ab.

Etwa auf die gleiche Weise wurde ich in jeder dieser Praxen abgefertigt, auch wenn nicht alle so gediegen eingerichtet waren. Mir ging auf, dass es für eine Sterbehilfeorganisation wahrscheinlich sehr schwierig war, Räume zu finden, auch wenn ein Grossteil der Bevölkerung es befürwortete, für sich selbst diese Möglichkeit des Sterbens wählen zu dürfen. Ein klarer Fall von NIMBY, *Not in my backyard*, dachte ich und wurde langsam wütend. Schliesslich stellte ich meine Fragen in höflichem Ton und erwartete eine entsprechende Antwort.

Ob es der Gedanke an den Hinterhof war oder was auch immer, jedenfalls fiel mir in diesem Moment ein, dass meine Mutter von einem Seiteneingang zur Praxis gesprochen hatte. Sie war durch einen Rosengarten gelaufen, um zum Eingang zu gelangen. Und ich hatte auf meinem Kreuzzug durch das Quartier eine einzige Praxis gesehen, die einen Seiteneingang hatte, deren Zugangsweg durch einen winzigen Garten führte. Es war die Praxis für Innere Medizin und Mikrochirurgie in der Gutenbergstrasse, ein Eckhaus, das an die Kapellenstrasse angrenzte. Das war allerdings eine ganze Strecke vom Loryplatz entfernt. Konnte es diese Praxis sein? Ich fuhr nochmals hin, stand vor dem kleinen Park, durch den Schiefersteinplatten zum Nebeneingang der Praxis führten. Der Garten war mit Rosensträuchern und Lavendel bepflanzt, wie Mutter es gesagt hatte. Ich klingelte, niemand öffnete. Ich ging zurück zum Haupteingang und las die Namen der Ärzte, die auf der Türe angegeben waren. Eine Rosario Marinero, ein Peter Fischer, ein Klaus Holzner, alle Dr. med, Fachärzte Innere Medizin. Ein Jeremias Matter, Dr. med. Chirurgie und Mikrochirurgie, und eine Isabelle Adler, Dr. med. Fachärztin Mikrochirurgie. Aus dieser Praxis war ich vor nicht weniger als zehn Minuten unfreundlich hinauskomplimentiert worden. Mein Herz flatterte, und meine Hände fühlten sich schweissnass an, als ich erneut durch die Eingangstüre trat.

«Was wollen Sie schon wieder? Ich habe Ihnen doch schon

gesagt, dass wir keinen Raum an Sie vermieten werden», wurde ich unfreundlich von derselben Praxisassistentin empfangen, mit der ich zuvor gesprochen hatte.

«Ich will keinen Raum mieten. Ich will wissen, von wem der Seiteneingang zur Praxis genutzt wird.»

«Das geht Sie nichts an.»

«Haben Sie etwas zu verheimlichen? Das wird doch kein Staatsgeheimnis sein, oder etwa doch?», fuhr ich sie nun auch unfreundlich an. Ich hatte die Nase gestrichen voll von dieser ganzen Sache.

«Also, damit Sie uns endlich in Frieden lassen. Der Seiteneingang ist für Patienten von Herrn Dr. Matter und Frau Dr. Adler. Zufrieden?»

«Und warum brauchen die einen separaten Seiteneingang?»

«Also, Herrgott noch mal … Ich weiss wirklich nicht, was Sie das angehen sollte.»

Ich starrte sie so lange an, bis sie einlenkte.

«Der Seiteneingang wird benutzt, wenn die beiden Chirurgie-Zimmer hier belegt sind. Wir sind bekannt für unsere Mikrochirurgie, wir haben lange Wartelisten. Und die Patienten müssen sich nach den Eingriffen manchmal etwas ausruhen. Wir können deshalb die zusätzlichen Zimmer gut gebrauchen. War's das?»

«Und Sie sind ganz sicher, dass Sie nie eine Sterbehilfe –»

«Jetzt reicht es! Verschwinden Sie auf der Stelle, sonst rufe ich die Polizei.»

Ihre Empörung am Schluss hatte echt geklungen. Entweder war Mutters Freundin Livia nicht hier gestorben, oder aber die Praxisassistentin wusste nichts davon.

Ich wusste nicht, wie weiter. In Gedanken versunken lief ich zurück zur Effingerstrasse, überquerte diese und betrat den Kocherpark. Ich setzte mich auf den Rasen und realisierte blinzelnd, wo ich gelandet war. Erstaunt sah ich mich um. Eine Kinderschar rannte rund um den winzigen Teich in der Mitte des Rasens. Die Eltern hatten Decken ausgebreitet, schwatzten und beobachteten den ausgelassenen Nachwuchs. Rasen und Kieswege waren blitzblank sauber und gepflegt. Die alten grossen Bäume sahen prächtig aus in ihren verschiedenen Grün- und Rotschattierungen. Eine Gruppe indischer Frauen in farbenfrohen Saris hatten ebenfalls Decken ausgebreitet, ein leuchtender Farbpunkt im satten Grün. Das Ganze erinnerte mich an den Gartenbau der französischen Adligen, natürlich en miniature, aber immerhin.

Kurz blitzte in meiner Erinnerung ein Bild auf, das sich in mein visuelles Gedächtnis eingebrannt und mich lange daran gehindert hatte, diesen Park zu betreten. Das Bild war monochrom, schwarz-weiss. Berge von Müll. Mittendrin zwei extrem abgemagerte Gestalten, eine davon mit langen weissen Haaren, wahrscheinlich eine Frau, die andere ein Mann, Alter nicht erkennbar, nur Haut und Knochen. Sie hält ihn, stützt ihn, hilft ihm, ein barmherziger Engel, über ihn gebeugt wie eine Pietà. Mit liebevollen, behutsamen Gesten, das Gesicht eine weisse Fratze, streicht sie über seine Arme, seinen Hals, seine nackten Füsse. Endlich findet sie eine zugängliche Vene und setzt ihm die Spritze.

Anfang der neunziger Jahre verkehrten in diesem Park über fünfhundert Fixer aus der ganzen Schweiz in der offenen Drogenszene. Es waren grauenhafte, menschenunwürdige Bedingungen.

Ich sah mich vorsichtig um. Nichts ausser Idylle. Kein Gedenkstein für die Toten, die hier an einer Überdosis oder verunreinigtem Stoff gestorben waren.

Ein Mobiltelefon klingelte, und ich brauchte endlos lange, um zu realisieren, dass es das meinige war, und nochmals eine ganze Weile, bis ich es in meinem Rucksack geortet hatte. Eine Frau in Batikbluse und Jupe mit drei kleinen Kindern im Schlepptau beobachtete mich mit deutlicher Missbilligung. Wahrscheinlich benutzte sie zur Fernmeldekommunikation ausschliesslich vegan erzeugte Rauchzeichen mit CO_2-Kompensation. Es war Hans-Ruedi Kummer, ein Freund und Kollege, der beim Bundesamt für Gesundheit arbeitete und für die Meldung und Überwachung ansteckender Krankheiten in der

Schweiz verantwortlich war, von multiresistenter Tuberkulose über Fuchsbandwurm zu Ebola und Milzbrand. Er fragte, ob ich bei einer Expertengruppe mitarbeiten würde, die sich mit der Todesursachenstatistik befasse. Sie wollten eine Revision der Erhebungsmethode und der Codierung der Todesursachen vorantreiben. Er sprach zu viel und zu schnell.

«Warum sagst du nichts?», fragte er. «Das ist dir doch wichtig. Du jammerst mir doch seit Jahren die Ohren voll, man müsse diese Statistik endlich revidieren. *What's the matter, love?*»

«Tut mir leid.»

«So what?»

Sollte ich ihm etwa erzählen, dass ich auf der Suche nach meiner spurlos verschwundenen Mutter einen luschen Sterbehelfer jagte, der ebenfalls unauffindbar war? Und das alles in dem ruhigen, verschlafenen Bern?

«Ich habe Kopfschmerzen. Ich überleg's mir, ja?»

«Was gibt es da zu überlegen? *Come on, darling.*»

«Ich überleg's mir. Danke.»

«Danke? *What the hell* –»

Ich konnte, wollte nicht mit ihm streiten und klemmte ihn mitten in seiner Empörung ab.

***

Philipp kam kurz nach sechs nach Hause, setzte sich zu mir aufs Sofa. Er gähnte. Da waren schärfere Falten von der Nase zum Mund und neue Schatten in seinem Gesicht, das noch immer viel zu mager wirkte. Einer seiner Socken hatte ein Loch bei der grossen Zehe.

«Alles in Ordnung bei euch?», fragte er und lächelte mich auf eine sehr spezielle Weise an.

«Alles in Ordnung», sagte ich und lächelte ebenfalls.

Unsere Augen begegneten sich. Ein Moment intimer Stille legte sich wie eine weiche Hülle um uns, und genau in diesem Moment meinte ich, das erste Mal eine Bewegung des Kindes zu spüren. Eine hauchfeine Empfindung ganz tief unten, mehr Ahnung als Realität. Konnte das sein? So früh? Ich legte unauffällig meine Hand auf die Stelle, versuchte durch all die Schichten zu spüren, Kontakt aufzunehmen.

Philipp gähnte erneut.

«Ich weiss noch immer nicht, wo meine Mam ist», sagte ich.

«Immerhin wissen wir nun, dass deine Mutter nach Bern gefahren ist. Hat sie wirklich keine Andeutung gemacht, was sie vorhatte? Eine Reise ins Berner Oberland? Einen Ausflug aufs Jungfraujoch, irgend so etwas?»

«Ich habe nicht richtig zugehört, Philipp. Du kennst sie ja. Sie redet so viel wirres Zeug. Und ich bin sicher, sie macht das, um mich zu ärgern.»

«Offensichtlich mit Erfolg.»

«Ja, ja. Diese Masche ziehen wir seit mehr als dreissig Jahren durch.»

«Denk trotzdem noch mal darüber nach, vielleicht fällt dir etwas ein, was du bisher vergessen hattest. Über was habt ihr geredet?»

«Ich hab's dir doch schon gesagt. Sie hat von ihrer Freundin Livia erzählt. Und über deren Mann, der vor ein paar Monaten gestorben ist. Und sie hat sich über diesen Félix Bürki aufgeregt.»

«Das ist der Erbschleicher, nicht?»

«In Mams Augen, was ja nicht viel bedeuten muss.»

«Hast du herausgefunden, wo der wohnt?»

«In Wabern. Aber er war an dem Donnerstag, als Mam verschwunden ist, an einem Theaterfestival in Colchester, ich habe das überprüft. Da war auch noch dieser Arzt. Ein Arzt, der assistierte Suizide in seiner Praxis anbietet und aussieht wie Alain Delon.»

«In seiner Praxis? Ein Arzt? Unmöglich, Lou.»

«Das sage ich ja die ganze Zeit. Sie hat das missverstanden. Manchmal stellt sie sich regelrecht blöd an oder nein, nicht blöd, sondern naiv, als ob sie noch ein kleines Kind wäre.»

«Sag noch mal ganz genau, weshalb sie so wütend auf ihn war.»

«Livia hatte sich für einen assistierten Suizid entschieden. Sie wollte nicht zu Exit gehen. Dieser Typ hat eine Praxis irgendwo in der Stadt Bern, möglicherweise in der Nähe des Loryplatzes, vielleicht auch im Mattenhofquartier. Das soll so eine Art De-luxe-Exit-Variante sein. Schöner Sterben mit Apéro riche. Es gab teuren Champagner, Lachsbrötchen und so Zeugs.»

«Tönt sehr schief. Wie auch immer. Das muss ein Vertreter einer Sterbehilfeorganisation gewesen sein, kein Arzt. Und diese Livia kann sich nicht einfach für einen assistierten Suizid entscheiden, wie man sich für eine Nasenkorrektur oder eine Reise nach Venedig entscheidet. Da gibt es ganz klare Kriterien, für wen und unter welchen Bedingungen das zulässig ist. Sie muss urteilsfähig sein, und ihr Wunsch muss wohlerwogen und dauerhaft sein. Und vor allem: Sie muss unerträglich unter ihrer Krankheit leiden.»

«Es heisst, das tönt schräg, nicht schief. Was Mutter vor allem verärgert hat, war, dass die Freunde nach Livias Tod nochmals zu ihr durften, aber nur ganz kurz, dann wurden sie ziemlich grob rausgeschmissen. Die Leiche müsse sofort zum Institut für Rechtsmedizin. Meine Mam wollte sich in Ruhe verabschieden, hatte eine Kerze mitgebracht.»

«Nicht sehr sensibel gemacht und auch nicht sehr de luxe, finde ich. Das Spirituelle ist schliesslich wichtig.»

«Livia habe zwölftausend Franken für das alles bezahlt, und meine Mutter wollte wissen, ob das Walmont nicht auch so was anbiete.»

«Unmöglich! Das wäre höchst illegal, sich an einem Suizid zu bereichern. Und unethisch.»

«Aber profitabel.»

Philipp schüttelte den Kopf. «So weit sind wir Gott sei Dank noch nicht. Stell dir das doch mal vor, der Arzt – Herr über Leben und Tod. Oder, noch besser: Dem einen gibt er's, den anderen nimmt er's.»

«Das war Gott, nicht ein Arzt», sagte ich.

«Eben. Ist doch dasselbe.»

«Das war mal, mein lieber Philipp, das war mal. Die Kunden haben die Gläubigen abgelöst. Heute ist die Zeit des freien Marktes mit Konkurrenzkampf und Kundenbindung. Der moderne Arzt ist Unternehmer, Zitat Oliver, weisst du noch?»

Philipp verdrehte die Augen.

«Eigentlich sollte der moderne Arzt eher eine Begleitperson sein», fuhr ich fort, «so eine Art besserer Chauffeur ... nein, warte, ein Automechaniker oder ein Abwart, der das Haus instand hält.»

«Mach mich nur fertig. In zehn Sekunden vom Gott zum Abwart.»

«Abwarte sind enorm wichtig!»

Philipp gähnte und rieb sich die Augen. Er sah schrecklich müde aus. «Verbundenen Dank, Lou. Immerhin hatte dieser Abwart heute eine geniale Idee. Ich habe dir doch von dieser Patientin erzählt, die nicht spricht. Und die Wanner für dement hält.»

«Ich war gestern sogar kurz bei ihr. Sie ist furchtbar erschrocken, als sie mich gesehen hat.»

«Ich bin überzeugt, dass sie etwas Schreckliches erlebt hat. Also meine geniale Idee war, dass ich ihr einen Notizblock und Schreibstift gebracht habe. Zuerst hat sie die Sachen angeschaut, als ob sie vergiftet wären. Etwas später hat sie angefangen, auf dem Notizblock herumzukritzeln. Ich sagte doch, sie will sich mitteilen.»

«Hat sie etwas geschrieben? Ihren Namen?»

«Nein, nichts dergleichen. Ihre Feinmotorik ist eingeschränkt, und sie hat nur schon Mühe, den Stift zu halten. Aber ich habe den Eindruck, ihre Bewegungen werden von Stunde zu Stunde koordinierter.»

«Konntest du etwas erkennen?»

«Es ist immer dasselbe Sujet. Es sieht aus wie ein grosser Fels oder ein mächtiger Baumstamm. Oder vielleicht auch eine Türe.»

«Meinst du, das ist symbolisch gemeint?»

«Keine Ahnung. Jedenfalls lasse ich einen Hirnscan bei ihr machen. Ich will wissen, welche Hirnregionen durch den Sturz beeinträchtigt wurden. Dement ist sie jedenfalls nicht, da mache ich jede Wette.»

Philipp gähnte erneut, murmelte etwas von «kurz ausruhen», bevor er ans Kochen gehe, und schloss seine Augen. Ich rückte vorsichtig näher und atmete seinen Geruch ein. Er räkelte sich etwas, seine Schulter berührte die meine. Ich spürte ein heftiges Verlangen nach seinem Körper. Meine rechte Körperseite fühlte sich warm an, als ob neben mir ein Heizstrahler installiert wäre.

Philipp öffnete seine Augen und begegnete meinem Blick. Er lächelte. In seinen Augen sah ich das Funkeln, das ich liebte. In meinem Unterleib breitete sich Wärme aus. Ich rührte mich nicht, wollte diesen Moment, dieses wunderbare Gefühl nicht verlieren.

Es klingelte. Ich fluchte stumm, rappelte mich auf. Helga und Paul standen vor der Türe. Helga trug zwei Flaschen Wein, Paul eine Salami, Käse und Brot. Es wurde umarmt, geküsst und Hände geschüttelt.

«Oh! Béret Frog», sagte ich und zeigte auf die Flaschenetikette, «den liebe ich.»

«Uns war langweilig», sagte Helga. «Entschuldigt bitte, dass wir so spät noch stören.»

«Ich habe euch beide schon ewig nicht mehr gesehen», sagte Paul.

Ich war gerührt. Paul hat die Sozialkompetenz einer Seegurke.

«Kein Problem. Wir haben noch nicht gegessen. Ich wollte eine Udon-Nudelsuppe kochen. Es gibt also italojapanisches Essen», sagte Philipp. «Ausser ihr mögt Nudelsuppe nicht.»

Wir einigten uns darauf, dass wir uns zuerst Suppe mit Petite Arvine und anschliessend Salami und Käse mit Béret Frog genehmigen würden, setzten uns an den Küchentisch und machten uns ans Werk. Während wir assen, erzählte Paul von seinem Abenteuer mit Monets Teich, das ihm ganz neue Sichten auf die Welt erlaubt habe.

«Der Teich, er befindet sich übrigens im winzigsten Kaff der gesamten Normandie, also nicht gerade um die Ecke, und der TGV nach Paris war proppenvoll, und es hatte keinen Platz für mein Gepäck, meine Tauchausrüstung, meine Staffelei, die Kamera, nun gut, der Teich also war voller Dreck. Seerosen waren keine zu sehen, völlig falsche Jahreszeit, das Wasser saukalt, ich bin beim Reinwaten ausgerutscht und mit dem Steissbein auf einen Stein geknallt. Es ist verdammt schwierig, mit Flossen durch Schlick zu laufen, das kann ich euch sagen. Aber dann – als ich untergetaucht bin, ich sage dir, Lou, ich sage dir, eine Offenbarung!»

Helga verdrehte die Augen himmelwärts.

«Das Licht! Der Lichteinfall, den man sieht, wenn man taucht, dieses trübe, gebrochene, flirrende Licht. Grandios, eine neue Welt für mich. Ich bin seit mehr als vier Tagen am Malen wie ein Verrückter. Ich schlafe nicht, ich esse nicht, ich erschaffe das Licht ganz neu.»

Helga räusperte sich, die Augenbrauen im steilen Bogen nach oben gezogen. Ich lächelte ihr zu.

Paul füllte sein Glas mit grosszügigem Schwung auf. Helga schnitt Salami, belegte eine Brotscheibe und schob diese unauffällig in Reichweite seiner gestikulierenden Hände. Er griff zu und sprach mampfend weiter. Sie lächelte mir zu. Paul leerte Wein hinterher, schnappte sich das nächste von Helga hingeschobene Stück und redete ohne Pause weiter. Helga präparierte weitere Brotstücke, die gierig verschlungen wurden, er schien es nicht einmal zu realisieren. Ich hatte Paul schon lange nicht mehr so begeistert erlebt. Irgendwann erhob er sich, praktisch mitten im Satz, ging zu unserem Sofa, legte sich hin und war sofort eingeschlafen.

Helga seufzte. «Es stimmt, was er sagt. Er schläft kaum noch, malt zwanzig Stunden am Tag. Unterwasserlandschaften, alles in Grautönen. Ein ziemlicher Kontrast zu Monet.»

«Und das Licht?», fragte ich.

Helga lächelte. «Schau es dir selbst an. Komm wieder mal zu Besuch. Du auch, Philipp.» Helga nahm sich ein Stückchen Käse. «Heute Abend hat Paul den Pinsel hingelegt, alles gesäubert und verräumt und gesagt, er wolle euch besuchen. Ich war gottenfroh. Immerhin hat er wieder mal etwas gegessen.»

Philipp schenkte Helga und sich Wein nach, und ich erzählte, was ich bisher über meine Mutter herausgefunden hatte.

«Sie hat Diabetes? Vielleicht hatte sie einen Schock», sagte Helga.

«Sie hat keine schwere Form des Diabetes», sagte ich.

«Ein hypoglykämischer Schock ist immer möglich. Und», fuhr Philipp fort, «so, wie ich deine Mutter einschätze, ist sie nicht gerade die zuverlässigste und vernünftigste Person. Das könnte heissen, dass sie sich nicht an die Vorgaben ihres Arztes gehalten hat. Wenn sie beispielsweise ihre Medis nicht genommen und gleichzeitig zu viel Alkohol konsumiert hat und vielleicht noch Stress dazugekommen ist, könnte ihr Stoffwechsel aus dem Gleichgewicht geraten sein, auch wenn sie medikamentös gut eingestellt ist.»

«Ein Schock wäre doch lebensgefährlich», sagte ich.

«Na ja, schon. Ein Schock ist immer eine ernste medizinische Situation. Die Blutzirkulation in den Kapillaren ist vermindert, das führt zu einer Sauerstoffunterversorgung des gesamten Gewebes und zu Stoffwechselversagen. Aber du solltest dich nicht beunruhigen, Lou. Man kann das einfach und zuverlässig behandeln. Ausserdem liegt sie ja offensichtlich nicht in einem Spital.»

Und wenn man sie nicht rechtzeitig gefunden hatte? Was dann? Wenn sie irgendwo lag, frierend, erschöpft, am Ende ihrer Kräfte?

«Du hast mir doch gesagt, dass sie nicht der Typ ist, der irgendwo ganz alleine durch die Natur streift», sagte Helga wie als Antwort auf meine Gedanken.

Ich nickte. Das stimmte tatsächlich. Ausser ich kannte sie auch in diesem Punkt nicht wirklich. Im Grunde war sie ein fremder Mensch für mich. Um halb elf erhob sich Helga, rüttelte Paul wach und schleppte ihn nach Hause.

Philipp und ich machten den Abwasch gemeinsam. Wir waren in Gedanken versunken, arbeiteten schweigend. Danach legte ich mich aufs Sofa, Philipp las seine E-Mails.

«Willst du nicht schlafen gehen?», fragte er kurz nach elf.

«Es ist jetzt sechs Tage her, dass sie verschwunden ist.»

«Wo ist sie also hin? Sie kann doch nicht einfach so vom Erdboden verschwinden», sagte Philipp.

«Es sei denn, sie wollte verschwinden und sie wollte, dass niemand sie finden kann.»

Philipp schaute mich fragend an. «Meinst du, das ist möglich?»

«Die Angehörigen sind immer der Meinung, dass das nicht möglich ist. Es geschieht dennoch. O-Ton Polizei.»

«Bist du sicher, dass die Polizei recht hat? Ich meine, dass sie nicht in einem Spital liegt?», fragte Philipp.

«Sie haben mir gesagt, es gebe keinen Treffer auf einer Liste, die sie führen.»

Philipp richtete sich auf. Seine Augen funkelten. «Ganz genau. Diese Liste kenne ich. Ich habe selbst auch schon Patienten gemeldet. Oft werden Obdachlose in sehr schlechtem Gesundheitszustand oder alte, verwirrte Patienten gemeldet, von denen wir keinen Identitätsnachweis haben.»

«Ja und?»

«Das ist freiwillig! Und ich weiss auf sicher, dass andere Abteilungen eher lusch damit umgehen. Bei dem ganzen administrativen Kram, den man sonst schon machen muss. Sie machen es vielleicht erst zwei Wochen später. Manchmal gar nicht.»

«Aber wer bezahlt die Behandlungskosten, wenn das Spital nicht weiss, wen sie unter dem Messer haben?», fragte ich.

«Das ist Sache der Rechnungsabteilung. Die finden irgendwann schon heraus, wem sie die Rechnung schicken können.»

«Du meinst, es könnte sein, dass meine Mutter doch in einem Spital ist? Sie trägt nie einen Ausweis mit sich.»

Philipp nickte.
«Oh Gott! Das ist wichtig.»
Ich drückte seinen Unterarm.
Er strahlte. «Ich bin eben doch Gott.»
Ich überlegte einige Sekunden. «Botschaft an Gott: Eine Liste führt man nicht ‹lusch›, sondern ‹lasch›.»

SECHS

Am folgenden Morgen in aller Frühe wählte ich erneut die direkte Nummer von Frau Binder und erwartete, dass sie sich über meine täglichen Anrufe beklagen würde. Es war mir egal. Diesmal hatte ich kein Glück. Sie sei den ganzen Tag an einer Weiterbildung, wurde mir ausgerichtet. Ich wurde mit Arnold Blatter verbunden. Er bestätigte Philipps Behauptung, dass nicht alle Spitäler zeitnah die Polizei darüber informieren würden, dass sie einen urteilsunfähigen Patienten aufgenommen hatten, von dem die Identität nicht feststand. Es gebe schwarze Schafe – wie überall. Ich fragte, ob sie in dem Fall bei den Spitälern nachfragen könnten, ob jemand eingeliefert worden sei, der meiner Mutter glich. Er bedauerte, dies sei nicht möglich. Nicht angesichts ihrer Überstunden, der fehlenden Ressourcen und überhaupt. Sie hätten dringendere Fälle. Ich schluckte meine Verzweiflung hinunter, es machte keinen Sinn, den Mann weiter zu bedrängen. Er würde nicht darauf eingehen. Punkt.

Und nun? Wie konnte ich sie finden, wenn sie in irgendeinem Spital lag? Datenschutz, Patientenschutz, Privatsphäre … Alles sprach dagegen, dass ich irgendeine Information erhalten würde. Ich müsste selbst in das Spital gehen und sie identifizieren. Aber dafür müsste ich zuerst wissen, wo sie sich befand. Und wenn sie gar nicht in einem Spital war? Wenn sie in diesem Moment doch irgendwo in einem steilen Bergwald lag, halb verhungert und verdurstet? Meine Mutter in einem Bergwald? Die Vorstellung war absurd. Eher würde sie in einen Orchestergraben stürzen oder von der Bühne fallen.

Ich wusste nicht mehr weiter. Mein Kopf fühlte sich leer an, und gleichzeitig war ich extrem unruhig. So zur Arbeit zu gehen hatte keinen Sinn. Mit schlechtem Gewissen schrieb ich Tscharya eine E-Mail und entschuldigte mich wegen Kopfschmerzen.

Ich setzte mich mit einem Butterbrot und einer Tasse Kaffee auf den Balkon und schaute den Wolkenformationen zu, die an mir vorbeizogen. Weiter oben mussten gewaltige Winde am Werk sein, hier unten war es an diesem Morgen bereits angenehm warm, mit einem lauen Windchen, das die Blätter der Birke neben unserem Haus in ein silberhelles Rascheln versetzte. Ich sass hier, trank Kaffee, schaute Wolken und Bäumen zu, und meine Mam lag vielleicht irgendwo im Sterben, weil niemand sie fand.

Scheisse! Das brachte gar nichts, mir selbst Angst zu machen. Ich musste in Ruhe nachdenken. Was wusste ich? Oder besser, was konnte ich mit einer gewissen Wahrscheinlichkeit annehmen? Erstens: Ich wusste jetzt definitiv, dass sie nach Bern gereist war. Zweitens: Sie wollte hier etwas erledigen und dann zu mir kommen. Drittens: Sie hatte Streit mit diesem Félix mit aigu, der sich aber zu dem Zeitpunkt in England aufhielt, als sie verschwand. Viertens: Möglicherweise ging sie in eine Arztpraxis, die Räumlichkeiten an einen Sterbebegleiter untervermietete. Die jedoch nirgendwo zu sein schien. Fünftens: Mam war nie bei mir angekommen. Sechstens: Sie hatte ihr Treffen mit Bernadette verpasst und war seither verschwunden. Siebtens: Sie war nicht unter ihrem Namen in ein Spital eingeliefert worden.

Ich versuchte mich nochmals an alles zu erinnern, was Mutter mir über die Praxis und das Geschehen dort erzählt hatte. Ein Detail fiel mir ein, das vielleicht hilfreich war. Ich wählte die Nummer des Instituts für Rechtsmedizin der Universität Bern, wo ich eine Auskunft über das Vorgehen bei assistierten Suiziden verlangte, wurde dreimal weitergereicht und landete endlich bei einer Ärztin, die für diese Fälle zuständig war.

«Grundsätzlich geht es darum, abzuklären, ob Verdacht auf eine Straftat vorliegt», erklärte sie mir. «Erste Frage: Liegen die notwendigen Dokumente vor, die für einen assistierten Suizid verlangt werden? Das sind ein aktuelles Diagnoseschreiben vom behandelnden Arzt, die Bestätigung der Urteilsfähigkeit und ein ärztliches Rezept für das Natrium-Pentobarbital.

Zweite Frage: Was war die Todesursache? Stimmt diese mit den Angaben im Protokoll der Sterbehilfeorganisation überein? Normalerweise wird eine tödliche Dosis Natrium-Pentobarbital eingenommen. Dritte Frage: War der Verstorbene überhaupt fähig, sich selbst zu töten? Ich meine, konnte er das Barbiturat selbst einnehmen? Oder musste ihm jemand das Gift verabreichen, was ja verboten wäre. Wir hatten vor ein paar Jahren einen Fall, da war der Verstorbene Tetraplegiker. Er hätte beispielsweise ein Glas oder einen Löffel nicht zum Mund führen können. Exit hat ihm eine Vorrichtung gebaut, die er mit dem Mund steuern konnte. Auf diese Weise war er fähig, sich die Tropfen selbst einzuflössen. Vierte Frage: Gibt es Anzeichen dafür, dass sich der Sterbehelfer an dem Todesfall bereichert hat?»

«Stehen Sie unter Zeitdruck, um diese Fragen abzuklären? Gibt es eine Vorgabe, dass die Leiche in weniger als einer Stunde bei Ihnen im Institut sein muss?»

«Weniger als eine Stunde nach Eintritt des Todes? Sicher nicht, wie kommen Sie auf diese Idee?»

«Das heisst, bei einem assistierten Suizid ist gar keine besondere Eile geboten?»

«Nein. Warum sollte es?»

Also hatte Livias Sterbebegleiter in diesem Punkt gelogen. Aber weshalb?

Philipp, der heute Spätschicht arbeitete, kam im Schlafanzug in die Küche, machte sich am Espressokocher zu schaffen und umarmte mich. Ich erzählte ihm, was ich von der Ärztin vom Institut für Rechtsmedizin erfahren hatte. Es gebe keine besondere Eile in Bezug auf die Untersuchung durch das IRM. Man müsse ganz sicher die Trauernden nicht wegscheuchen, um die Leiche so schnell wie möglich in die Rechtsmedizin zu transportieren. Jemand habe also gelogen, entweder dieser Pseudo-Arzt, der die trauernden Freunde von Livia aus der Praxis rausgescheucht hatte, oder meine Mam. Dazu kam, dass die Summe, die dieser De-luxe-Freitod gekostet hatte, klar unter Bereicherung lief und damit eine Straftat darstellen würde. Philipp rieb sich verschlafen die Augen und meinte, es sei noch zu früh für ihn, um zu denken, und ausserdem sei meine Mutter nicht gerade eine zuverlässige Zeugin.

Eine Viertelstunde später, frisch geduscht und deutlich wacher, kam er zu mir auf den Balkon.

«Ich habe gerade meine E-Mails gelesen», sagte er. «Der Hirnscan bei der stummen Patientin hat leider kein klares Bild ergeben.»

«Das tut mir leid.»

«Jetzt kann mir Wanner auf den Rappen genau sagen, was meine irrationale Verweigerungshaltung die Klinik kostet.»

«Hat er das so bezeichnet? Irrationale Verweigerungshaltung?»

Philipp nickte. «Schlimm ist, dass er hintenrum so über mich redet. Mit den Assistenzärztinnen und mit der Pflegeleitung. Ich habe es von einem der Assis erfahren.»

«Nicht gut, Philipp.»

Er seufzte. «Ich werde mit ihm sprechen müssen, versuchen, den Konflikt mit ihm zu klären.»

Er sah so niedergeschlagen aus, dass ich ihn auf andere Gedanken bringen wollte. «Was hat der Hirnscan genau ergeben?»

«Die Ergebnisse waren, wie gesagt, nicht eindeutig zu interpretieren. Das Bild zeigt möglicherweise eine Schädigung des Zentrums für die feinmotorische Steuerung, doch keine Beeinträchtigung des Sprachzentrums.»

«Das heisst, man kann ihre Unfähigkeit zu sprechen nicht mit einer Hirnverletzung erklären. Vielleicht will sie ganz einfach nicht reden.»

«Nein, das habe ich dir doch gesagt, sie *will* kommunizieren, es geht einfach nicht auf der verbalen Ebene. Aber sie zeichnet und kritzelt stundenlang.»

Philipp starrte eine Weile stumm auf den Tisch.

«Da ist doch noch was», begann ich und wartete.

Philipp grinste schief. «Du kennst mich zu gut, Lou. Ich werde den Konflikt mit Wanner angehen, ich verspreche es.

Aber zuerst will ich wissen, was mit dieser alten Frau los ist. Ich habe sie zu einer zusätzlichen Abklärung bei Mariani angemeldet.»

«Mariani? Von der Chirurgie?»

«Mariani ist Oberarzt der ästhetischen Chirurgie. Ich will, dass er sich eine Narbe an ihrer Schläfe anschaut. Ich vermute, dass die nicht von ihren Sturzverletzungen stammt, sondern ein paar Monate älter ist, und sie sieht auffällig aus. Ich will wissen, was Mariani dazu sagt.»

«Hast du Wanner von dieser Narbe erzählt?»

«Er hat gesagt, nicht jede Wunde verheile gleich gut und ich solle nicht den Teufel in die Höhle malen.»

«An die Wand.»

«*Si tu veux* ... den Teufel an die Wand malen also. Damit meinte er meinen Verdacht, dass die Frau Opfer von Gewalt sein könnte. Ich hätte einen übertriebenen Beschützerreflex.»

«Ich könnte sagen, du spielst den Don Quijote.» Philipp wollte auffahren, ich hielt meine Handflächen hoch zum Zeichen, dass ich noch nicht fertig war. «Ich finde aber auch, dass man sorgfältig abklären muss, bevor man bei einem Menschen eine Demenz diagnostiziert. Wenn man dieses Etikett einmal hat, wird man es wahrscheinlich nie mehr los.»

«Danke.»

«*De nada.* Mit den Konsequenzen wirst allerdings *du* leben müssen, wenn dein werter Kollege von weiteren irrationalen Zusatzkosten erfährt. Ich habe übrigens die Polizei darauf angesprochen, dass die Liste der nicht identifizierbaren Patienten von den Spitälern nicht immer aktuell nachgeführt werde. Herr Blatter sagte, das sei ihm bekannt, sie hätten trotzdem keine Zeit, um in den Spitälern nach Mutter zu suchen.»

«Dann mach du das doch.»

«Was?»

«Ruf du in den Spitälern an.»

«Die werden mir keine Auskunft geben.»

«Wer weiss, vielleicht hast du Glück.»

Ich versuchte es als Erstes im Inselspital. Eine Patientin namens Beck, Ursula? Nein. Eine nicht identifizierte Patientin, Ende sechzig, langes rotes Haar? Vielleicht wegen eines Diabetes-Schocks? Darüber dürfen wir Ihnen keine Auskunft geben, wenden Sie sich an die Polizei. Als Nächstes versuchte ich es im Tiefenau. Nein, keine Ursula oder Ursi Beck. Über nicht identifizierte Patienten dürfen wir keine Auskunft geben. Falls Sie Ihre Mutter nicht finden können, gehen Sie zur Polizei. Viel Glück. Ich rief im Lindenhof, Sonnenhof, Salemspital, Siloah, Engeried, Beau-Site an. Ich versuchte es in den Spitälern und Kliniken von Biel, Aarberg, Thun und Burgdorf. Überall das genau Gleiche. Nach gut einer Stunde hatte ich alle Spitäler des Kantons Bern und zur Sicherheit der Stadt Basel durch und nichts erreicht. Mir schwirrte der Kopf von all den Anweisungen («Drücken Sie die Taste eins für Deutsch, Taste zwei für Fragen zu Rechnungen und Taste drei für eine Lobotomie»), ganz besonders schlimm waren die Warteschlaufen, die mit Musik «bespielt» wurden. In zwei Privatspitälern, die zur selben Aktiengesellschaft gehörten, war ich minutenlang mit einer Panflötenversion der «Vier Jahreszeiten» gefoltert worden. Herrgott noch mal, wie kann man ein derart rhythmisches Werk nur so verschleimen! Ich nahm mir vor, so bald wie möglich eine Einspielung der «La Stravaganza»-Geigenkonzerte mit Rachel Podger zu hören, ein musikalischer Exorzismus, der Vivaldi von diesem depressiven Schleim reinwaschen würde.

Ich musste bei der Suche nach meiner Mutter anders vorgehen, bloss wie? Falls sie tatsächlich in einem Spital lag, was ja möglicherweise gar nicht zutraf, aber falls es so war, hatte man sie nicht identifizieren können, ansonsten wären ich oder mein Bruder sicherlich informiert worden. Wie konnte ich sie also finden? Was wusste ich? Wie findet man einen Patienten, von dem man den Namen nicht kennt? Irgendwann gab ich auf, mit steifem Genick und Schmerzen im Rücken. Ich stöhnte, rappelte mich auf und brachte meine eingerosteten Gelenke in Bewegung. Während ich meinen Kopf nach links und rechts zu drehen versuchte, hatte ich mit einem Mal eine Ahnung, wie ich sie finden könnte.

***

Das Büro der Datatransfer AG war im zweiten Stock eines der schmalen Häuser in der Rathausgasse untergebracht. Links daneben war ein kleiner Coiffeur- und Barbierladen, rechts ein Kleidergeschäft mit handgefertigten T-Shirts aus Edelstoffen, die ich mir nie würde leisten können. Beat Riedmüller öffnete mir die Türe. Er arbeite jeden Tag, sogar am Sonntag, hatte er mir mal erzählt. Er wisse nicht, was er sonst machen solle, und finanziell sei das auch eine gute Sache.

«Lou? Wie schön. Was willst du hier?», fragte er in einer Mischung aus Überraschung und Misstrauen.

Es war mehr als zwei Jahre her, seit wir uns das letzte Mal gesehen hatten, und Beat hatte in der Zwischenzeit sein Körpergewicht von geschätzten hundertzwanzig auf hundertvierzig Kilo gesteigert.

Die Datatransfer AG, eine kleine, hoch spezialisierte Informatikbude, hatte vor einigen Jahren den Auftrag erhalten, die Daten der Medizinischen Statistik von den Spitälern zur kantonalen Verwaltung zu transferieren. Zusätzlich mussten sie die Datenqualität prüfen und plausibilisieren, die Spitäler bei der Datensicherung unterstützen und dem kantonalen Spitalamt unter die Arme greifen, wenn dieses Probleme mit seiner Datenbank hatte. Das Team der Datatransfer AG bestand aus Cracks in den Bereichen Medizininformatik, Kryptologie und Datenbankpflege. Als die kantonale Verwaltung diesen Auftrag vergeben musste, war ich als externe Expertin beigezogen worden. In der engeren Auswahl waren zwei Offerten übrig: diejenige der Datatransfer AG und eine weitere von einem SAP-Unternehmen mit Sitz in Frankfurt und Filialen in Wien, Zürich und Turin. Ich hatte mich für die Datatransfer starkgemacht, aus der Überzeugung heraus, dass sie die besseren Vertragspartner sein würden. Die Konkurrenz aus Frankfurt, verstärkt durch ein In-House-Marketingteam, wirkte doppelt so seriös und dreimal so smart. In Wahrheit waren sie schwerfällig und teuer. Aber verkaufen konnten sie sich, im Gegensatz zu den vier Typen der Datatransfer AG, die es fertigbrachten, in verschlissenen Jeans und ausgeleierten Sweatshirts bei der kantonalen Verwaltung anzutanzen, und während des Evaluationsgesprächs kaum den Mund aufmachten. Es hatte einiges an Überzeugungsarbeit gebraucht, um das zuständige Amt dazu zu bringen, diesem Nerd-Haufen den Auftrag zu geben und nicht den Hochglanz-Managern aus Frankfurt.

Kurz: Beat stand in meiner Schuld, und diese Schuld wollte ich heute einfordern.

Der grosse Raum mit den vier Arbeitsplätzen war vollgestellt mit Rechnern, Bildschirmen, unglaublich vielen Kabeln und Geräten, deren Funktion ich nicht erkennen konnte. Nur Beat war anwesend, was mir entgegenkam. Er bot mir einen Ristretto an. Seine Umgangsformen hatten sich offensichtlich gebessert. Wir setzten uns an einen ziemlich dreckigen Tisch, auf dem Zeitungen herumlagen und ein Stapel DVDs. Soviel ich erkennen konnte, Horror- und Science-Fiction-Filme. Ich sah «Godzilla», «Rosemaries Baby», «Der Exorzist», «Blair Witch Project», «Scream», mehrere Folgen von «The Terminator» und «Planet der Affen».

«Also?», begann Beat.

«Ich brauche deine Hilfe. Meine Mutter ist verschwunden. Wahrscheinlich kann ich sie in der Medizinischen Statistik wiederfinden.»

«Du meinst, sie ist in einem Spital verloren gegangen?»

«Es ist eine komplizierte und lange Geschichte. Kannst du mir den Datensatz des letzten Quartals geben?»

Beat kreischte beinahe. «Geben? Bist du wahnsinnig geworden?»

Er referierte fünf Minuten, ohne einmal Luft zu holen, von Daten- und Persönlichkeitsschutz, höchst sensiblen Informationen, Vertraulichkeit, Zuverlässigkeit, Verträgen und so weiter.

«Und wenn ich die Analysen hier an einem deiner Rechner mache?», fragte ich, sobald er eine Sekunde still war. «Ich brauche nur eine Stunde. Bitte, Beat!»

Beat starrte mich mit zusammengekniffenen Augen an.

«Deine Mutter? Stimmt das wirklich?»

«Ja.»

«Und wenn du sie findest?»

«Dann hole ich sie da raus.»

«Wie in einem Western.»

«Genau.»

Das gefiel ihm. Er setzte sich an den Rechner, der seinem Arbeitsplatz gegenüberstand. Fünf Minuten später überliess er mir den Platz, und ich sah die Records der Medizinischen Statistik aller stationären Behandlungsfälle des zweiten Quartals auf dem Bildschirm.

«Eine Stunde, Louisa. Keine Minute länger!»

Ich holte tief Luft und schnappte mir den ICD-10-Katalog, der neben den Horrorfilmen lag. Darin waren über zehntausend mögliche Diagnosen aufgeführt, die in der Medizinischen Statistik mittels eines vier- bis fünfstelligen Kürzels aus Buchstaben und Zahlen codiert werden. Ich schloss einen Moment die Augen und überlegte, wie ich vorgehen sollte. Es musste schnell gehen, schnell!

Wie findet man aus fünfzigtausend Fällen den einen richtigen, den man sucht? Ich schnappte mir einen Notizblock und machte mir eine Liste mit den Suchkriterien.

Eintrittsdatum: irgendwann zwischen dem 7. und 13. Mai;

Geschlecht: weiblich;

Alter: Mam war achtundsechzig. Falls sie bewusstlos war, kannte man ihr genaues Alter nicht, also entweder ein fehlender Wert oder irgendein geschätzter Wert, am ehesten zwischen sechzig und fünfundsiebzig Jahren;

Versichertenstatus: unbekannt oder allgemein;

Diagnosen: auf der Haupt- oder einer der Nebendiagnosen war vielleicht ein Diabetes codiert;

Verbindungscode: mmh … Der anonyme Verbindungscode

in der Medizinischen Statistik erlaubt es, Patienten auf ihren Wegen durch die Schweizer Spitäler nachverfolgen zu können, ohne dass ihre Identität bekannt ist. Er wurde vom kryptologischen Dienst des Militärs entwickelt. Er wird unter anderem auf Basis des Namens gebildet. Aber wie wurde vorgegangen, wenn der Name der Patientin unbekannt war?

«Wenn man einen Patienten nicht identifizieren kann, seinen Namen also nicht kennt, bekommt er trotzdem einen Verbindungscode?», fragte ich Beat.

«Keine Namen, Lou, das weisst du doch.»

«Ich will ja keine Namen sehen. Ich will nur wissen, ob man sehen kann, ob bei einem Patienten der Name fehlt.»

«In der Datei, die wir sehen dürfen, fehlen die Angaben zu den Namen, also wissen wir auch nicht, ob der Name fehlt.»

«Du verstehst mich nicht. Ich will ja gar keine Namen sehen. Ich will nur wissen, was passiert, wenn man den Namen einer Patientin nicht kennt. Lassen die Codierer das Feld leer, oder machen sie so eine Jane-Doe-Variante?»

«Was ist eine Jane-Doe-Variante?»

«Liest du keine amerikanischen Krimis? Wenn in den USA eine unbekannte Leiche gefunden wird, bekommt sie einen Namen. Man nennt sie, weshalb auch immer, Jane Doe und wenn es ein Mann ist, John Doe.»

«Ich habe keine Ahnung, ob die Spitäler das auch so machen.»

«Habt ihr nicht die elektronischen Krankengeschichten hier irgendwo gespeichert? Als Datensicherungsmassnahme für die Spitäler?»

In den elektronisch erfassten Krankengeschichten sind die Namen der Patienten enthalten. Es handelt sich um extrem sensible Informationen, und diese Daten werden bei der Datatransfer gesichert wie der Goldschatz der Nationalbank.

«Dürfen wir nicht öffnen», sagte Beat, was mich nicht überraschte. «Auf keinen Fall, das solltest du wissen.»

«Aber im Notfall?»

«Tut mir leid. *No way.*»

In diesem Punkt biss ich offensichtlich auf Granit. Ich schrieb also eine Syntax, in der die Suchkriterien definiert wurden, mit der Möglichkeit, dass bei Mam der Verbindungscode fehlte oder durch eine Jane-Doe-Variante gebildet worden war, und liess die Suche über die Daten laufen. Die Ergebnisse hatte ich als Tabelle darstellen lassen. Sie enthielt genau sechs Behandlungsfälle. Ich druckte die Liste aus und raste durch die Angaben, meinte, ich würde meine Mutter auf den ersten Blick aus diesen wenigen Informationen erkennen können, was gar nicht möglich war. Ich musste langsam und systematisch vorgehen, auch wenn ich mich wie unter Strom fühlte.

Der erste Fall hatte als Hauptdiagnose das Kürzel «I38», das bedeutete eine Insuffizienz der Herzklappe. Dazu als erste Nebendiagnose eine «E11.51». Ich musste im ICD-Katalog nachschlagen. «E11» waren Diabetes-Typ-2-Diagnosen. «E11.51» beschrieb einen entgleisten Diabetes Typ 2 mit peripheren vaskulären Komplikationen. Ich schaute nach, welche Behandlungen bei diesem Fall codiert waren, und meine Vermutung wurde bestätigt. Da waren die CHOP-Codes für die Amputation von Zehen des rechten Fusses angegeben. Meine Mutter hatte definitiv keinen diabetischen Fuss. Das war nicht sie.

Beim zweiten Fall wurde als Hauptdiagnose eine «H25» angegeben, ein Katarakt. Meine Mutter sieht immer noch ausgezeichnet. Beim dritten Fall war bei der dritten Nebendiagnose ein Nikotinabusus codiert. Mam raucht aber nicht.

«Gibt es immer noch Spitäler, die bei allen Patienten, also auch bei den Nichtrauchern, einen Nikotinabusus codieren, um mehr Geld zu bekommen?», fragte ich.

«Ausgeschlossen. Wir kontrollieren das seit Jahren rigoros.»

Ich seufzte. Bei Fall Nummer vier war als Hauptdiagnose «S02.0» erfasst worden. Das war ein Code, den ich nicht kannte. Ich schaute nach. Eine Schädelfraktur. Dazu auf der Nebendiagnose eine «S02.6», ein gebrochener Unterkiefer. Das tönte übel. Diabetes auf der dritten Nebendiagnose. Eintritt als Notfall. Über hundertacht Stunden auf der Intensiv, intubiert, da die Patientin nicht mehr atmete. Das war wirklich heftig. Die Patientin wurde mehrfach operiert. Vielleicht war sie Opfer eines Verkehrsunfalls oder einer Gewalttat geworden. Der Verbindungscode fehlte.

Ich spürte Kälte in mir aufsteigen. War es möglich? War das meine Mutter? Ich las die Angaben nochmals. Alter fehlte, Geschlecht weiblich, kein Verbindungscode, Eintritt vor zehn Tagen. Ich markierte den Fall mit einem Leuchtstift und schob das Blatt über den Tisch zu Beat.

«Dieser Fall, das könnte sie sein. Kennst du die BUR-Nummer? Weisst du, welches Spital das ist?»

Die BUR-Nummer, die Betriebs-und-Unternehmensregister-Nummer, identifiziert alle Betriebe der Schweiz mittels eines anonymisierten Codes. Aktuell hat das Bundesamt für Statistik über neunhunderttausend aktive Betriebe registriert.

«Das ist das Inselspital. Eine Schädelfraktur? Puh, das wäre übel, Louisa», sagte er. «Hast du dort schon angerufen?»

«Sie geben mir keine Auskunft zu Patienten, die nicht identifiziert wurden.»

«Dürfen sie auch nicht. Aber …»

Er trommelte mit den Fingern auf dem Tisch herum, offensichtlich unschlüssig, was er tun sollte. Ich packte reflexartig seine Hand, hielt sie ruhig und drückte sie gleichzeitig.

«Gut, gut. Ich rufe für dich an, Lou. Nach dieser Geschichte stehst du verdammt tief in meiner Schuld, das sage ich dir.»

«Und weshalb sollen sie dir –»

«Halt den Mund und hör zu.»

Er setzte ein Headset auf, loggte sich in seinen Rechner ein, tippte herum und setzte eine Art künstliches Lächeln auf, das ihn fremd aussehen liess.

«Hier ist Riedmüller von der Datatransfer AG. Kann ich mit Liliane sprechen? Ja, danke.»

Beat malte rote Kringel um den Fall mit der Schädelfraktur. Er lächelte erneut, diesmal schien das Lächeln echt zu sein.

«Liliane? Beat hier. Ja … ja … genau … ja.»

Er verdrehte seine Augen, wirkte gleichzeitig durchaus erfreut. Sein Gegenüber hatte offensichtlich bloss auf die Gelegenheit gewartet, mit ihm zu quatschen.

«Ja, genau. Aber … Liliane, ja, doch, gerne. Hmmh, sehr gerne … doch, ja. Das weisst du doch.»

Es ging nicht ums Quatschen, sondern eindeutig ums Flirten. Ich gab ihm einen Stoss und drängte ihn voranzumachen.

«Ja, gut. Also, hör mal zu. Ich rufe dich wegen der Datenqualität an. Ja … ich weiss. Nein, da kannst du nichts dafür … Ja, das stimmt. Mmh.»

Er trommelte wieder mit den Fingern auf dem Tisch.

«Also, ja, ihr habt eine Quote von null Komma acht Prozent mit fehlendem Verbindungscode. Drei Patienten im letzten Quartal, ja. Ich will … ja, ja. Gut. Also zum Beispiel diese Patientin hier, Eintritt am 8. Mai als Notfall, zuerst auf der IPS, als zweites Neurochirurgie … ja, genau, Schädelfraktur, ja.»

Eine Weile hörte er zu.

«Was sagt sie?», fragte ich.

Beat schüttelte abwehrend den Kopf. Ich biss auf meine Lippen, versuchte, gelassen zu bleiben und meine Angst zu unterdrücken.

«So, ja. Doch, ja, das kommt natürlich vor.»

«Was? Was kommt vor?», fragte ich.

«Sch! Nein, nicht du, das war mein Kollege, ja, ach? … Nein, das ist alles. Ja, ja, das kenne ich, gut, gut, ja, das machen wir. Am Sonntag?»

Endlich beendete er das Gespräch und zog sich das Headset ab.

«Ich glaube, sie ist in mich verliebt. Ich musste mich mit ihr zum Essen verabreden. Wir haben letztes Jahr –»

«Was hat sie gesagt? Sag schon!», unterbrach ich ihn rüde.

«Es ist nicht deine Mutter. Die Patientin heisst Moser. Sie hat kurz vor ihrem Unfall geheiratet und den Namen ihres neuen Partners angenommen. Ihre Versichertenkarte war noch auf den alten Namen ausgestellt. Aus Versehen haben sie in der Administration den Namen gelöscht, anstatt ihn zu korrigieren.»

Ich schloss einen Moment meine Augen. Die Verunfallte war nicht meine Mutter, Gott sei Dank.

Der nächste Fall umfasste die Angaben einer Frau, die im Inselspital in der Orthopädie lag. Sie hatte als Hauptdiagnose eine «S72.3» diagnostiziert, eine Fraktur des Hüftgelenks. Als Nebendiagnosen waren Diabetes Typ 2, Adipositas und Herzinsuffizienz angegeben. Adipositas ... Das konnte nicht sein. Meine Mutter ist schlank.

Es blieb nur noch ein einziger Fall. Kostenstelle war «M500», das war ein psychiatrischer Fall. Es war höchst unwahrscheinlich, dass Mam in der Psychiatrie gelandet war. Sie ist eine grauenhafte Nervensäge, aber verfügt über eine durch und durch robuste, nicht neurotische Persönlichkeitsstruktur. Als Hauptdiagnose war bei diesem Fall eine «F23.2» verzeichnet, diese Codierung kannte ich. Eine akute schizophreniforme psychotische Störung. Das bedeutete, dass die Psychose noch nicht lang andauernd war. Dazu ebenfalls Diabetes Typ 2. Konnte das vielleicht doch Mutter sein? Eine von einem Tag zum nächsten auftretende Psychose? Ein Verlust des Bezugs zur Realität, Wahnvorstellungen?

***

Auf dem Heimweg beschloss ich, nochmals zu der Gruppenpraxis an der Gutenbergstrasse zu fahren. Ich konnte mich zwar nicht mehr an ihre Namen erinnern, doch es waren zwei Ärzte gewesen, welche die Räumlichkeiten des Seiteneingangs der Praxis benutzten. Was, wenn einer davon sich ein bisschen Geld dazuverdiente, indem er die Räume ab und zu für ein paar Stunden an eine Sterbehilfeorganisation vermietete? Immerhin hatte ich in der letzten Zeit einige Mitglieder dieses Berufs kennengelernt, die einen durchaus kostspieligen Lebensstandard pflegten, auch wenn sie ihre Finca zu Spottpreisen reinigen liessen.

Ich stellte mein Velo in der Monbijoustrasse vor dem Laden von «KnallFred» ab, der sich bereits auf das Erster-August-

Feuerwerk vorzubereiten schien, und ging die letzte Strecke zu Fuss. Vor dem Seiteneingang der Praxis stand ein Mann, Ende dreissig, schlank, mit Ziegenbärtchen, einem Greenfield-Festival-Shirt, und rauchte. Er schaute zu Boden, als ich grüsste. Ich stellte mich neben ihn und fragte, ob jemand in der Praxis sei. Er antwortete mit einem Grunzen, das wahrscheinlich «Ja» hiess, und warf seinen Zigarettenstummel weg. Da sah ich, dass ihm Tränen übers Gesicht liefen. Peinlich berührt, wollte ich mich zurückziehen, riss mich aber zusammen und reichte ihm ein Papiertaschentuch. Der Mann schnäuzte sich. Er lächelte ein sehr verlegenes Lächeln, wahrscheinlich weinte er nie in der Öffentlichkeit.

«Ich habe nicht erwartet, dass es so hart ist», sagte er.

Ich machte ein aufmunterndes «Mmh».

«Sie war erst siebenundfünfzig. Gebärmutterhalskrebs. Sie wollte keine Chemo, hat sich nicht behandeln lassen. Vor sechs Wochen hat sie uns informiert. Es ging brutal schnell.»

«Das tut mir sehr leid.»

«Meine Tante Charlène. Ich habe immer gesagt ‹Tante Charlie›, wie ‹Drei Engel für Charlie›. Kennen Sie den Film?»

«Ja, ‹Drei Engel für Charlie›, natürlich», sagte ich. «Lange her.»

Er holte zitternd Luft. «Und jetzt ist sie tot. So ein feiner Mensch. Und jetzt ist sie nichts mehr. Nur Erinnerung, nicht?»

Ich nickte ihm mitfühlend zu und wandte mich zum Gehen.

«Wir konnten uns nicht einmal richtig von ihr verabschieden. Alles ging so schnell, und dann hat uns dieser Dr. Matter rausgescheucht. Das war hart. Zack, zack, raus hier.»

Abrupt blieb ich stehen. Es war wie ein Déjà-vu, nur hatte nicht ich diese Szene schon einmal erlebt, sondern meine Mam.

«Wie ist Ihre Tante Charlie gestorben?», fragte ich den Mann. «Darf ich das erfahren? Es ist wichtig.»

«Es war ein assistierter Suizid», sagte er so leise, dass man die Worte fast nicht verstehen konnte. «Nicht, dass ich sie verurteilen will», seine Stimme wurde wieder kräftig, «ganz und gar nicht. Sie konnte einfach nicht mehr.»

«Ich verstehe», sagte ich.

«Das war schon hart genug, ich meine, dass sie so sterben musste. Aber dass dieser Arzt uns rausgescheucht hat, sobald sie tot war, das war wirklich ein Hammer.»

In meinem Inneren wurde so etwas wie ein Schalter umgekippt. Ich drehte mich zackig um und betrat die Praxis durch den Seiteneingang. Vom Eingangsbereich, der geschmackvoll mit Blumenarrangements, einem dieser riesigen Gertsch-Porträts und Corbusier-Sesseln eingerichtet war, gingen drei Türen ab. Zwei waren geschlossen, eine angelehnt, und von dort her hörte ich Stimmengewirr. Jemand weinte, mehrere Personen stritten.

Ich platzte mitten in ein Familiendrama. Zwei Gruppen von je drei Personen standen sich gegenüber und redeten mit gesenkten Stimmen, eindeutig erregt, aufeinander ein. Auf der gegenüberliegenden Seite des Raums befand sich eine weitere Türe, und dort sah ich eine alte Frau, schneeweisses kurz geschnittenes Haar, schwarzer Hosenanzug. Sie stand vollkommen still mit dem Gesicht zur Türe, als ob sie lauschen würde, die rechte Hand flach auf das Türblatt gelegt. Es schien, als ob sie mit dieser Berührung deutlicher erkennen könne, was auf der anderen Seite der Türe vor sich ging. Eine jüngere Frau mit langen blonden Haaren stand neben ihr, hatte sie am Arm gefasst und versuchte sie von der Türe wegzuziehen.

Die streitenden Parteien waren verstummt. Alle starrten mich an.

«Entschuldigen Sie bitte», sagte ich, ging an der alten Frau im Hosenanzug vorbei und öffnete die Türe, vor der sie stand.

«Aber, da darf man nicht …», stammelte sie.

«Komm, Mami, gehen wir», sagte die blonde Frau sanft. «Tante Charlie ist nicht mehr da, ihre Seele ist nicht mehr in diesem Raum. Gehen wir alle nach Hause.»

Ein Flur mit ebenfalls drei abgehenden Türen, dieses Haus war ein Labyrinth. Die Türe ganz links war abgeschlossen; die mittlere ebenso, doch die Türe ganz rechts, beschriftet mit «Mikrochirurgie», liess sich öffnen. Nach wenigen Schritten blieb ich abrupt stehen. Ich war in einem Operationssaal gelandet. Drei grün gekleidete Gestalten mit Haube und Mundschutz über den in OP-Räumen üblichen Metallschragen gebeugt, ein Mann am Kopfteil, wahrscheinlich der Anästhesist, der den Monitor überwachte.

«Hände weg, zurücktreten», sagte eine ruhige Stimme.

Das Team trat etwas zurück, gab den Blick auf den Schragen frei. Eine magere Gestalt lag dort, intubiert, ein bleiches Gesicht, ganz kurze graue Haare, mehr ein Flaum, Augen geschlossen, nackter Oberkörper, die Brüste zu schwer für den schmerzhaft knochigen Körper. Am Brustkorb waren Elektroden befestigt.

«Schock, jetzt», sagte dieselbe Stimme.

Der Körper bäumte sich auf.

Ich schrie.

Der eingespielte Ablauf geriet ins Stocken, alle starrten mich an, redeten durcheinander.

«*What the hell!*»

«Die Türe ... Warum hast du nicht?»

«Raus hier!»

Der Grösste der drei kam auf mich zu. In seiner rechten Hand hielt er ein Skalpell, offensichtlich der Chirurg.

«Verlassen Sie sofort diesen Raum!», herrschte er mich an.

«Diese Frau ist hirntot. Was um Gottes willen machen Sie da?», fragte ich. Meine Stimme zitterte.

Der Chirurg zog sich Schutzmaske und Kappe ab und fuhr sich durch seine kräftigen schwarzen Haare. Ich sah Alain Delon vor mir, nur etwas verlebter, fleischiger. Vielleicht Psychopharmaka oder zu viel Alkohol, aber eindeutig Alain Delon. Und dann purzelte alles durcheinander und kam jäh wieder zum Stillstand.

«Der Sterbehelfer», sagte ich flüsternd.

«‹Sterbebegleiter› wäre korrekt. Und jetzt raus!»

«Diese Frau ist hirntot. Sie führen eine kardiopulmonale Reanimation durch. Das ist nicht erlaubt und verstösst gegen jegliche ärztliche Ethik.»

«Sie irren, meine Liebe. Was wir hier tun, entspricht höchsten moralischen Ansprüchen», sagte er ruhig.

«Und weshalb dürfen die Angehörigen nicht wissen, was hier vor sich geht? Ich werde die Polizei rufen.»

Sein Gesichtsausdruck wechselte so unvermittelt von freundlich auf bedrohlich, dass ich zusammenzuckte.

«Sie befinden sich in einem sterilen Raum», sagte er und kam einen Schritt auf mich zu. Durch diese neue Nähe wurde mir bewusst, dass der Mann eine Waffe in der Hand hielt, ein extrem scharfes Messer.

«Lass mich das klären», sagte ein anderer Arzt oder Pfleger und trat zwischen mich und diesen Delon-Verschnitt.

«Misch dich nicht ein», sagte dieser, machte einen Schritt seitwärts, wobei er das Skalpell leicht nach oben richtete, sodass die Spitze auf meinen Bauch gerichtet war.

«Jerry», sagte der andere mit beschwörender Stimme.

Ich spürte, wie mir der Schweiss ausbrach. Die Klinge war auf einen Punkt knapp unter meinem Bauchnabel gerichtet. Auf das Kind. Ich wich zurück. Der Alain-Delon-Verschnitt kam noch einen Schritt näher, lächelte, und dieses Lächeln liess mich schaudern. «Hau ab!»

Ich wich weiter zurück, sein Gesichtsausdruck wirkte gefährlicher als das Skalpell. Er ist wahnsinnig, dachte ich.

«Ich werde Sie anzeigen», sagte ich, während ich Schritt für Schritt rückwärtsging. «Sie verstossen gegen das Standesrecht und gegen das Strafrecht. Ich werde mich an den Kantonsarzt wenden.»

«Tun Sie das», sagte er völlig unbeeindruckt.

«Was haben Sie mit meiner Mutter gemacht? Sie war hier in der Praxis, und seither ist sie verschwunden.»

Er erstarrte, eindeutig überrascht von dieser Frage. Seine Züge verhärteten sich. «Ich habe keine Ahnung, von was Sie reden. Verschwinden Sie sofort aus diesem sterilen Raum.»

Er bedrohte mich nun ganz eindeutig mit diesem verdammten Skalpell, zwang mich zum Rückzug. Ich schaute hilfesuchend zu den übrigen Anwesenden, diese hatten sich jedoch abgewandt oder schienen wie erstarrt zu sein. Himmel, das war doch nicht möglich, er würde mich doch nicht in seiner Praxis abstechen! Doch da war etwas an der körperlichen Präsenz dieses Mannes, an seinem Gesichtsausdruck, das mir heftig Angst machte. Ich ging hastig rückwärts, bis ich wieder auf dem Flur stand. Hinter mir wurde die Türe zugeknallt und mit einem Schlüssel geschlossen. Ich schaute mich um. Die Trauerfamilie war verschwunden, der Warteraum der Praxis leer.

Ich ging nach draussen, stand auf der Strasse. Passanten eilten geschäftig vorbei, eine alte Frau mit einem Rollator schlurfte über die Strasse und hievte sich mühselig auf den Trottoirrand, ein Mann in Jogginghose zog eine heftig schnaufende Bulldogge hinter sich her. Das laute Aufheulen eines aufgemotzten Pickups liess mich herumfahren. Eine Velofahrerin hob ihre Faust und schimpfte dem Fahrer hinterher. Stadtleben as usual.

Hatte ich die Szene in der Praxis wirklich erlebt? War dieser Kerl mit gezücktem Skalpell auf mich losgegangen? Oder hatte ich mir das alles bloss eingebildet? War dieser Wahnsinnige Jeremias Matter gewesen, der Arzt? Ich schaute mich um. Vor meinen Füssen lagen ein halbes Dutzend Zigarettenstummel, wo der Mann gestanden und um seine Tante Charlie getrauert hatte. Was sollte das um Gottes willen? Was hatten sie mit dieser armen Frau vor? Ich biss mir auf die Lippen, bis ich Blut schmeckte. War sie tot gewesen? Ich hatte den Monitor gesehen, nur ganz kurz zwar, aber ich war mir sicher, dass die Frau hirntot war. Wie war ich zu diesem Schluss gekommen? Ich wusste es nicht mit Sicherheit. Doch das Behandlungsteam hatte versucht, sie zu reanimieren. Weshalb, wenn sie Suizid begangen hatte?

Und was sollte ich unternehmen? Wie angedroht zur Polizei? Das Ganze war aberwitzig gewesen, die trauernde Familie, der Operationsraum, dieser Wahnsinnige, der Ähnlichkeit mit Alain Delon hatte … sein Lächeln … das Skalpell. Ich wollte weg hier, nach Hause und mich mit Philipp beraten, was zu tun war.

«Du kannst doch nicht in einen Operationsraum eindringen, Lou! Selbst dir sollte das klar sein», fuhr mich Philipp an.

«Hast du mir nicht zugehört? Der Kerl ist auf mich losgegangen. Er hat mich mit einem Skalpell bedroht.»

«Wahrscheinlich hast du dir das bloss eingebildet. Und welcher Chirurg würde nicht wütend, wenn jemand mitten in eine Operation reintrampelt?»

«Was denn für eine Operation? Sie haben eine Frau reanimiert, die gerade mittels Natrium-Pentobarbital Suizid gemacht hat. Sie war hirntot!»

«Und woher willst du das wissen? Hast du die Patientin etwa untersucht?»

Ich wusste nicht, wie wir in diesen Streit geraten waren. Ich hatte Unterstützung und Trost gesucht, stattdessen stellte Philipp alle meine Beobachtungen in Frage und machte mir Vorwürfe. Ich spürte einen bitteren Geschmack im Mund.

Philipp war erschöpft von seiner Spätschicht angekommen, hatte sich bis zum Sofa geschleppt und sich hingelegt. Dort lag er noch immer, während ich vor ihm stand wie ein Schulmädchen, das vom Lehrer ausgescholten wurde. Ich drehte mich auf dem Absatz um, knallte die Türe hinter mir zu und lief in die Nacht hinaus. Auf der Höhe des Zytglogge atmete ich tief durch und konnte wieder klar denken. Philipp hatte ja recht, das Geschehene zu hinterfragen, es war vollkommen absurd und unlogisch. Was auch immer in dieser Praxis geschehen war, es ging mich eindeutig nichts an. Ich lief mitten auf der Kramgasse, auf dem Gitter, unter dem man den Stadtbach rauschen hörte. Ein 12er überholte mich in ungewohnt rasantem Tempo. Normalerweise muss sich der Bus hier in der Altstadt mühselig durch Horden von Touristen pflügen; nun war die Gasse still und würdevoll. Ich lief runter bis zur Nydeggbrücke, spähte länger rüber zum Bärenpark, wo Björk und Finn schliefen, und machte dann rechtsumkehrt. Das Gehen hatte mich beruhigt.

Auf dem Weg nach Hause kramte ich die Liste mit den sechs Fällen aus der Medizinischen Statistik hervor und rief Beat an, der, wie ich gehofft hatte, noch immer arbeitete.

«Zu welchem Betrieb gehört diese BUR-Nummer?», fragte ich und gab ihm die achtstellige Zahl durch, die bei dem Fall aus der Psychiatrie vermerkt war.

«Muss ich nachschauen.»

Beat tippte kurz auf seinem Rechner herum und sagte, dass es sich um die Eden AG handle, mit Sitz in Schwyz. Sie betrieben eine Rehabilitationsklinik und zwei Hospize in der Innerschweiz und dazu zwei kleine psychiatrische Betriebe im Kanton Bern, die Klinik Neuenau und das Zentrum Schönau-Süd. Die Patientin befand sich demnach entweder in der Neuenau oder im Zentrum Schönau-Süd.

«Ist dir jemals etwas Besonderes an dieser Eden AG aufgefallen?»

«Abgesehen von der miserablen Datenqualität, die sie abliefern, meinst du?»

Ich hörte wieder das Klackern seiner Tastatur. «Die beiden Kliniken haben das typische Case Mix einer privaten Psychiatrieklinik: viel Burn-out, mehr Angststörungen als in den öffentlichen Kliniken, dafür kaum Psychosen oder schweren Alkoholmissbrauch. Eher jüngere Leute. Eben das, was Geld einbringt. Das Einzige, was mir auf Anhieb auffällt, ist der hohe Anteil an Selbstzahlern auf Ihrer sogenannten Premium-Abteilung.»

***

Philipp begrüsste mich betont freundlich und bot mir an, eine Flasche meines Lieblings-Pale Ales zu teilen, das er extra für mich besorgt hatte. Besänftigt ging ich rasch unter die Dusche und zog mich um. Philipp ging in der Zwischenzeit in die Pizzeria weiter unten in unserer Strasse und holte eine Pizza «Bistro» mit Spinat und Speck und eine «Spezial» mit scharfem Kalbfleisch, die wir beide je hälftig teilten. Wir hatten stillschweigend beschlossen, das Thema «unbefugtes Eindringen in einen Operationsraum» nicht mehr zu erwähnen. Während des Essens erzählte ich, was ich bei der Datatransfer herausgefunden hatte, zeigte ihm die Liste mit den sechs Fällen, beantwortete seine Frage nach der Herkunft der Daten jedoch nicht.

«Vertraust du mir etwa nicht?», fragte er empört.

«Ich habe es versprochen, tut mir leid. Ist ja auch egal. Schau dir die Liste an. Vielleicht fällt dir ja was auf, das ich übersehen habe. Es hat fünf Records aus akutsomatischen Spitälern und ein Record aus der Psychiatrie.»

«Wenn ich richtig verstanden habe, was du mir über die Medizinische Statistik erklärt hast, müssten doch alle Patienten mit einem Verbindungscode eindeutig identifiziert worden sein. Der Code wird doch aus dem Namen, Vornamen et cetera abgeleitet.»

«Das stimmt. Aber vielleicht ist Mam ja unter einem falschen Namen eingeliefert worden. Ein Versehen. Oder vielleicht bilden sie bei einer unbekannten Person den Namen aus einer Art Jane-Doe-Variante.»

«Jane-Doe-Variante?»

«Du weisst doch – wie bei der Polizei, wenn sie eine nicht identifizierte Leiche haben. In einem solchen Fall vergeben sie diese Pro-forma-Namen. Immer dieselben. John Doe und Jane Doe.»

«Du klammerst dich an Grashalme.»

«Strohhalm. Es heisst Strohhalm, verdammt!»

«Warum schreist du mich an?»

«Kannst du denn nicht verstehen, dass ich Angst habe? Angst, sie zu verlieren?»

«Bisher hast du dich noch nie für ihr Wohlergehen interessiert. Du hast immer nur darüber geklagt, was sie doch für eine Nervensäge sei.»

«Verdammt! Philipp, kannst du mich nicht verstehen? Ich liebe sie. Und ich – ich fühle mich verloren ohne sie.»

«Zu meinen Eltern habe ich auch keinen Kontakt mehr. Ich habe seit zwei Jahren nicht mehr mit meiner Mutter gesprochen.»

«Und deshalb soll ich mir keine Sorgen machen, wenn meine Mam verschwindet?»

«Natürlich nicht! Du verdrehst mir die Sätze im Mund. Warum tust du das? Du bist so –»

«Was?» Ich schrak zusammen, hörte selbst, dass ich Philipp anfauchte. Dann legte ich meine Hand auf seinen Arm. «Entschuldige, es tut mir leid. Es ist nur», ich holte zitternd Atem, «ich fühle mich so hilflos. Ich muss irgendetwas unternehmen. Und alle sagen mir bloss, dass das nichts bringt.»

Philipp setzte sich neben mich und umarmte mich. Eine Weile blieben wir so sitzen.

«Du bist völlig verspannt, Lou. Du solltest mal in die Massage.»

Trotz meiner Anspannung musste ich lächeln. Es war nicht so lange her, da hatte ich ihm gegenüber fast genau dieselben Worte verwendet.

Wir küssten uns, und ich genoss das Gefühl der körperlichen Nähe und Geborgenheit. Ich schmiegte mich an seinen Hals. Er roch nach meiner Arven-Seife. Heftiges Verlangen überrumpelte mich. Ich wollte mich fallen lassen, keine Angst mehr haben. Philipp reagierte zunächst zurückhaltend, aber als er meine Lust spürte, lachte er laut auf vor Erleichterung und Freude.

SIEBEN

Das Ganze ging mich nichts an, aber es liess mir keine Ruhe. Am nächsten Morgen googelte ich nach Jeremias Matter, Dr. med. Mein Herz begann heftig zu klopfen, während ich mehrere Porträts einer jüngeren, gebräunten Version des Alain-Delon-Verschnitts aus der Gutenberg-Praxis betrachtete. Ich rief nochmals die Ärztin im Institut für Rechtsmedizin an, dankte für ihre Auskünfte und fragte sie, ob ihr schon Fälle begegnet seien, bei denen hirntote Menschen reanimiert wurden.

«Sie meinen eine kardiopulmonale Reanimation bei einem hirntoten Patienten?», fragte sie nach, und ihre Stimme wurde von Wort zu Wort schärfer.

«Ja, genau.»

«Weshalb fragen Sie das? Haben Sie von einem solchen Fall gehört?»

«Nein, nein. Ich interessiere mich nur ganz allgemein für das Thema.»

«So?», fragte sie mit deutlich hörbarem Misstrauen in der Stimme. «Und was wollen Sie wissen?»

«Weshalb würde man das tun? Zu welchem Zweck?»

«Ich kenne eigentlich nur zwei Gründe dafür», sagte sie langsam. «Ich habe zum Beispiel von einem Fall in Italien gelesen, wo eine junge Mutter eine schwere Kopfverletzung erlitten hat und daran gestorben ist. Sie war in der sechsundzwanzigsten Schwangerschaftswoche, und die Familie hat beschlossen, sie reanimieren zu lassen, damit das ungeborene Kind überleben konnte. Ich nehme an, das wäre auch in der Schweiz möglich und zulässig.»

«Und der andere Grund?»

«Der ist in der Schweiz verboten. Man könnte das auch tun, um die Organe des hirntoten Patienten weiterhin durchbluten und versorgen zu lassen, damit diese in optimalem Zustand für eine Transplantation entnommen werden können.»

Ich bedankte mich und beendete das Gespräch. Was sollte ich mit diesen Informationen anfangen? Ich hielt den Hörer noch immer in der Hand, da klingelte es. Einen Moment war ich völlig verwirrt, bis ich die Stimme Hans-Ruedi Kummer zuordnen konnte. Er liess mich die ersten fünf Minuten nicht zu Wort kommen, weil er noch immer wütend auf mich war. Er könne nicht verstehen, dass ich mich nicht für die Todesursachenstatistik engagieren wolle. Es sei unglaublich, dass ich so desinteressiert sei, und was überhaupt mit mir los sei? Ich würde eine einmalige Chance verpassen, und es sei wichtig, dass gute Leute bei der Revision mitarbeiten würden, und *holy shit*, ob ich gar kein Verantwortungsgefühl mehr hätte? Es gelang mir endlich, seinen Sermon zu unterbrechen, indem ich laut in den Hörer brüllte, ich hätte es mir anders überlegt, ich würde bei der Revision mitarbeiten, ich sei dabei.

Einen Moment war er still. Schliesslich meinte er, diesmal in normalem Tonfall, ah, dann sei es ja gut. Er gab mir die Besprechungstermine durch und wollte sich verabschieden. Ich musste mehrere Male «Warte!» rufen, bis er endlich reagierte und fragte, was los sei. Ich erzählte ihm, dass meine Mutter seit Tagen spurlos verschwunden war. Hans-Ruedi meinte, das sei wirklich *fucking crazy*. Ich fragte ihn, ob im Bundesamt für Gesundheit schon einmal über illegalen Organhandel in der Schweiz diskutiert worden sei. Einen Moment war es ruhig.

«Geht es dir irgendwie nicht gut? *Need a little break, my dear?*»

Normalerweise mochte ich Hans-Ruedis Anglizismen, ein Erbe seiner Studienzeit in Amerika, genauso wie die Cowboyhemden und den Navajo-Silberring mit eingefasstem Türkis, die er immer trug. Er hatte die meiste Zeit seines Studiums in Chicago und Berkeley verbracht, wo die Dichte an Cowboys oder Navajos nicht gerade hoch war, aber was soll's.

«Beantworte einfach meine Frage, Hans-Ruedi, und lass den Rest meine Sache sein, wenn du so nett wärst.»

«No need to get stroppy, my dear.»

«Was ist *stroppy*, verdammt noch mal?»

«Pampig, meine Liebe. Also, was auch immer der Anlass deiner Frage ist, ich vermute jetzt mal, dass die Schweiz schlicht und einfach zu reich ist und dass es hierzulande zu wenig Korruption gibt und deshalb illegaler Organhandel nicht existiert. *Anyway* ... Ich kenne mich auf diesem Gebiet nicht wirklich aus.»

«Weisst du jemanden, der sich auskennt?», fragte ich.

«*You're lucky, kid.* Wir hatten erst kürzlich Besuch von einer EU-Kommissarin. Die hat bei uns einen Vortrag zum Thema Menschenhandel gehalten. Eine Italienerin. Warte mal ... ein seltener Vorname ... Wilma ... ja, genau: Wilma Origlia Benedetti, kurz WOB.»

«Und die kennt sich mit Organhandel aus?»

«*You bet!* Und wie. Sie hat uns die Zahlen und Orte und Preise nur so um die Ohren gehauen. Sie hat von ‹modernem Kannibalismus› gesprochen und es ernst gemeint. Ist bei meinen Kollegen nicht so gut angekommen, *holy shit*! Eigentlich wollte sie erreichen, dass man in der Schweiz ein neues Abkommen ratifiziert. Es geht darum, dass Patienten, die im Ausland illegal zu einem neuen Organ gekommen sind, bestraft werden sollen. Also, das ist eigentlich schon heute die rechtliche Lage in der Schweiz, aber man kann das nicht durchsetzen, weil die in der Schweiz tätigen Ärzte sich weigern, ihre eigenen Patienten zu verpfeifen. Sie können sich auf die ärztliche Schweigepflicht berufen, und deshalb ist es nicht möglich, diese Massnahme umzusetzen.»

Hans-Ruedi versprach, diese Wilma zu kontaktieren und sich wieder bei mir zu melden.

***

Diese Nacht träumte ich von Wasser. Ich sass in einem Tram, das an einem stillen See entlangfuhr. Es war Abend, das Wasser leuchtete golden. Ich war ganz alleine, die Welt war leer ausser diesem Tram, das wie von Geisterhand bewegt durch eine menschenleere Landschaft glitt. Die Schienen machten eine leichte Biegung und führten nun auf der Oberfläche des Sees dahin. Ich würde für immer weiterfahren, für immer alleine, für immer still. Wasser drang in das Tram, benetzte den Boden, bildete Pfützen, die sich vergrösserten, bis der ganze Boden bedeckt war. Das Wasser stieg langsam immer höher, meine Füsse wurden nass. Das Tram fuhr ruhig und still weiter. Das Wasser erreichte meine Knöchel, meine Waden, meine Knie. Ich sass da und schaute zu. Das Wasser reichte bis zu meinem Bauch. Zur Brust. Ich schrie, aber man hörte nichts.

Ich erwachte. Ich war nass, mein Nachthemd war nass. Ich tastete danach. Es fühlte sich glitschig an und roch nach Eisen. Das war kein Wasser, das war Blut. Ich lag in einer Blutlache.

Philipp erwachte von meinem Schreien. Er hielt mich umfangen, bis die Ambulanz da war. Sie brachten mich in die Frauenklinik der Insel. Ich habe wenig Erinnerungen an diese Stunden. Da waren Menschen, die auf mich einredeten. Und da war Philipps Hand. Ich hielt meine Augen geschlossen, als ob ich dadurch, dass ich nicht sah, wo ich war und was gemacht wurde, das Geschehene ungeschehen machen könnte. Philipps Hand wurde zum Kern meiner Welt, zu der Wurzel, die mich festhielt und verhinderte, dass ich weggerissen wurde.

Ich durfte nach ein paar Stunden wieder nach Hause. Philipp stützte mich, bis ich auf dem Sofa lag, deckte mich zu, wärmte die Kirschensteinsäckchen und gab mir die Medis, die ich gegen die Schmerzen einnehmen musste. Dann verschwand er für längere Zeit im Schlafzimmer. Erst in diesem Moment wurde mir bewusst, dass auch er ein Kind verloren hatte, dass seine Freude, Vater zu werden, zu einem schmerzhaften Ende gekommen war.

Ich schlief ein, während Philipp die blutige Bettwäsche hinaustrug.

Eine leichte Berührung weckte mich auf. Philipp sass neben mir auf dem Sofa und weinte.

«Es tut mir so leid», sagte ich.

«Es ist bloss – ich hatte solche Angst. Angst, dich für immer zu verlieren, Lou. Ich bin froh, so gottsackfroh, dass du noch da bist.»

«Ich liebe dich, Philipp.»

Er schniefte und lächelte zaghaft. Ich rutschte auf die Seite, er legte sich hin, kuschelte sich an mich und war sofort eingeschlafen.

***

Am Montagmorgen musste ich zu einer Nachuntersuchung ins Frauenspital. Dort wurde mir versichert, dass mit meinem Körper alles in Ordnung sei und meine Chancen auf eine erfolgreiche Schwangerschaft intakt seien. Ich wurde für eine Woche krankgeschrieben. Philipp gab sich die grösste Mühe, mich aufzumuntern. Er kochte und machte danach die Küche, schleppte einen Fantasy-Roman, B-Movies und Blumen an. Einmal, als er sich unbeobachtet fühlte, sah ich ihn weinen. Ich hatte keine Kraft, um ihn zu trösten. Ich wusste nicht, wie.

Verschiedene Personen versuchten mich zu erreichen. Einige Male Mams Freundin Bernadette. Zweimal Tscharya. Immer wieder Helga. Ich nahm nie ab.

Ich hörte das G-Dur-Klavierkonzert von Mozart, gespielt von Kristian Bezuidenhout auf einem Hammerklavier. Und fühlte nichts. Ich ging in den Wald, alleine, hörte dem Rauschen der Blätter zu, schaute in die bewegten Baumgipfel hinauf, begegnete einem jungen Rehbock, der auf einer Lichtung äste, mich erblickte, still stehen blieb und nach einigen Sekunden mit grossen Sprüngen zwischen den Bäumen verschwand. Und fühlte nichts. Ich las in der Zeitung von einer Frau, deren sechsjähriges Mädchen vor drei Jahren verschwunden war und die sagte, sie würde es vorziehen, den Leichnam zu finden, als nicht zu wissen, was ihrem Töchterchen zugestossen war. Und fühlte nichts. Eine gläserne Wand war zwischen mir und der Welt, zwischen mir und meinen Gefühlen.

Am Mittwoch raffte ich mich auf und machte einen Spaziergang durch die Stadt, kaufte Tee und Apfelkuchen als meinen Beitrag für unser Zusammenleben. Rings um mich war emsiges Treiben, die Leute drängelten sich wie immer in den engen Lauben der Altstadt. Normalerweise ärgerte ich mich über diese Enge, den Zwang, langsam zu gehen, mich überall durchquetschen zu müssen, aber seitdem es passiert war, schienen mir meine Gefühle, positive wie negative, einfach nicht mehr zugänglich zu sein. Auf einmal, mitten in dem grässlichen Gewühl vor der Migros Marktgasse, hatte ich ein Bild vor Augen, das mich aufkeuchen liess. Ich sah eine grell überbelichtete Leere vor mir, einen Sonntag, erstarrt im immer gleichen sinnlosen Tun. Eine Leere ohne Laut, ohne Sprache. Ohne das Geplauder eines Kindes. Ich krümmte mich zusammen, mein Magen schmerzte, als ob man mir einen Schlag versetzt hätte. Tränen schossen mir in die Augen, und ich versuchte, ruhig zu atmen und mich zu beherrschen. Warum, verdammt noch mal, schmerzte es mich so sehr, etwas verloren zu haben, das ich gar nie gewollt hatte?

Als ich nach Hause kam, sass Helga am Küchentisch und unterhielt sich mit Philipp, der das Abendessen vorbereitete. Ich gab mich geschlagen, setzte mich zu ihr.

«Ich kann nicht verstehen, dass mich das so fertigmacht», sagte ich, als Philipp gerade nicht in Hörweite war.

«Das sind die Hormone, Lou. Bloss die Hormone», sagte Helga.

Ich blinzelte, versuchte das zu akzeptieren. «Und wie lange dauert das?»

«Ein paar Wochen? Einen Monat? So in etwa.»

Wir schwiegen.

«Hast du dir einen Namen für das Kind ausgedacht?», fragte sie in die Stille hinein.

«Blanche», sagte ich leise, «wenn es ein Mädchen geworden wäre, hätte ich sie gerne Blanche genannt.»

Dann begann ich zu weinen.

In dieser Nacht träumte ich erneut vom Wasser. Ich tauchte etwa drei Meter unter der Meeresoberfläche, schwebend, ein Teil des Wassers. Ich konnte atmen, konnte unter Wasser sein und atmen. Ich bewegte mich ganz langsam, ohne jede Anstrengung. Da war eine grosse Ruhe in mir. Meine Haut wurde vom Wasser liebkost, es war warm und seidenweich. Einige Meter unter mir war lichter Sandboden. Von oben durchdrang ein Sonnenstrahl das Wasser, ich drehte mich auf den Rücken, schaute nach oben. Leuchtend helles Gleissen, Nuancen von Blau, Silber und Gold. Ein Schwarm heller Fische kam von rechts und querte über mir. Der Sonnenstrahl liess die Fische in silbernem Glanz aufleuchten.

Ich erwachte viel zu früh, jedenfalls wenn ich an diese stillen, leeren Stunden dachte, die vor mir lagen. Philipp hatte mir eine Notiz hingelegt. Er habe heute Spätschicht, war bereits ins Westside gefahren, um sich eine Eigentumswohnung anzuschauen. Ich versuchte, die Zeitung vom Vortag zu lesen, aber die Berichte schienen mir alle völlig belanglos. Hatte ich das nicht alles schon tausendmal gelesen? Ich fühlte mich, als ob ich wieder unter Wasser wäre, mich in einer zähen Flüssigkeit bewegen würde. Draussen war schönes Wetter. Ich ging ins Schlafzimmer, schaute das Bett an. Die Bettwäsche sollte gewaschen werden. Ich legte mich hin und schloss die Augen. Die Luft war muffig, ich sollte das Fenster öffnen. Ich blieb liegen. Die Zeit dehnte sich vor mir aus. Ich keuchte auf, biss mir auf die Faust und versuchte mein jähes Entsetzen wegzudrücken.

Ich setzte mich an den Küchentisch. Ich wusste nicht, was ich essen sollte. Angst überwältigte mich, ein schwarzes Loch saugte mich an. Ich schnappte nach Luft und sprang ungeschickt auf die Füsse, warf ein Glas um.

In Bewegung bleiben, nicht stillstehen, geh rum, atme.

Ich öffnete das Küchenfenster, schaute nach draussen. Immer noch schönes Wetter. Die Birke, die im letzten Winter so übel zurechtgestutzt worden war, liess ihre Blätter im sachten Wind rascheln. Ich hörte zu und schaute zu. Es schien warm draussen zu sein. Philipp kam nach Hause, enttäuscht von den Eigentumswohnungen. Er sah aus, als ob ein grauer Schleier über seinem Gesicht liege. Ich brachte es nicht über mich, ihn darauf anzusprechen, dass ich keine Lust hatte, mit ihm in eine grosse Wohnung zu ziehen, und dass wir nun kein Kinderzimmer zusätzlich benötigen würden. Ich ging nach draussen, schaute nach oben zu den Birkenblättern, den Wolken, hörte die Schreie der Mauersegler, begann zu gehen.

In Bewegung bleiben, atmen.

Ich gelangte irgendwie zum Hirschengraben, liess mich vom Pendlerstrom mitziehen, über die Strasse, an Adrian von Bubenberg vorbei, stolperte auf die Tramschienen zu, halt … ein Tram von links, warten, laufen, ein schrilles Klingeln, ein Tram von rechts … viel zu nah, viel zu schnell, kreischende Bremsen … Ich stand unbeweglich, starr, empfand nichts als Leere. So war das also, dachte ich.

Eine Hand packte mich und riss mich weg.

***

Es war noch viel zu hell, als ich gegen sieben Uhr abends in Biel ankam. Ich drückte mich schwerfällig durch die Menschenmenge auf dem Perron, bewegte mich langsam, in einem Gegenrhythmus, und stand allen im Weg. Es war mir egal. Mein Körper fühlte sich massig und unempfindlich an, als ob er nicht zu mir gehören würde. Stimmengewirr, Weinen eines Kindes, kreischende Zugbremsen, die übliche Reggae-Beschallung am Ende des Bahnhofdurchgangs, alles erreichte mich gedämpft wie durch Glas. Von Ferne hörte ich das Tuten des letzten Kursschiffes. Ich hatte keine Eile. Im Gegenteil.

Ich blieb lange auf der Brücke stehen, die über die Zihl führt, und starrte ins moosgrüne Wasser unter mir. Enten landeten, eine Gruppe Stand-up-Paddler zog vorbei, etwas Schwarzes flatterte dicht über meinen Kopf hinweg, eine Fledermaus. Ein ununterbrochener Strom von Menschen zog hinter meinem Rücken über die Brücke in Richtung Bahnhof. Langsam wurde es dunkler, der Strom wurde dünner, und es wurde still auf der Brücke. Der Mond stand tief am Himmel, verschwand ab und zu gänzlich hinter dichten Wolkenbergen, tauchte erneut fahl leuchtend wieder auf.

Als der Abendstern am Horizont aufleuchtete, ging ich

weiter in Richtung See. Der Uferweg an der Zihl entlang war menschenleer. Das Strandbad lag nun direkt vor mir. Auf dem grossen Veloparkplatz stand verlassen ein einziges Velo ohne Sattel und Lenker. Ich sah und hörte niemanden. Ich spähte durch den vergitterten Eingang. Eine Birke raschelte leise im Wind. Ein Hund bellte, weit weg. Ich liess mir Zeit, je dunkler es wurde, desto besser. Ich wollte ganz alleine sein. Nur ich und dieses grosse Wasser, das ich bereits deutlich riechen konnte. Das auf mich wartete.

Endlich machte ich ein paar Schritte gegen rechts, verschmolz mit dem Schatten. Der Zaun war hier etwa einen Meter weniger hochgezogen und wies oben keine Spitzen auf, weil sich an dieser Stelle die Durchfahrt für die Ambulanz befand. So leise und rasch es ging, kletterte ich hoch und auf der anderen Seite wieder runter. Meine Hände schmerzten von dem Draht, doch ich war drinnen, und vor mir lag nur noch das Wasser, eine im schwachen Dämmerlicht grenzenlose, grau schimmernde Fläche. Ich zog meine Schuhe und Socken aus, nahm sie in die Hand und ging barfuss. Unter meinen Füssen spürte ich zuerst noch immer warme Betonplatten, dann kühles Gras und schliesslich Sand. In diesem Moment schob sich erneut eine Wolke vor den Mond, und einen Moment war alles nur noch schwarz um mich.

Während ich mit angehaltenem Atem dastand, nahm ich plötzlich wahr, wie nahe der See war. Ich hörte sein Glucksen und Schwappen, roch seinen mosigen Atem. Endlich gewöhnten sich meine Augen an das Licht, ich erkannte erste Konturen, ein helleres Schwarz, schliesslich ein Grau. Ganz schwarz die Jurakette auf der anderen Seeseite, geschmückt mit einzelnen funkelnden Lichtern. Ich ging zu der Steinmole und folgte ihr hinaus auf den See. Hier war die Stelle, die ich gesucht hatte. Das Wasser lag ganz ruhig, kein Windhauch war mehr spürbar. Es war still.

Ich stellte meine Schuhe auf den Boden. Langsam zog ich meine Kleider aus, Socken, T-Shirt, Unterhemd, Hose, Slip, legte alles sorgfältig zusammen. Es musste ordentlich sein. Auf meiner Haut spürte ich die kühle Luft. Ich bekam am ganzen Körper Gänsehaut.

Die erste Stufe nach unten. Der See schwappte über meine Füsse, leckte an den Zehen. Es war kalt, schmerzhaft kalt. Mein Atem beschleunigte sich, ich hatte das Gefühl, keine Luft mehr zu bekommen. Die zweite Stufe. Das Wasser ging mir bis zu den Knien, die dritte Stufe und das Wasser reichte bis zu den Hüften. Der See dehnte sich schwarz vor mir aus, der Horizont dunkelstes Grau, meine Augen konnten nichts mehr festmachen. Ich stiess mich ab, liess mich in das nasse Schwarz gleiten.

Angst. Ich hatte Angst vor diesem undurchdringlichen Wasser. Ich schwamm mit hastigen Bewegungen, vorwärts, weg von der Mole, vom Land, ins tiefe Wasser. Was lebte da unter mir in dieser Schwärze? Mein Atem kam stossweise, mein Herz wummerte.

Der Mond schob sich hinter der Wolkendecke hervor. Ich drehte mich auf den Rücken, Arme und Beine weit ausgebreitet, liess mich treiben. Das Wasser schaukelte mich in einem langsamen Rhythmus. Ich wurde getragen, fühlte mich geborgen. Ich war Teil dieses Wesens, Teil des Wassers. Die Wolkendecke bewegte sich, Mondlicht strich weich über das Wasser, über meinen Körper. Lange schaute ich dem Tanz des Mondes mit den Wassermolekülen unendlich weit über mir zu, spürte das Wasser um meinen Körper, viel wärmer jetzt.

Ich drehte mich auf den Bauch und holte tief Luft. Ein langes Ausatmen, bis keine Luft mehr in meiner Lunge war. Ich liess mich nach unten gleiten.

***

Helga lachte verunsichert.

«Ich bin nicht verrückt geworden, Helga. Ich hatte einen Traum, deshalb.»

Nach meiner Rückkehr von Biel war ich die Schanzenbrücke hochgelaufen und hatte bei Helga und Paul geklingelt, die am Falkenplatz wohnten. Es war in der Zwischenzeit nach elf Uhr geworden, aber Helga und Paul gingen nie vor zwölf schlafen. Paul war noch am Arbeiten im Atelier, erklärte mir Helga. Wir setzten uns auf das Sofa im Wohnzimmer, das mit Bildern von Paul, grossformatigen Fotografien, Plakaten von Kunstausstellungen und Kinofilmen vollgepflastert war. Die Regale der Büchergestelle bogen sich unter dem Gewicht. Sie hatten so viele Bücher wie möglich hineingestopft, mal hochkant, mal liegend und oft in zwei Reihen hintereinander. Wie man da ein Buch wiederfinden konnte, war mir schleierhaft. Helga hatte uns ein Glas Rotwein eingeschenkt.

«Und im Traum hat dir eine Stimme, nennen wir sie ‹die Göttin› oder … äh, wie hiess dieser weise Indianer in Kanada, der dich so beeindruckt hat? Jedenfalls hat dir die Stimme gesagt: Louisa Amalia Beck, nimm den Zug, begib dich nach Biel, geh zu Fuss und barhäuptig zum See, zieh dich aus, wie Gott dich geschaffen hat, geh ins Wasser und tauche unter.»

«Hör auf.»

«Weisst du eigentlich, wie das tönt? Bist du sicher, dass du gesund bist? Und ich denke dabei nicht an deinen Blutdruck.»

«Hör endlich auf! Ich hätte dir das gar nicht erzählen sollen.»

Helga verzog ihr Gesicht zu dieser einseitigen Schnute, die mir zeigte, dass sie nachdachte.

«Also gut, tut mir leid. Trotzdem: Wie bist du bloss auf so eine abstruse Idee gekommen? Und warum hast du das ganz alleine durchgezogen?»

«So etwas kann man nicht zu zweit machen.»

«Schon gut. Es ist nur – du machst Geschichten, ich weiss nicht, das macht mir Angst.

«Das braucht es nicht. Es geht mir gut, es ging mir seit Wochen nicht so gut. Als ich untergetaucht bin, war es wie im Traum. Es war ruhig, völlig ruhig, und von oben kamen da diese hellen Strahlen durch das Wasser. Es war so schön. Ich fühlte mich heil. Mein Körper fühlte sich endlich wieder heil an.»

«Das ist nicht blöd, Lou, das ist … wirklich nicht blöd.»

Wir tranken beide. Helga schenkte uns nach.

«Ich weiss schon, das Ganze ist so furchtbar symbolisch und kitschig, aber was soll's? Endlich ist mein Körper wieder heil und ganz. Vorher, ich meine, als das Kind ...», ich musste schlucken, «als es gestorben ist, da war mein Körper schuld. Er hat versagt, er hat es nicht geschützt, hat ihm nicht das gegeben, was es brauchte.»

«Das stimmt doch hinten und vorne nicht!», brauste Helga auf. «Du weisst doch selbst, dass das ein totaler Blödsinn ist.»

«Mag sein, dass ich das wissen könnte. Trotzdem habe ich so empfunden, empfinde ich immer noch so.»

Helga war nun richtig wütend. «Weisst du eigentlich, wie hoch der Anteil der Frauen ist, die in einer frühen Phase der Schwanger–»

«Ja, ja. Ich kenne die Zahlen. Ich muss los. Mach's gut.»

Ich liess sie hocken, ging eilends davon. Ich hatte keine Lust, zu einem statistischen Fall, einer Prozentzahl versachlicht zu werden. Es schmerzte noch immer. Und da war noch immer eine Leere in mir. Doch mein Körper war wieder da, er fühlte sich stark an, nicht mehr kaputt, nicht mehr verwundet. Ich holte tief Luft. Ich spürte rings um mich Leben und Gedeihen, meine Haut prickelte. Ich war wieder ein Teil von allem.

Und schlagartig war die Angst um meine Mam wieder da. Es waren vierzehn Tage vergangen seit ihrem Verschwinden.

ACHT

Am Freitagmorgen ging ich wieder zur Arbeit, hörte den Anrufbeantworter ab und las meine E-Mails. Bernadette hatte mich immer wieder zu erreichen versucht. Eine E-Mail war von Hans-Ruedi Kummer. Ich hatte eine Telefonnummer oder E-Mail-Adresse erwartet, um mit dieser Wilma, die sich mit Organhandel auskannte, Kontakt aufnehmen zu können. Doch Hans-Ruedi schickte mir eine Anweisung. Ich hätte morgen Samstag nach Genf zu reisen. Er habe mit WOB gesprochen. Sie halte sich für einen Tag in Genf auf. Treffpunkt sei das Hotel Beau-Rivage, 13, Quai du Mont-Blanc, Suite «Sissi», Punkt dreizehn Uhr dreissig. Ich wollte nicht nach Genf reisen, ein Telefonat hätte genügt. Ich hatte weiss Gott andere Probleme zurzeit. Verstimmt startete ich meinen Rechner und konsultierte den SBB-Fahrplan. Die Fahrt von Bern nach Genf dauerte mit dem Intercity eine Stunde vierundvierzig Minuten. Weniger lang, als ich befürchtet hatte. Als Zweites suchte ich Angaben zu dem Hotel und wurde erstaunlicherweise sofort fündig. Das Unternehmen hatte es geschafft, dass man beim Surfen nicht zuerst auf all diese weltweiten Booking-Seiten gelangte, sondern direkt auf die eigene Homepage. Das Beau-Rivage war ein Fünf-Sterne-Hotel, ein traditionsreicher Kasten, direkt am See gelegen. Der Jet d'Eau, die weltberühmte Wasserfontaine, befand sich nur ein paar Meter entfernt.

Da waren auch Abbildungen vom Inneren des Hotels, die mich mit ihrer altmodischen Grandezza schlagartig in ihren Bann zogen. Ohne zu wollen, begann ich mich durch die Räume zu klicken. Ich besuchte die Damerong-de-Siam-Suite, inklusive Badewanne aus gebändertem Marmor mit diesen anachronistischen Schraubarmaturen für warmes und kaltes Wasser, die ich über alles liebe, Zimmerpreis schlappe zweitausendneunhundertfünfzig Franken pro Nacht, verweilte in der Suite Charles de Gaulle, die mit kühler Eleganz in Lindgrün und Rubinrot prunkte, und gelangte schliesslich zur türkisfarbenen Elizabeth-Taylor-Suite. Eine tiefe Sehnsucht nach einer anderen Realität hatte sich meiner bemächtigt. Ich stellte mir vor, eine andere Frau zu sein, eine gepflegte Erscheinung, selbstsicher, souverän, alleinstehend, die bar aller Sorgen ein paar Tage in einer so entzückenden Umgebung verbrachte. Und in diesem Luxuskasten logierte nun die Auskunftsperson zum Thema Menschenhandel, von der Hans-Ruedi geschwärmt hatte. Ich fragte mich, ob sich die Reise nach Genf lohnen würde oder reine Zeitverschwendung war, sah aber im Moment keine Möglichkeit, die Sache wieder abzublasen, ohne Hans-Ruedi vor den Kopf zu stossen.

***

Um halb zwölf kam Tscharya von ihrer Monatsbesprechung des administrativen Personals zurück. Sie war zutiefst erleichtert, dass ich wieder gesund war und mich endlich auf die GEKO vorbereiten konnte. Mit schlechtem Gewissen nickte ich bestätigend und nahm mir vor, mich seriös mit diesem Problem zu befassen, sobald ich meine Mutter in Sicherheit wusste. Ich ging nochmals die Liste mit den medizinischen Records durch. Nach dem Ausschlussprinzip blieb eigentlich nur dieser psychiatrische Fall in der Eden AG. Ich rief Philipp an, der noch zu Hause war, und bat ihn um seine Meinung. Er sagte, dass Alterspsychosen gar nicht so selten seien. Er habe immer wieder Patienten, bei denen eine Kombination aus Psychosen und Demenz vorlag. Alkoholmissbrauch sei ein Risikofaktor. Und Mutters aufgekratzte Art, dieser Hang zum Theatralischen sei vielleicht eine Art Symptom.

Ich wollte widersprechen, da blieb einen Moment lang die Welt um mich herum stehen, schoben sich Fragmente der Erinnerung ineinander, verzahnten sich, ergaben ein Bild. Ich sah Oliver vor mir, Philipps ehemaligen Studienkollegen, wie er amüsiert von dieser alten Frau mit den verstrubbelten Haaren erzählt hatte. Diese Frau, die in der Klinik Neuenau hospitalisiert war. Diese Frau, die aufgestanden war und in perfektem Englisch mein Lieblingsgedicht rezitiert hatte. Oh, verdammt!

Warum hatte ich das nicht schon früher erkannt? Das war sie doch … Das war sie doch gewesen! Ich rief nochmals bei der Datatransfer an. Beat war verärgert über die Störung. Er sei mitten in der Erstellung einer Offerte für einen grossen Auftrag und habe absolut keine Zeit. Schliesslich liess er sich erweichen und loggte sich in das System ein.

«Also, was willst du wissen? Und mach's kurz, verdammt.»

«Hast du die Liste mit den sechs Records gespeichert?»

«Geht es immer noch um deine Mutter?»

«Ja. Geh bitte zu dem sechsten Fall in der Liste, der Frau in der Psychiatrie, Eden AG, dann schau –»

«Moment, Moment, nicht so schnell», ich hörte ein rasendes Stakkato an Klicktönen, «ich hab sie. Also?»

«Welche Postleitzahl ist beim Standort des behandelnden Betriebs angegeben?»

«Warum?»

«Ich will wissen, an welchem Standort der Eden AG diese Patientin behandelt wird.»

Beat klickte wieder. «Da steht 3432, einen Moment …», ich hörte Klickgeräusche und Schnaufen, «die Postleitzahl gehört zu Lützelflüh … Das muss die Klinik Neuenau sein.»

Oliver hatte gesagt, er sei in der Klinik Neuenau gewesen, daran konnte ich mich genau erinnern. Ich spürte zugleich Hoffnung und Angst.

Hatte ich Mam tatsächlich gefunden? Und wenn ja, was war ihr bloss zugestossen? Oliver hatte von einer völlig verwirrten Patientin gesprochen. Eine Demenzkranke. Das konnte, das durfte nicht wahr sein. Man kann doch nicht innerhalb von wenigen Tagen dement werden. Etwas Schreckliches musste geschehen sein. Oder war es … eine Undercover-Recherche? Vielleicht spielte sie nur die verwirrte Alte – wäre ja ein Leichtes für sie –, um die heutige Psychiatrie am eigenen Leib kennenzulernen. Am eigenen Leib erfahren, das war schon immer ihre Lieblingsstrategie gewesen. Konnte das sein? Würde sie so etwas Verrücktes tun, nur um Inspiration für eine Rolle, ein neues Theaterstück zu bekommen? Ja, ich traute es ihr durchaus zu. Aber ob sich die Profis in der Psychiatrie davon täuschen liessen? Eher nicht. In Zeiten des Kostendrucks blieb man keinen Tag länger in einer psychiatrischen Klinik als unbedingt notwendig. Ausser … sie würde selbst für die Kosten aufkommen, wäre also eine dieser Selbstzahlerinnen, die offenbar einen hohen Anteil der Patienten in der Eden AG ausmachten. Nein, ausgeschlossen, Mutter hatte nicht die Mittel für eine solche Ausgabe. Die Undercover-Geschichte war wohl ein Fall von «Grashalm-Klammerung», wie Philipp sagen würde.

Bloss war dieser Grashalm das Einzige, was ich bisher in den Fingern hatte. Also rief ich in der Klinik Neuenau an. Ich wurde kurz und klar abgeschmettert. Keine Patientin mit Namen Beck war bei ihnen hospitalisiert. Über andere Patienten dürfe sie mir keine Auskunft geben. Und nein, es sei mir auch nicht erlaubt, mit einem Foto meiner Mutter in die Klinik zu kommen, um nach ihr zu suchen. Sie hätten ganz sicher keine Patienten unter falschem Namen. Die Dame blieb höflich und gelassen, selbst als ich sie anschrie. Sie beendete das Gespräch und nahm von da an meine Anrufe nicht mehr an. Ich versuchte es noch einmal von meinem Handy aus. Besetzt. Schliesslich kam ich durch, doch das Resultat blieb dasselbe. Ich sprang auf, ballte meine Fäuste und brüllte laut auf vor Frustration. Tscharya stürmte in mein Büro, schaute mich erschrocken an und ging kopfschüttelnd wieder raus. Was auch immer sie über mich dachte, sie behielt es für sich.

Ich war sicher, so sicher, dass die Frau, die Shelley zitiert hatte, meine Mam war. Ich ging hin und her und fluchte laut vor mich hin. Ich musste in diese Klinik reinkommen und meine Mam sehen, mich vergewissern, dass es ihr gut ging. Nach ein paar Minuten wurde ich ruhiger und blieb schliesslich stehen. Begann ich etwa auch zu spinnen? Bog ich mir die Wahrheit zurecht, um mit meiner Sorge klarzukommen? Aber wie viele Frauen in diesem Alter kannten ausgerechnet dieses Gedicht, und zwar so gut, dass sie es frei rezitieren konnten? Andererseits hatte Oliver gesagt, die Frau habe kurze Haare gehabt und sie sei dement gewesen. Also doch nicht Mam? Und da war noch diese Mikroblurie-Diagnose, oder wie auch immer das hiess. Viertel nach drei. Philipp war wohl nicht mehr zu Hause. Ich versuchte es in der Geriatrie. Philipp wurde über Pager ausgerufen und meinte genervt, dass ich ihn zu oft bei der Arbeit stören würde.

«Nur ganz kurz. Weisst du noch, was das für eine Diagnose war, die Oliver erwähnt hat? Dieses Mikroblumie-Dings?»

«Mikroalbuminurie?»

«Was ist das?»

«So bezeichnet man die Ausscheidung von geringen Mengen Albumin mit dem Urin. Eine persistierende Erhöhung der Albuminausscheidung weist auf eine beginnende Nephropathie hin, gilt aber immer mehr auch als Marker für eine endotheliale Dysfunktion.»

«Verdammt noch mal, Philipp, kannst du das auch auf Deutsch sagen?»

«Wenn Körper beim Pissen zu viel Albumin ausscheiden, dann du wissen, entweder Nierenschaden oder Herz gehen futsch. Ist das deutsch genug?»

«Entschuldige, tut mir leid, ich bin nervös.»

«Mikroalbuminurie ist oft eine Spätfolge von Diabetes, die langsam zu Nierenschäden führt.»

«Diabetes?»

«Genau, und das mit der endothelialen Dys–»

«Danke, Philipp!»

Die gedichtzitierende Patientin hatte wahrscheinlich Diabetes gehabt. Alle Spuren wiesen auf einen einzigen Punkt hin: die psychiatrische Klinik Neuenau.

Ich zog mir die Jacke an, sagte Tscharya im Hinausgehen, ich würde ab Montag ein paar Tage freinehmen, um Überzeit zu kompensieren, und rannte davon, bevor sie protestieren konnte. Tscharya würde mich für meine Unzuverlässigkeit hassen, aber zum Teufel, ich hatte andere Sorgen. Ich rannte nach unten zum Velokeller und holte mein Fahrrad. Während ich so schnell es ging Richtung Bahnhof fuhr, versuchte ich, nicht darüber nachzudenken, dass die einzige Spur, die ich hatte, bedeuten würde, dass meine Mutter unter einem falschen Namen in einer psychiatrischen Klinik eingeliefert worden war und dort behandelt wurde. Ich musste die Bilder, die mich bedrängten, von Kubricks «A Clockwork Orange» über Jane Campions «An Angel at My Table», blockieren, mit aller Kraft wegschieben. Es musste einen einfachen Grund für die Verwechslung geben, und schon bald würde sich das Rätsel auflösen, und alles wäre wieder gut … Hat man nicht die Praxis der Lobotomie in der Schweiz wieder zugelassen … und was ist mit Elektroschocktherapie …?

Hör auf, Lou!

Ich würde meine Mam rausholen, sie würde eine Woche in einem wunderbaren Wellnesshotel im Schwarzwald verbringen, wir würden über das Ganze lachen, und sie würde vielleicht sogar eine Theaterversion des Geschehenen schreiben. Schon bald wäre sie wieder ganz die alte Nervensäge. Ich stellte mein Fahrrad beim Milchgässli ab, drängte mich zwischen einem auf der Treppe streitenden Paar hindurch, beide Junkies, beide mit Bierbüchsen in der Hand und einem Rudel bellender Hunde um sich, etwas mit Liebe und Verzeihen war im Gange, rannte hinunter in diese grässliche, im alltäglichen Pendlerverkehr proppenvolle Unterführung, die sich Berner Bahnhof nennt. Ist man hier in Eile, kommt man sich vor wie Moses, der das Rote Meer teilt, oder ehrlich gesagt, in meinem Fall, eher wie ein hakenschlagendes Kaninchen, das einer Büffel-Stampede ausweichen muss, die ihm entgegendröhnt. Irgendwann war ich an der unscheinbaren Ecke angekommen, wo die Bahnhofshilfe und die städtische Polizeiwache untergebracht sind, trat ein und atmete auf. Hier war Hilfe, hier war Schutz, dachte ich, als ich auf den Schalter zuging und dahinter einen Mann in meinem Alter erblickte, in Uniform, etwas schwammig im Gesicht, durchaus freundlich.

«Wie kann ich Ihnen helfen?», fragte er, und ich lächelte ihn vertrauensvoll an.

Ich erzählte ihm, was ich den Polizisten in Basel schon erzählt hatte. Ich schilderte den Zustand der Wohnung und die neue Ordnungsliebe meiner Mutter, beschrieb alles, was ich bisher unternommen hatte, um sie zu finden, die absolute Ergebnislosigkeit, das offensichtlich spurlose Verschwinden. All dies begleitete der Herr auf der anderen Seite des Schalters mit ernsthaftem Nicken und mitfühlenden Geräuschen. Ich erzählte von dem Arzt, der Psychiatrie und dem rezitierten Gedicht. Das Gesicht mir gegenüber verzog sich zu einem breiteren Lächeln, das etwas Gezwungenes an sich hatte.

«Haben Sie sich in dieser Klinik nach Ihrer Mutter erkundigt?», stellte er seine erste Frage.

«Natürlich. Sie haben mir gesagt, dass sie in ihrer Institution keine Patientin mit dem Namen Beck aufgenommen haben.»

«Kann es sein, dass sie eine Patientin betreuen, von der man die Identität nicht feststellen konnte? Ich meine, blöd gesagt, von der man nicht weiss, wer es ist?»

«Das habe ich die Dame von der Auskunft auch gefragt. Ob das der Fall wäre, darüber dürfe sie mir ebenfalls keine Auskunft geben, hat sie gesagt. Doch wenn Sie als Polizist ...»

Der Polizist nickte, verlangte meine Identitätskarte, nahm die Personalien meiner Mutter auf und bat mich, in einer halben Stunde wieder hier zu sein, er würde Erkundigungen einziehen.

Ich verbrachte die halbe Stunde in dem winzigen Café im Eingangsbereich des Kaufhauses Loeb und schaute alle paar Minuten auf die Uhr. Ich hoffte so sehr, dass der Polizist meine Mam finden würde. Wenige Minuten vor der abgemachten Zeit ging ich los, nahm die Abkürzung durch die Buchhandlung im Untergeschoss des Kaufhauses und kämpfte mich nochmals durch die Ströme in der Bahnhofsunterführung.

Diesmal musste ich warten. Vor mir gab eine alte Frau eine Anzeige auf, weil ihr das Portemonnaie aus dem Einkaufswägeli gestohlen worden war. Bereits das dritte Mal diese Woche, wie sie voller Empörung sagte. Der Polizist schloss die Schaltertüre auf und kam in den Melderaum. Er sagte in freundlichem Ton, er wolle schnell schauen, kramte zuerst das Einkaufswägeli, anschliessend die Handtasche durch. Dort wurde er dann auch fündig. Mehr verwirrt als erfreut, ging die Frau davon.

Als er sich mir zuwandte, wurde sein Gesicht ernst. Mir sank der Mut. Er teilte mir mit, dass zurzeit keine Person ohne Identitätsnachweis in einer Berner Psychiatrie behandelt werde und auch in keinem Spital oder Pflegeheim. Die Klinik Neuenau habe bestätigt, dass ich mich nach meiner Mutter erkundigt habe. Sie könnten nur nochmals betonen, dass meine Mutter sich nicht bei ihnen befände.

«Aber ich bin sicher, dass sie dort ist», entgegnete ich. «Ich kann nicht verstehen, warum man sie unter falschem Namen festhält.»

Das hätte ich nicht sagen sollen. Der Polizist lächelte auf eine Weise, die mir wehtat. Eine Türe schloss sich vor meinen Augen.

«Das ist eine typische Reaktion von Menschen, die von ihren Lieben verlassen wurden», sagte er in bemüht langsamem Ton. «Sie werden, blöd gesagt, sozusagen paranoid, damit sie nicht einsehen müssen, dass sie verlassen wurden. Ganz natürlich eigentlich, blöd gesagt. Eine Schutzreaktion.»

Er lächelte wieder und zog einen Flyer mit dem Logo der Opferschutzstelle hervor.

«Wenn Sie wollen, mache ich für Sie einen Termin bei unserer Care-Expertin. Die kann Ihnen helfen, hat viel Erfahrung mit solchen Situationen», sagte er und griff bereits nach dem Telefon.

«Nein!»

«Sie wollen keine Hilfe? Auch das ist eine typische Reaktion, tut mir leid.»

«Sie glauben mir also nicht?»

«Hören Sie. Ich will Sie nicht beleidigen. Es ist mir klar, dass Sie ein bisschen durcheinander sind, blöd gesagt.»

«Ich bin nicht durcheinander, verdammt noch mal!», schrie ich ihn an und widerlegte diese Aussage gleichzeitig, indem ich in Tränen ausbrach. «Ich brauche Hilfe beim Finden meiner Mutter und keine Care-Expertin.»

«Nur mit der Ruhe. Sonst muss ich …»

Ich wartete nicht ab, was er mir androhen würde, wenn ich keine Ruhe gab, drehte mich auf dem Absatz und haute ab. Brennender Schmerz breitete sich in meinem Bauch aus.

Warum glaubte mir niemand? Konnte es sein, dass ich mich irrte? Konnte man seiner Intuition in Zeiten grosser Belastung trauen? Man will verzweifelt, dass alles zusammenpasst und Sinn macht, interpretiert Zufälle als Fügung. Das wusste ich, ich war schliesslich Psychologin. Und was ich mir zusammengereimt hatte, tönte wirklich irr. Ich versuchte mich zu erinnern, was Helga mir zu den körperlichen und seelischen Prozessen nach dem Abbruch einer Schwangerschaft gesagt hatte. Der Glaube an kausale Zusammenhänge bei zufällig auftretenden korrelativen Zusammenhängen hatte nicht dazugehört, da war ich sicher.

Nochmals von vorne: Wer sollte hier und heute in Bern einen Menschen unter falschem Namen in der Psychiatrie einsperren? Und wozu? Das wäre einfach nur unglaublich kostspielig. Ein Tag in der Akutpsychiatrie kostet normalerweise über sechshundert Franken. Bei uns besteht nicht mehr das Problem, dass jemand in der Psychiatrie festgehalten wird, sondern im Gegenteil, dass er rausgeworfen wird. Die Aufenthaltsdauer hat sich in kurzer Zeit nahezu halbiert, auf maximal zwei bis drei Wochen. Bei vielen Fällen dauert der stationäre Aufenthalt gerade mal so lange, bis der Patient einigermassen fähig ist, draussen einige Zeit durchzuhalten. Wenn es nicht mehr geht, kommt er von selbst wieder oder wird von den Angehörigen oder der Polizei gebracht. Man kritisiert dieses System als Drehtür-Psychiatrie, aber ich finde, es hat etwas für sich.

Es ergab jedenfalls keinen Sinn, dass Mam unrechtmässig in einer Psychiatrie festgehalten würde. Wir hatten hier schliesslich keinen Gulag installiert. Und dass sie eine Art Undercover-Recherche machte und eine Krankheit vortäuschte, schien mir ebenfalls unwahrscheinlich. Das mochte vielleicht für ein, zwei Tage funktionieren, doch danach wäre sie sicher aufgeflogen.

Es blieb also nur die Möglichkeit, dass Mam von einem Tag zum andern schwer psychisch erkrankt war. Daran mochte ich gar nicht denken.

Ich rief Philipp an, wartete auf seinen Zusammenschiss, liess ihn über mich ergehen und bat ihn um die Nummer von Oliver. Er wollte wissen, weshalb. Ich erklärte es ihm. Er verbot mir, seinen Kollegen in diese Sache reinzuziehen. Oliver sei ein aufgeblasener Trottel, da sei er mit mir einig, aber er sei trotzdem Arzt und müsse sich an die Regeln des ärztlichen Standes halten. Dazu gehöre das Arztgeheimnis. Ich hielt dagegen, dass Oliver längst dagegen verstossen habe, indem er an dem Abendessen von seinen Patienten erzählt hatte. Wir stritten eine Weile. Schliesslich lenkte er ein, nachdem ich ihm versprochen hatte, Oliver im Unklaren darüber zu lassen, dass ich meine Mam suchte.

Ich überlegte, recherchierte ein paar Minuten, machte mir Notizen, legte mir eine Geschichte zurecht, wählte die Nummer und wurde sofort mit Dr. Oliver Strittmatter verbunden, nachdem ich mich bei der Praxisassistentin als Dr. Beck und damit quasi als Kollegin angemeldet hatte. Ich hatte nicht gelogen, ich habe einen Doktortitel, allerdings keinen Dr. med.

«Dr. Beck? Wie kann ich Ihnen helfen?», fragte mich Oliver, und ich sah wieder seine hyperweissen Zähne vor mir.

Ich erklärte, dass wir uns von Philipps Essen kennen würden, und er erinnerte sich.

«Du hast an dem Abend von der Kunsttherapie in der Neuenau erzählt», begann ich und mahnte mich, langsam und entspannt zu sprechen. «Das ist für mich hochinteressant, die Breite des Angebots, das sie dort haben, bildnerisches Gestalten, biografisches Arbeiten, Literatur und all das. Damit kann jeder Patient die ihm je eigene Expressivität finden, nicht?»

«Äh, ja?»

«Es ist so … Ich wurde angefragt, einen Artikel für das ‹Journal of Psychiatric Research› zu schreiben. Ein Sonderheft zum Einsatz von Kunst- und Kreativtherapien in der heutigen

Psychiatrie mit einem Schwerpunkt auf Art brut unter besonderer Berücksichtigung der geriatrischen Versorgung, da kennst du dich ja aus, nicht?»

Oliver murmelte etwas Unverständliches. Das hiess wohl, dass er in Wirklichkeit genauso wenig Ahnung von Art brut hatte wie ich. Perfekt.

«Ich wollte dich fragen, ob du mir exemplarisch einige Beispiele für den heutigen Stand der Kunsttherapie in der Schweiz geben kannst. Ich würde gerne die Arbeit in der Neuenau als *Best Practice* in den Artikel aufnehmen, sozusagen als Referenzpunkt. Ich habe bereits einiges an Datenmaterial für den Artikel aufgearbeitet.»

Was für ein Schwachsinn! Oliver schwieg, und ich spürte, wie sich mein Herzschlag beschleunigte.

«Darf ich dich als Co-Autor der Publikation aufführen?»

Oliver räusperte sich und schluckte den Köder. Da sei er sehr gerne bereit dazu, was ich denn genau wissen müsse. Ich stellte eine weitere sinnfreie Frage. Als Antwort referierte er hochgestochenen Quatsch über die Bedeutung des Einsatzes von bildender Kunst. Ich gab vor, mir alles zu notieren. Ich fragte nach autobiografischem oder belletristischem Schreiben zur Verarbeitung von Traumata. Schliesslich nach dem Wert der Poesie als Heilmittel. Oliver phantasierte wild drauflos. Ich zögerte einen Moment, dann kam ich auf die Frau in der Klinik Neuenau zu sprechen, die dieses Gedicht von dem Engel rezitiert hatte. In englischer Sprache. Er erinnerte sich wieder, erzählte davon. Ich fragte rasch, wie die Frau ausgesehen habe. Er stockte, fragte sich sicherlich, was das Aussehen dieser Frau mit meinem Artikel über Kunsttherapie zu tun hatte, aber dann gab er Auskunft. Gross, schlank, fast mager, eckiges Gesicht, helle Haut, braune Augen, auffällig rote Haare. Rote Haare? Das hatte er bisher nicht erwähnt. Mein Herzschlag beschleunigte sich. Es passte alles.

Bis auf die Haarlänge. Sie hatten meiner Mam die schönen langen Haare geschoren. Sie hatten ihr die Haare abgeschnitten. Ich hatte einen Kloss im Hals und wusste nicht weiter.

Oliver plapperte etwas, ich hörte bloss halb zu, irgendwann erwähnte er die zentrale Bedeutung des Praxisbezugs, und bei mir machte es klick. Das war's! Ich unterbrach Oliver mitten im Satz, schwurbelte etwas von den Anforderungen des Herausgebers des «Journal of Psychiatric Research», darunter ein möglichst naher Bezug zur heutigen psychiatrischen Praxis.

«Unter meiner Leitung nimmt das Walmont im Moment an einer internationalen multizentrischen Studie teil», erfand ich aus dem Stegreif. «Ich könnte die Studie ausdehnen und die Praxis bei uns im Walmont mit derjenigen in der Neuenau vergleichen. Das würde sicher auf Interesse stossen. Ich mache je drei Tage teilnehmende Beobachtung in den Kliniken und vergleiche die gewonnenen Informationen.»

«Teilnehmende Beobachtung?»

«Die Soziologen und Ethnologen nennen das ‹going native›. Man mischt sich unter das Personal, ist bei allem dabei und beobachtet. Die Methode ist hervorragend geeignet für genau diese Fragestellung. Die Eingabefrist für das Sonderheft zur Kunst ist der 31. Mai, es eilt also, wenn wir das noch hinbekommen wollen.»

Es blieb still auf der anderen Seite. Dann fragte Oliver, wie ich mir denn das vorstelle. Heute sei Freitag, am Wochenende sei wahrscheinlich niemand vom Personalbüro da. Er sei nicht der Direktor der Neuenau, er könne doch nicht einfach jemanden einschleusen. Ich antwortete, er habe doch gute Verbindungen, sei ein gefragter Spezialist und beliebter Kollege, ich sei sicher –

Diesmal unterbrach Oliver mich mitten im Satz. Schon gut, schon gut, er werde es versuchen. Er versprach, sich wieder zu melden.

***

Ich hatte es gewusst. Sie war dort. Meine Mam hielt sich unter falschem Namen in der Klinik Neuenau auf. Herrgottsack, warum auch immer. Mein Herzschlag beschleunigte sich, Energie durchströmte mich. Endlich konnte ich handeln. Ich wusste, wo sich meine Mutter befand. Und ich würde sie da rausholen. Es musste mir nur noch gelingen, mit Hilfe von Oliver in die Neuenau zu gelangen. Und zwar so rasch wie möglich.

Ich tigerte unruhig zu Hause herum. Oliver rief zurück und gab sich ganz als der gelassene supervernetzte Experte. Er habe sich längere Zeit mit Pius Schneider, dem Direktor der Neuenau, über Kunsttherapie ausgetauscht. Endlich rückte er damit heraus, er habe die Studie organisiert, der Direktor selbst habe das Nötige veranlasst. Ich hielt den Atem an. Der Verantwortliche für die Forschungskoordination der Eden AG sei bereit, sich mit mir zu treffen und zu prüfen, ob die ethischen Richtlinien und die betrieblichen Forschungsleitlinien durch meine Studie eingehalten würden. Falls ja, könne ich meine Studie ausnahmsweise ohne Abstimmung mit der IFKE beginnen. IFKE heisse «Interdisziplinäre Forschungskoordination Eden AG», erklärte er mir. Er habe alle Hebel in Bewegung gesetzt, deshalb …

Ich ballte meine rechte Faust, stiess sie in die Luft und hauchte ein lautloses «Ja!».

Eine halbe Stunde später rief mich tatsächlich ein Herr Marius Winter an, leitender Psychologe und verantwortlich für die Forschung in der gesamten Eden AG. Er wollte mir einen Termin für den nächsten Freitagnachmittag anbieten, aber ich konnte ihn mit verzweifelter Hartnäckigkeit dazu überreden, mich am folgenden Tag zu treffen. Es war ihm deutlich anzuhören, dass er meine Studie für eine Schnapsidee hielt, unser Treffen an einem Samstag für eine Zumutung und dass er nur deshalb bereit war, auf mein Drängen einzugehen, weil ihm der Direktor eine entsprechende Weisung gegeben hatte. Immerhin beharrte er darauf, dass ich ihm noch heute eine Skizze meiner Studie schicken solle. Ich setzte mich an den Rechner und begann fieberhaft nach Material zu suchen, um Hintergrund, Zielsetzung und Fragestellung der Studie, die gewählte Methodik, ethische Erwägungen et cetera irgendwie glaubhaft formulieren zu können. Ich brachte zwei Seiten zusammen. Es war ein grässliches Machwerk, und ich hätte jeden Studenten, der mir mit so was unter die Augen getreten wäre, zur Schnecke gemacht. Aber es war alles, was ich auf die Schnelle fertigbrachte. Es musste reichen. Ich hielt inne. Der Gedanke, dass ich mit dieser Lügengeschichte gerade kurz davor war, einen Riesenfehler zu machen, war einen Moment lang so beherrschend, dass ich meine ganze geistige Kraft aufbieten musste, um ihn wegzuschieben. Ich klickte auf «Senden».

***

Philipp und ich verbrachten einen ruhigen Abend. Zur Abwechslung bereitete ich das Abendessen zu, eine Bündner Gerstensuppe, die mit Gerste aus dem Münstertal, Zwiebeln, Knoblauch, Lauch, Karotten, Sellerie und etwas Mostbröckli zubereitet war, neunzig Minuten köcheln durfte und mit einem Schluck Rahm abgeschmeckt wurde.

Philipps Handy klingelte. Er begrüsste jemanden, kam nach wenigen Worten in die Küche und stellte auf Freisprechen.

«Es ist Mariani von der ästhetischen Chirurgie», raunte er mir zu.

«So spät am Abend?», flüsterte ich zurück.

Ich hörte die wütende Stimme eines älteren Mannes mit einem Ostschweizer Dialekt.

«… ein Dilettant. So etwas habe ich in meiner ganzen Laufbahn noch nie gesehen. Das ist unerhört. Was haben Sie gesagt? Ein Orthopäde?»

«Ich habe gar nichts gesagt. Ich weiss ja noch nicht einmal, was das Problem ist, Herr Mariani. Bitte können Sie –»

«Das Problem? Das Problem?», ereiferte sich Mariani. «Das Problem ist, dass ein Dilettant an ihr herumgeschnetzelt hat. Unerhört, so was.»

«Geschnetzelt? Was denn geschnetzelt?», fragte Philipp. Und flüsterte mir zu, dass es um die stumme Frau ging.

«Das habe ich doch schon gesagt, Herr Kollege. Diese Wundnaht ist ein Skandal. So näht man nicht mehr seit der

Schlacht von Morgarten!» Seine Stimme vibrierte vor Wut. «Ich nehme mal an, die Patientin musste nach einem Unfall versorgt werden. Aber das Wie! Das Wie, Herr Kollege. Das Gewebe ist völlig vernarbt. So näht man keine Wunde am Kopf. Und schon gar nicht im Gesichtsbereich.»

«Wer hat das gemacht? Und weshalb?»

«Das frage ich *Sie*. Es ist doch Ihre Patientin, nicht? Kennen Sie etwa die Patientengeschichte dieser Frau nicht?»

«Nein, die kenne ich nicht. Sie wurde als Unfallopfer mit multiplen Traumata im Inselspital eingeliefert, war lange Zeit auf der IPS und ist seit einigen Tagen bei uns wegen einer Demenzabklärung. Ihre Identität konnte bisher nicht festgestellt werden. Weil sie nicht spricht, wurde eine Demenz vermutet. Ich wusste doch, dass da etwas merkwürdig ist.»

Einen Moment war es still. Dann begann Herr Mariani, sich nochmals über den Verbrecher zu ereifern, der ohne entsprechende Ausbildung eine tiefe Wunde im Gesicht genäht und der Patientin damit eine entstellende Narbe und wahrscheinlich dauerhafte Schmerzen zugefügt hatte. Er wolle wissen, wer das gewesen sei, und er würde dafür sorgen, dass dieser Kurpfuscher, sicher ein Orthopäde, aus dem Ärzteverband ausgeschlossen würde. Mit diesen Worten verabschiedete er sich.

«Die arme Frau», sagte Philipp. «Jetzt bin ich definitiv überzeugt, dass sie keine Demenz hat. Seit ich ihr diesen Notizblock gegeben habe, ist sie am Kritzeln. Die Bilder sind noch immer sehr grob, doch ihre Feinmotorik verbessert sich deutlich. Vielleicht werden die motorischen Probleme von ihren Medikamenten verursacht oder verstärkt. Aber sie versteht, sie reagiert, sie versucht sich mitzuteilen.»

«Mehrere Unfälle», sagte ich, «und der Verlust der Stimme, das stelle ich mir schrecklich vor. Dazu ihr Alkoholismus.»

«Und wenn es gar keine Unfälle waren?», fragte Philipp.

«Was sollte es sonst gewesen sein?»

«Ich weiss nur, dass diese Frau schrecklich Angst hat. Wanner meint, die Panikattacken seien vom Alkoholentzug verursacht. Das ist möglich, ja. Aber ich glaube, sie ist traumatisiert. Was ist, wenn sie Opfer einer Gewalttat wurde?»

«Du meinst, es war vielleicht gar kein Sturz, sondern sie wurde hinuntergestossen?»

«Ich werde jedenfalls nicht meine Zustimmung geben, dass sie in ein Heim für Demenzkranke verlegt wird, bis wir wissen, was die Ursache dieses Sturzes war.»

Ich sah wieder diese dünne alte Frau vor mir, ihre nackten knochigen Schultern, ihre Schutzlosigkeit und Angst. Eine Woge der Panik stieg in mir auf, und ich biss mir heftig auf meine Lippen, um nicht laut aufzukeuchen. Was war meiner Mam zugestossen?

Philipp vertiefte sich in ein neues Comic von Jiro Taniguchi, der zu den bekanntesten Mangazeichnern Japans zählt. Er zeigte mir einzelne Bilder, die ich zunächst bloss flüchtig mit meinen Augen streifte. Dann blieb mein Blick fasziniert hängen in diesen Zeichnungen, die eine unendliche Einsamkeit ausstrahlten. Philipp und ich mieden an diesem Abend stillschweigend alle Themen, die schwierig waren, die Suche nach meiner Mam, Philipps Konflikte in der Führung der Geriatrie, seine Suche nach einer gemeinsamen Wohnung für uns. Unser Kind. Die Luft war dick von all den Dingen, die wir nicht aussprachen.

NEUN

Eine Stunde vor dem Termin mit Marius Winter stand ich in meinem Badezimmer, frisch geduscht, Haare geföhnt und so gut wie möglich frisiert. Ich hatte eine mattierende Crème aufgetragen, die ich das letzte Mal an der Hochzeitsfeier meines Bruders benutzt hatte, und das war mehr als sieben Jahre her. Die Crème roch leicht ranzig, schien aber noch in Ordnung. Ich war nervös. Und ich wusste noch immer nicht, was ich anziehen sollte. Schwarzes Jackett, das ich immer für die offiziellen Vorträge trug? Zu wissenschaftlich ... Was um Himmels willen war passend für eine leicht gestörte Wissenschaftlerin, die als teilnehmende Beobachterin in einer psychiatrischen Klinik herumlief? Etwas Vertrauenserweckendes ... rosa Jäckchen? Besass ich leider nicht. Schliesslich entschied ich mich für eine weit geschnittene schwarze Hose, meine elegantesten Schuhe, Stiefeletten in Burgunderrot, die ich nie trug, weil sie mir nuttig vorkamen, und einen kamelfarbenen Pullover mit U-Boot-Ausschnitt. Dazu Ohrringe, in einem passenden dunklen Rot, die ich von einem Glasbläser in Basel gekauft hatte.

Der Himmel war bedeckt mit grauschwarzen Wolken, und ein kühler Wind liess mich frösteln. Ich steckte meine Hosenbeine in die Socken und stieg auf das Fahrrad. Auf der Höhe des Radiostudios Bern an der Schwarztorstrasse begann es zu nieseln. Ich fluchte. Was würde das Nass mit meiner Grundierung anstellen, oder wie das Zeug auch immer hiess? Ich gab Gas, bog links in die Sulgeneckstrasse. Vor der amerikanischen Botschaft stand ein einsamer Polizist, dick eingepackt in seine schusssichere Weste, starrte zum Äussersten gelangweilt vor sich hin. Wie immer tat er mir leid, und ich war gleichzeitig froh, dass er an diesem neuralgischen Punkt, zwischen US-amerikanischer Machtentfaltung und der Synagoge direkt daneben, nichts zu tun hatte. Die Ampel oben an der Kreuzung stand auf Grün, und ich stieg nochmals in die Pedale, bog nach rechts in Richtung Bundeshaus ein. Vor dem Bellevue parkten gleich zwei schwarze Limousinen, daneben die Chauffeure, einer davon in einer goldbetressten Uniform. Sie rauchten und warteten. Ich zwängte mich an einem herumirrenden Lieferwagen vorbei, fuhr vor dem Kulturcasino über die Kreuzung. Ich stellte mein Velo unter den Lauben ab und ging die letzten Schritte zu Fuss. In der Spiegelung eines Fensters versuchte ich zu erkennen, ob ich noch einigermassen passabel aussah. Ich konnte bloss einen beigen Fleck ausmachen, das war wohl mein Gesicht. Beige war in Ordnung, rot wäre nicht so gut. Also los!

Winter hatte einen Sitzungsraum in der Stadt- und Universitätsbibliothek in der Münstergasse reserviert. Der Raum war winzig, gerade richtig für eine Besprechung zu zweit. An dem viereckigen Tisch sass ein Herr mit schmalem Gesicht, auffallend bleicher Gesichtsfarbe, halblangem, leicht gelocktem Haar, gekleidet in einen edlen Dreiteiler aus grauem Wollstoff mit diskretem Streifenmuster und schwarzem Hemd. Er hatte die Beine übereinandergeschlagen und wippte sichtlich genervt mit seinem Fuss. Marius Winter sah aus wie ein gefeierter Philosoph, der gelangweilt darauf wartet, einen lästigen Termin hinter sich zu bringen.

Ich hätte mir keine Sorgen machen müssen. Winter war nicht im Geringsten an meiner Studie interessiert. Qualitative Methoden waren nicht sein Ding, und er hielt die ganze Sache für unter seiner Würde. Nachdem ich ihm die wichtigsten Informationen vorgetragen hatte, die er bereits von meiner Skizze her kannte, stellte er mir ein paar Fragen. Er gab sich keine Mühe, so zu tun, als ob er wirklich an den Antworten interessiert wäre. Und er gab mir deutlich zu verstehen, dass er kein Verständnis dafür hatte, dass diese Studie auf Geheiss des Direktors quasi überfallartig gestartet werden musste. Am Schluss händigte er mir ein Formular aus, das ich unterzeichnen musste. Es beinhaltete Vorgaben zur Vertraulichkeit, Datenschutz und Ähnliches. Ich unterschrieb so krakelig wie möglich. Winter verstaute das Formular, informierte mich, dass ich bereits morgen Sonntag, Punkt acht Uhr in der Klinik erwartet würde, gab mir die Hand, wobei er ein Pro-forma-Lächeln aufsetzte, und wünschte mir gutes Gelingen. Ich solle ihm die Studie nach der Publikation zukommen lassen. Ich dankte ihm, lächelte gezwungen und hoffte, dass ich ihm nie wieder in meinem Leben begegnen würde.

Ich musste diesen eingeschlagenen Weg nun stur weitergehen, dachte ich. Und dabei konstant improvisieren, lügen und täuschen. Als Erstes musste es mir gelingen, in die Festung reinzukommen, danach würde ich weiterschauen. Wenn meine Mutter tatsächlich in dieser Klinik war, würde ich sie finden. Warum auch immer sie sich dort aufhalten sollte. Dazu noch unter falschem Namen, Herrgott noch mal. Es war nun kurz vor elf Uhr geworden. Ich ass ein Sandwich bei «Adrianos», trank einen doppelten Espresso und ging langsam Richtung Bahnhof. Mittlerweile war ich froh, dass Hans-Ruedi diesen Termin in Genf für mich vereinbart hatte. Das Gespräch mit dieser Wilma WOB würde mich von meiner Nervosität ablenken.

***

Genf empfing mich mit Sonne und Bise. Bei diesem Wetter waren die meisten Passanten noch mit Winterjacken und Schal unterwegs, während sich einige unverbesserliche Optimisten bereits für kurze Hosen und T-Shirt entschieden hatten. Wie immer, wenn ich in Genf war, erstaunte mich die Wirkung, die diese Stadt auf mich hatte. Sie war irgendwie unschweizerisch, ganz und gar ungemütlich, weit und offen. Ich ging rasch in Richtung See, bewunderte einige Minuten den Flug der Möwen, die über der Gischt tanzten, entdeckte voller Freude eine Zwergmöwe und staunte über die Geschwindigkeit, mit der die Segelboote über den See rasten. Das Hotel Beau-Rivage befand sich am Quai du Mont-Blanc, keine hundert Meter von dem Ort entfernt, wo die Rhone aus dem Genfersee fliesst und gegen Süden in Richtung Südfrankreich abzweigt. Auf den ersten Blick war das Beau-Rivage nichts als ein riesiger Kasten mit einschüchterndem Personal. Ich war froh, dass ich noch immer meine gute Kleidung trug.

Ausgehend von dieser Umgebung erwartete ich eine geschniegelte, selbstbewusste Verwaltungs-Karrieristin in Businesskostüm und High Heels. Die Frau, die mich auf mein Klopfen in ihr Hotelzimmer einliess, entsprach nicht im Geringsten meinen Erwartungen. Wilma Origlia Benedetti, Delegierte des Spezialbüros zur Bekämpfung des Menschenhandels zum Zweck des illegalen Organhandels, war klein, mit schmalen Schultern, sah ausgesprochen müde aus und wirkte zudem schüchtern. Sie trug ihre schwere Hornbrille schräg auf der Nase, was daran lag, dass der eine Bügel offensichtlich gebrochen und notdürftig mit Klebeband geflickt worden war. Sie trug tatsächlich ein Kostüm, ein Strick-Deux-Pièces in Rosa mit Faltenrock, doch es sah aus, als ob sie darin geschlafen hätte. Meine Grossmutter hätte dieses Outfit als «verhürscht» bezeichnet. Statt High Heels trug sie zierliche Ballerinas. Die Haare waren halblang, dunkelblond und im Nacken mit einer schwarzen Samtschlaufe zusammengebunden. Ihre Augen hinter den dicken Brillengläsern waren rot und ihre Nase auch. Sie schniefte.

«Ich bin nicht in Trauer», sagte sie mit einem schrägen Lächeln, mit dem sie mich sofort gewann. «Ich habe Heuschnupfen.» In Wirklichkeit tönte es wie «Isch abe Öischnupfe». Ihr italienisch gefärbtes Deutsch klang mir lieblich in den Ohren.

Ich lächelte und gab ihr die Hand.

«Wilma», sagte sie und streckte mir ebenfalls ihre Hand entgegen. Diese fühlte sich weich und warm an.

«Louisa. Vielen Dank, dass du dir die Zeit nimmst, mit mir zu reden.»

«*È un piacere*, es ist mir ein Vergnügen.»

Wilma streifte sich die Schuhe ab und liess sich auf eine edle Chaiselongue nieder. Sie wies auf das gegenüberstehende Sofa. Ich zögerte, konnte nicht anders, als mich zunächst in dem Raum umzusehen. Das war also die Suite «Sissi». Für die

Möbel und Vorhänge hatte man ein prächtig sattes Altrosa gewählt, die Wände waren elfenbeinfarben gehalten. Der Aufenthaltsraum mass etwa sechzig Quadratmeter. Eine Treppe führte in die oben gelegenen Räumlichkeiten, wahrscheinlich zum Schlafzimmer und Bad. Unsere Etage war mit einem zierlichen Schreibtisch, zwei gepolsterten Sesseln, einem Sofa und einer Chaiselongue ausgestattet; an der Decke hing ein verspielt funkelnder Kronleuchter mit Dutzenden zu Prismen geschliffenen Glaskristallen. An der Wand rechts von mir waren zwei oval gerahmte Porträts der Kaiserin Elisabeth von Österreich-Ungarn angebracht. Jedenfalls nahm ich an, dass diese Frau Sissi darstellen sollte. Der Blick aus dem Fenster ging auf die Weite des Sees. Ich setzte mich vorsichtig auf das prächtige Sofa.

Wilma nahm ihre Brille ab und putzte sie mit dem Ärmel ihrer Strickjacke. Ich konnte fast nicht zusehen. So wurde das nie was, sie verschmierte bloss den Dreck auf den Gläsern. Und sie sollte endlich ihr Brillengestell flicken lassen. Ein Wunder, dass sie überhaupt noch etwas sehen konnte.

«Du siehst etwas verwirrt aus, Louisa, wenn du mir die Bemerkung erlaubst.»

«Ich … Es ist bloss dieses Hotel, der Raum. Unglaublich!»

«Und du fragst dich, was ich hier zu suchen habe?»

«Nein, also, es ist bloss …» Ich verstummte.

Wilma lachte. Ihr Gesicht war von einer Müdigkeit gezeichnet, die man sich nur mit jahrelangem Raubbau an Körper und Geist erarbeiten kann. Und dieser Mensch konnte trotzdem aus vollem Hals lachen.

«Du hast recht. Ich passe nicht hierher, in diesen Raum, in dieses Hotel. Du glaubst nicht, wie ich es geniesse, ein paar Tage oder Nächte pro Jahr hier verbringen zu dürfen. Dieses Hotel gehört noch immer der Familie, die das Beau-Rivage gebaut hat. Sie sind auch immer noch in die Leitung des Unternehmens eingebunden. Der Vater des jetzigen CEOs hat eine humanistische Ader. Er hat verfügt, dass einige hoch spezialisierte internationale Organisationen ein Kontingent an kostenlosen Übernachtungen zugewiesen bekommen. Das Büro der OSCE zur Bekämpfung von Menschenhandel gehört dazu. Und so komme ich ab und zu in den Genuss dieses Raums.»

Sie erhob sich von der Chaiselongue, drehte sich mit ausgebreiteten Armen im Kreis. «Vorletzte Woche war ich in Bangalore, die vergangenen vier Tage in Rumänien, morgen fliege ich nach Dubai. Aber heute bin ich hier.»

Sie öffnete das Fenster. Die melancholische Weise eines Bandoneon-Spielers drang halblaut zu uns, dazu Schreie von Möwen und das tiefe, lang gezogene Tuten eines Kursschiffs. Wilma machte es sich wieder auf der Chaiselongue bequem. Ein goldener Glanz legte sich über den See. Ich lauschte den Geräuschen, und es war, als ob die Zeit einen Moment innehalten würde.

«Also, was willst du wissen?», fragte mich Wilma und holte mich abrupt wieder in die Gegenwart zurück.

Ich erzählte ihr eine stark abgekürzte Version dessen, was ich in den letzten Tagen erfahren hatte. Ich zögerte.

«Weiter.»

«Es ist mir nach wie vor ein Rätsel, was meiner Mam zugestossen ist. Nur ...», wieder zögerte ich, es auszusprechen, fuhr dann hastig fort: «Ich bekomme den Gedanken nicht mehr aus dem Kopf, dass das Ganze vielleicht mit Organhandel zu tun haben könnte. Dass meine Mam etwas gesehen hat, das sie nicht sollte.»

Wilma nickte, sagte aber nichts.

«Ich habe mit meinem Freund darüber gesprochen, er ist Arzt.» Ich hob die Augenbrauen. «Er meint, ich spinne. Illegaler Organhandel existiere nicht in der Schweiz. Das seien alles nur ‹urban myths›, wie diese Erzählungen vom Freier, der in einem Bordell betäubt wird und mit einer Niere weniger wieder aufwacht, oder die Storys über Leichen von Obdachlosen, denen Herz und Lunge entnommen wurden, alles nur Blödsinn. Wenn in der Schweiz illegal Organe transplantiert würden, müssten die Universitätsspitäler involviert sein, und das sei ausgeschlossen.»

Beim Begriff «urban myths» war Wilma aus ihrer bequemen

Haltung aufgeschossen. Sie sass nun steif und aufrecht da, und ihre dunkel umschatteten Augen blitzten.

«Grossstadtlegenden! Wenn ich das nur schon höre», fuhr sie mich wütend an. «Mit diesem Argument wird ein real existierender globaler Menschenhandel einfach ignoriert. Es wird über all dieses Leid hinweggesehen, über die Ausnutzung der Armut, die Gewalt, die in diesem Business steckt, die Verletzung Zehntausender gesunder Körper, und zwar durch Ärzte, die einen Eid geschworen haben. *Primum non nocere!*»

Wilma redete sich immer mehr in Rage. «Und im Fall von Nieren stimmt das Argument deines Freundes nicht, dass dies nur in hoch spezialisierten Spitälern durchgeführt werden könne. Um Nieren transplantieren zu können, braucht es weder viel Infrastruktur noch hoch spezialisierte Fachkenntnisse. Das ist heute ein reiner Routineeingriff und kann auch in einer gut eingerichteten chirurgischen Praxis gemacht werden. Es ist gerade drei Wochen her, da konnte mit unserer Hilfe eine Organisation ausgehoben werden, die israelische Patienten mit brasilianischen Organspendern zusammenbrachte, und zwar in einer Klinik in Johannesburg. Sie haben im Verlauf der letzten vier Jahre Hunderte von Frauen und Männern aus den Favelas von Rio de Janeiro nach Südafrika geschleust, mit zwölftausend Rand pro Niere abgespeist, das sind umgerechnet knapp achthundert Franken – der Weltmarktpreis ist seit drei Jahren rapide am Sinken –, und dann wurden die Spender zwei Tage nach der Operation in ein Flugzeug nach Rio gesetzt und ohne jede weitere medizinische Betreuung wieder nach Hause geschickt. Ach ja, ich habe vergessen: Die meisten haben grosszügigerweise eine Packung Antibiotika erhalten. Den israelischen Kunden wurden die Nieren für umgerechnet vierundzwanzigtausend Franken verkauft. Das ist mal eine Cash-Cow, nicht?»

«Vierundzwanzigtausend Franken?»

«Es ist wie beim Goldrausch in Kalifornien. Die riesige Gewinnmarge löst bei den Leuten eine Gier aus, die keine menschlichen Regungen mehr kennt. Während sich all die neunmalklugen Besserwisser über die Dummköpfe lustig machen, die an diese sogenannten ‹urban myths› glauben, hat sich eine globale Schattenwirtschaft aufgebaut, die Milliarden umsetzt. Alleine in Europa sind etwa hundertzwanzigtausend Menschen in einer Dialysebehandlung, und vierzigtausend davon warten dringend auf eine neue Niere. Zwischen zwanzig und dreissig Prozent davon werden sterben, weil sie nicht schnell genug eine bekommen. Die Nachfrage übersteigt das Angebot um das Zigfache, und diese Schere geht immer weiter auseinander. Zehn Prozent aller Nieren, die heute transplantiert werden, stammen aus illegalem Handel. Gekauft werden die Nieren heute für tausend bis fünftausend Dollar, verkauft werden sie für bis zu zweihunderttausend Dollar.»

«Der weltweite Umsatz muss gigantisch sein.»

«Es gibt nichts Besseres, um Geld zu machen, als menschliche Fleischstücke», fuhr Wilma fort. «Reiche verzweifelte Familien mit Angehörigen, die dringend auf eine Transplantation angewiesen sind, existieren in jedem Land der Welt. Die Nachfrage steigt steil an, insbesondere für Nieren. Wir haben heute eine weltweite Diabetes-Epidemie, eine Zunahme der Patienten mit Bluthochdruck und Übergewicht. Dazu kommt, dass die Lebenserwartung der Patienten nach der ersten Transplantation ebenfalls angehoben werden konnte. Das bedeutet, dass viele von ihnen irgendwann ein zweites Mal transplantiert werden müssen, weil das erste Spendenorgan nach ein paar Jahren versagt.» Wilma griff sich einen Bericht von einem Stapel, der in gefährlicher Schieflage neben dem Sofa aufragte, und blätterte. «Wo ist die Schweiz?», murmelte sie. «Ah, hier. Tausendvierhundertsechzig Personen sind in der Schweiz auf die Warteliste für eine neue Niere aufgenommen worden, demgegenüber sind im vergangenen Jahr bloss dreihundertzwanzig Nieren transplantiert worden. Zweiundvierzig der in der Schweiz gespendeten Nieren stammen von lebenden Menschen, der Rest ist *cadaveric*, stammt also von Verstorbenen. In der Schweiz wie in den übrigen hoch entwickelten Ländern gehen seit Jahrzehnten die tödlichen Verkehrsunfälle zurück, auch das verknappt das Angebot an legalen Organen.»

«Das habe ich mir noch nie so überlegt.»

Wilma zuckte mit den Schultern. «China hat eine elegante Lösung des Problems: die Todesstrafe. Die Leichen der Exekutierten werden noch in den Gefängnissen ohne Erlaubnis der Getöteten oder ihrer Angehörigen ausgeschlachtet. Neben Herz, Lunge, Leber, Nieren und Pankreas werden heute auch Hornhaut, Knochen, Gehirngewebe, Gelenke, Sehnen, Haut- und Fettgewebe genutzt.»

Mein Magen zog sich zusammen, als ich mir diese Leichen vorstellte. Es war, als ob sich ein Abgrund auftun würde.

«Die Organe und Gewebe der Exekutierten werden in der folgenden Reihenfolge vergeben. Erstens: hochrangige Mitglieder der Regierung; zweitens: Militärs; drittens: reiche Chinesen; viertens: Ausländer und fünftens: normale Bürger. Der Zeitpunkt der Exekution kann perfekt getimt werden auf den Moment, der ideal ist für den Patienten, der das Organ benötigt. Amnesty International schätzt, dass in China mehr Todesstrafen vollzogen werden als in allen anderen Ländern der Welt zusammen.»

«Du hast im Bundesamt für Gesundheit von ‹modernem Kannibalismus› gesprochen», sagte ich.

«Ja, und ich habe mir damit keine Freunde gemacht.»

«Was in China geschieht, ist absolut grauenhaft.»

«Mit Ausnahme von China bewegen sich die Organisationen, welche in diesem Business tätig sind, meist im halblegalen Bereich», fuhr Wilma fort. «Sie benötigen hoch spezialisiertes Fachpersonal und eine korrupte Spitalleitung. Meist wird ein Operationssaal eines Spitals ausserhalb der Betriebszeiten weitervermietet. Diese Spitäler befinden sich oft in Schwellenländern. Sie müssen eine gute Infrastruktur haben und gleichzeitig ein Gesundheitssystem, das korrumpierbar ist. Indien und Südafrika sind besonders bekannt dafür.»

«Das würde bedeuten, dass der illegale Organhandel hauptsächlich in Asien und Afrika verbreitet ist, nicht aber in Europa», sagte ich.

Wilma schüttelte den Kopf. «Der Organhandel hat zwar um

1980 in den Entwicklungsländern begonnen, hauptsächlich in Indien. Doch in der Zwischenzeit ist er längst auch in Europa angekommen. Ein Drittel aller OECD-Staaten sind auf die eine oder andere Weise in illegalen Organhandel verwickelt. Sie stellen einerseits die Opfer, welche ihre Organe verkaufen, und andererseits all die Mitglieder der Organisationen wie Broker, Händler, Organisatoren und Schlepper, die dafür sorgen, dass sich die Verkäufer und die Käufer nicht plötzlich umbesinnen und abspringen; dann die Anästhesisten, Chirurgen, Pflegefachkräfte und Nephrologen sowie die Transplantationskliniken. Und aus all diesen Ländern kommen natürlich auch die Käufer, welche dringend auf ein neues Organ angewiesen sind, um weiterleben zu können. Um konkret zu werden: Aus Moldawien, der Ukraine, Bulgarien, Rumänien, Georgien und Russland kommen in Europa die meisten Anbieter von Organen, und in der Türkei werden die meisten illegalen Transplantationen durchgeführt.»

Wilma schloss einen Moment ihre Augen, als ob sie Kraft schöpfen müsste. Draussen hatte der See seine Färbung gewechselt, changierte von Hell- zu Schiefergrau bis hin zu tiefem Schwarz. Eine schwere Wolkendecke schob sich auf uns zu.

«Es gibt viele Politiker, die reden davon, dass das alles gar kein Problem darstelle, dass alle, die mitmachen, freiwillig dabei seien, dass es bloss um freie Marktwirtschaft gehe. Aber ich frage dich: Wenn das so ist, warum sind dann Käufer und Verkäufer geografisch und sozial so ungleich verteilt? Moldawien ist das Land, das in Europa den höchsten Anteil an Menschen hat, die ihre Organe verkaufen. Mehr als die Hälfte der Bevölkerung ist arbeitslos, die meisten Haushalte haben noch immer kein fliessendes Wasser und keine Heizung, und viele Leute sind mangelernährt. Die Kinder- und Müttersterblichkeit ist gigantisch. Für eine Niere bekommen diese Menschen zweitausendfünfhundert bis dreitausend US-Dollar. Man muss sie nicht zwingen, das stimmt; sie verkaufen Teile ihres Körpers, weil ihre Not so gross ist. Die Verteidiger der freien Marktwirtschaft reden von kommerziellen Lebendspendern;

ich bezeichne es als eine moderne Form des Sklavenhandels. Die internationalen Organisationen sind sich einig, dass es als illegaler Menschenhandel zu betrachten ist.»

Wilma massierte sich das Genick, drehte den Kopf nach rechts und links, es knackte laut, und sie stöhnte. Sie stand auf, drückte den Lichtschalter, der Kronleuchter funkelte und gleisste. Sie vollführte einige Yoga-ähnliche Bewegungsabläufe.

«Wir werden alle nicht jünger», sagte sie. «Wie spät ist es eigentlich?»

«Halb vier.»

«In einer Stunde bin ich verabredet. Meine jüngere Schwester kommt mich besuchen. Sie wohnt in Genua, und wir haben uns das letzte Mal an Weihnachten gesehen.»

Sie machte es sich wieder auf der Chaiselongue bequem, überlegte. «Das ist noch wichtig zu wissen: Die sogenannten Verkäufer werden in vielen Fällen schon beim Rekrutieren nach Strich und Faden belogen. Sie werden oft um ihr Geld betrogen, und manchmal wird ihnen auch nur die minimalste medizinische Nachsorge vorenthalten. Sobald sie sich einmal in die Hände der organisierten Kriminalität begeben haben, gibt es kein Zurück mehr, und sie sind in einer extrem verletzlichen Position.»

«Was ich nicht verstehe: Wenn die EU sich einig ist, dass diese Transplantationen illegal sind, wie können sich dann Patienten darauf einlassen? Ich meine, wenn jemand chronisch nierenkrank ist und plötzlich mit einer neuen Niere aus dem Ausland nach Hause kommt, bleibt das ja nicht unbemerkt.»

«Und nach der Transplantation benötigen diese Patienten lebenslang spezifische Medikamente, um die Abstossungsreaktion zu unterdrücken. Du hast recht, das kann nicht unbemerkt bleiben. Unsere Kommission strebt seit Jahren an, dass die Mitgliedsstaaten eine Erklärung ratifizieren, die verlangt, dass die Käufer von Organen angezeigt werden. Bisher stossen wir auf eine erbitterte Blockade bei den Ärzten. Sie berufen sich auf das Arztgeheimnis. Es scheint für die meisten unvorstellbar, dass sie ihre eigenen Patienten melden. Sie argumentieren oft auch damit, dass diese Käufer schliesslich auch als Opfer anzusehen sind. Sie handeln in einer verzweifelten Lage, gehen ein hohes Risiko ein, an einer Infektion zu sterben, weil die Spender nicht seriös auf Infektionen und andere Krankheiten gescreent wurden.»

«Du siehst das anders?»

Wilma zögerte. «Ich habe keine Kinder. Aber wenn ich eines hätte und es wäre todkrank und würde dringend ein Herz oder eine Niere benötigen, ich weiss ehrlich nicht, wie ich reagieren würde. Aber als Gesellschaft, als zivilisierte Kultur, bin ich definitiv der Meinung, dass wir nicht zulassen dürfen, dass die Reichen sich ein langes Leben kaufen können und die Armen ihren Körper dafür zur Verfügung stellen. Wir müssen uns selbst Grenzen setzen. Der Tod ist Teil des Lebens.»

Wir schwiegen beide. Es wurde kühl im Zimmer, und ich begann zu frösteln. Wilma bemerkte es und schloss das Fenster.

«Weshalb ist dieser Menschenhandel, oder wie man es auch immer nennen soll, so wenig bekannt? Gibt es denn keine Berichte darüber? Weshalb wird nicht mehr dagegen unternommen? Das verstösst doch gegen die Menschenrechte und alle möglichen anderen Gesetze.»

«Oh, es gibt durchaus Berichte zum Thema. Seriös erarbeitet und aufwendig dokumentiert. Zum Beispiel von den Vereinten Nationen, dem Europarat und von der OECD. Wirkliche Fortschritte werden wir dennoch erst machen, wenn die Ärzte in den reichen Ländern nicht nur eine Verantwortung für ihre eigenen Patienten wahrnehmen, sondern auch für die Bevölkerung in den armen Ländern. Ich meine damit, dass sie bereit sein sollten, illegalen Organhandel zu melden, auch wenn es einen ihrer Patienten betrifft. Das Wichtigste wäre natürlich, dass wir es schaffen, eine gerechtere Gesellschaft zu begründen, in der sich niemand aus der Not heraus gezwungen sieht, sich und Teile seines Körpers zu verkaufen.»

«Was du mir erzählt hast, spricht dagegen, dass in der Schweiz ein Arzt oder eine Klinik im illegalen Organhandel tätig ist. Die Korruption ist hierzulande sehr tief, die Armut im internationalen Vergleich ebenfalls.»

Wilma nickte. «Ich habe jedenfalls noch nie von einem Fall gehört, der in der Schweiz aufgedeckt worden wäre. Du darfst nicht vergessen, dass es sich beim Organhandel zumeist um ein hochprofessionelles Geschäftsmodell handelt, das extrem lukrativ ist. Die Beteiligten wollen den höchstmöglichen Gewinn herausholen, Fixkosten minimieren und unnötige Risiken vermeiden. Das spricht alles gegen Hochlohnländer. Einige Ausnahmen bestätigen allerdings die Regel: Wir sind tatsächlich auch schon auf kriminelle Banden gestossen, die ausschliesslich in reichen Ländern arbeiten und sich dort auf Nischen spezialisiert haben. In Kalifornien ist kürzlich ein solcher Ring aufgeflogen, der mit einem halben Dutzend Bestattungsunternehmen zusammengearbeitet hat. Den Verstorbenen wurden die Augen, Haut- und Fettgewebe entnommen und an die Kosmetikindustrie verkauft. Besonders frech war ein Arzt in den USA, der jahrelang Leichen gestohlen und ausgeschlachtet hat, die eigentlich für die Ausbildung von Medizinstudenten vorgesehen waren. Aber das sind grosse Ausnahmen.»

***

Ich erwischte in letzter Sekunde den Zug, der sechzehn Uhr zweiundvierzig von Genf abfuhr, und musste durch fünf Wagen erster Klasse laufen, bis ich beim Speisewagen anlangte. Bloss noch wenige Stunden, bis ich meine ominöse Studie in der Neuenau starten würde. Ich bestellte mir ein Bier und hoffte, mir damit den morgigen Tag noch etwas vom Leib halten zu können. Während wir am Genfersee entlangfuhren, nach Lausanne und Fribourg gelangten, dachte ich über das Gespräch mit Wilma nach. Ich hatte mehr über Organhandel erfahren, als ich je wissen wollte. Und ich war mir nun sicher, dass das Verschwinden meiner Mutter andere Ursachen haben musste. Ich würde mich jetzt auf die Aufgabe konzentrieren, die vor mir lag, auf den Punkt, auf den alle Spuren, die ich bisher gefunden hatte, hinführten: auf die Klinik Neuenau und die Frage, wie ich meine Mutter dort finden und vor allem von dort rausbringen konnte.

Kurz vor Bern klingelte mein Handy. Philipp erzählte mir aufgeregt, dass er die Angehörigen der alten stummen Frau gefunden habe. Die alte Frau habe ihre Adresse hingekritzelt, er habe da angerufen und sei auf eine Frau Graf gestossen.

«Das war ein merkwürdiges Gespräch. Ich weiss gar nicht, was ich davon halten soll», begann er zu erzählen.

«Kannten sie die alte Frau? Mit wem hast du gesprochen?»

«Gesprochen habe ich mit einer Melanie Graf. Sie ist die Tochter von Anita Graf. Und es scheint so, als ob meine Patientin tatsächlich diese Anita Graf sein könnte. Sie ist seit zwei Wochen verschwunden, hat das richtige Alter und trinkt zu viel.» Er verstummte.

«Das ist doch eine gute Nachricht», sagte ich, «du weisst, wie sie heisst, wer sie ist, wo sie wohnt, du kennst ihre Verwandten. Alles. Das ist doch gut.»

«Ja, ja. Nur – sie hat so merkwürdig reagiert, diese Tochter. Sie war gar nicht überrascht, dass die Mutter im Spital war, und sie hat sie auch gar nicht vermisst. Hat einfach angenommen, dass sie auf einer Sauftour war und irgendwo verschollen ist. Die Geschichte hat sie offensichtlich nicht im Geringsten beunruhigt.»

Ich spürte einen Stich, als ich daran dachte, dass ich mich zunächst ebenfalls nicht um das Verschwinden meiner Mutter gekümmert hatte.

«Und was ist mit der Stummheit? Hat sie das erklärt? Und hat es bereits früher Anzeichen von Demenz gegeben?»

«Sie war so unfreundlich … Ich habe sie gar nicht danach gefragt», gab Philipp kleinlaut zu.

«Und was geschieht jetzt mit Frau Graf?»

«Die Tochter hat gesagt, ich solle sie in ein Taxi setzen und nach Hause schicken. Ich habe gesagt, das ginge nicht, sie müsse persönlich vorbeikommen. Ich will diese Frau sehen. Irgendwas …» Er verstummte.

«Ist faul an dieser Sache», ergänzte ich seinen Satz.

«Glaubst du mir?»

«Du hast eine gute Intuition und viel Erfahrung mit Familien. Wann kommt die Tochter?»

«Morgen, halb vier. Und was ist mit deiner Mam? Hast du etwas Neues erfahren?»

Ich verneinte. Dann fragte er mich, ob er mich heute Abend ins Restaurant Fédérale einladen dürfe. Entrecôte und Pommes Allumettes? Mir lief sofort das Wasser im Mund zusammen, und ich spürte erst in diesem Moment, wie hungrig ich war. Sein Pager unterbrach unser Gespräch. Drei Minuten später meldete er sich wieder bei mir. Er könne noch nicht weg, bei einem Patienten bestehe Verdacht auf eine Pneumokokken-Infektion. Das dauere noch etwa eine Stunde, anschliessend könne er los. Ich beschloss, ins Walmont zu fahren und Philipp abzuholen.

Ich traf ihn im Foyer, wo er sich an einem Selecta-Automaten einen grässlichen Kaffee zog. Kaum hatten wir uns begrüsst, ging erneut sein Pager, und er eilte zum nächsten Wandtelefon. Ich verstand nicht, wovon das kurze Gespräch handelte, aber Philipps Stimme klang eindeutig aufgebracht.

«Was ist denn?», wollte ich fragen, doch er unterbrach mich, ich solle mitkommen, und lief los. Als wir auf der Geriatrie ankamen, hörten wir schon von Weitem lautes Streiten vor dem Zimmer 218. Mehrere Pflegefachfrauen, Patienten und Besucher hatten sich auf dem Gang versammelt, um den Tumult zu beobachten. Philipp fluchte halblaut. Eine ältere Pflegerin rief, man solle die Polizei alarmieren.

Ich drängte mich auf Philipps Fersen durch die Zuschauer, schaute ins Krankenzimmer hinein und riss bei dem Anblick, der sich mir bot, die Augen auf. Die alte Frau Graf klammerte sich mit verzweifelter Kraft am Bettgestell fest. Ein Mann mittleren Alters, in Jeanshemd und passender Hose, versuchte mit Gewalt, ihre Finger von dem Metallgestell zu lösen. Frau Grafs Nachthemd war verrutscht und entblösste ihren Rücken. Der kräftig gebaute Mann hatte weissblonde, zu einem stachligen Igel gegelte Haare, die scharf mit seiner dunkelroten Gesichtsfarbe kontrastierten. Eine Pflegefachfrau, deren Namen ich nicht kannte, hatte den Mann am Arm gepackt und schrie, er solle die Patientin in Ruhe lassen. Eine etwa dreissig Jahre alte Frau, die Frau Graf erstaunlich ähnelte, versperrte einer weiteren Pflegefachfrau den Zugang zum Krankenzimmer, die eine Hand erhoben, als ob sie nächstens zuschlagen würde.

«Halt! Hören Sie sofort auf. Was ist hier los?», mischte sich Philipp mit lauter Stimme ein. «Wer sind Sie überhaupt?»

Die junge Frau fuhr herum, ihr Gesicht weiss vor Zorn.

«Ich bin ihre Tochter, verdammte Scheisse. Wir sind ihre Familie. Also lassen Sie uns verdammt noch mal gehen.»

«Ihre Mutter will offensichtlich nicht mit Ihnen mitkommen», sagte Philipp, dann an den Mann gerichtet: «Lassen Sie meine Patientin sofort los, oder ich rufe die Polizei.»

«Hueresiech, Mel!», fuhr der Mann die Tochter an, liess aber Frau Grafs Arm los. «Klär das endlich. Ich hab die Schnauze voll von dieser ganzen Scheisse.»

Die alte Frau Graf wirbelte erstaunlich schnell herum und brachte sich hinter dem Bett in Sicherheit. Sie hielt sich die dünnen Arme vor das Gesicht, als ob sie diese Geste vor Gefahren und Gewalt schützen könnte. Man konnte deutlich dunkelrote Male erkennen, wo der Mann sie festgehalten hatte.

«Wir gehen mit meiner Mutter nach Hause. Sie dürfen uns nicht daran hindern», sagte Melanie Graf.

Die alte Frau Graf schüttelte heftig den Kopf. Ihr Mund formte Worte, doch es kam kein Ton.

«Ihre Mutter will nicht –», begann Philipp.

«Es ist mir scheissegal, was meine Mutter will. Wir sind ihre Familie und sorgen für sie. Sie ist ein Alki, ein Wrack. Ich darf bestimmen und sonst niemand. Ich bin ihre Tochter.»

«Zeigen Sie mir in dem Fall bitte die amtliche Bestätigung, dass Sie als Vormund Ihrer Mutter eingesetzt wurden.»

«Hueresiech, verdammt noch mal!», keifte die Tochter.

Aus dem darauffolgenden Gezeter und Gefluche wurde

klar, dass sie keine solche Bestätigung vorweisen konnte, dass ihre Mutter auch nicht bevormundet war. Während Philipp mit seiner körperlichen Präsenz dafür sorgte, dass Frau Graf nicht weiter bedrängt wurde, alarmierte jemand die Securitaswache des Walmont. Die Ankunft des gross gewachsenen und kräftigen Mannes in Uniform brachte die Tochter endlich zum Schweigen. Etwas später konnte Philipp sie und ihren Mann in ein Besprechungszimmer lotsen. Ich folgte ihnen, während sich die Schar der Neugierigen langsam auflöste. Philipp bat mich, eine Mitarbeiterin des Spitalsozialdienstes anzurufen. Er brauche Unterstützung. Ich nickte, wünschte ihm Glück und ging. Das Essen im Fédérale inklusive Pommes Allumettes war definitiv gestrichen.

Philipp kam gegen zehn nach Hause. Er sah erschöpft und gleichzeitig zufrieden aus. Er hatte recht behalten, was Frau Graf anging. Es stellte sich heraus, dass sie von ihrer Tochter Melanie und dem Schwiegersohn, die mit ihr zusammen eine Wohnung teilten, systematisch misshandelt wurde. Wie die Nachbarn bestätigten, war die Alte im Suff unerträglich zänkisch, aber die Tochter und ihr Mann, beide ohne Stelle, wollten die kostenlose Wohngelegenheit nicht aufgeben und nicht ausziehen. Der Schwiegersohn, ein ausgebildeter Tierpfleger, hatte ihr ein paar Monate zuvor eine heftig blutende Kopfwunde beigebracht und diese eigenhändig – und nicht sehr fachmännisch – genäht, um keine Aufmerksamkeit zu erregen. Er hatte ihr angedroht, sie mitten in der Nacht in einem einsamen Wald auszusetzen, wenn sie es wagte, jemandem zu erzählen, was ihr zu Hause angetan wurde. Für die alte Frau war diese Vorstellung so grauenerregend, dass sie kein Wort mehr zu sagen wagte.

Melanie Graf und ihr Mann waren durch die Konfrontation auf der Geriatrie so wütend gewesen, dass sie dies alles in dem Gespräch mit der Sozialarbeiterin zugegeben hatten. Sie fühlten sich quasi im Recht. Die Sozialarbeiterin rief die Polizei, welche Tochter und Schwiegersohn trotz heftiger Gegenwehr auf die Wache mitnahm. Die alte Frau Graf, die sich vor weiteren Misshandlungen geschützt fühlte, konnte wieder problemlos sprechen, und von Demenz war auch keine Rede mehr. Wir machten eine Flasche Rotwein auf, und ich gratulierte Philipp zu seiner diagnostischen Treffsicherheit. Philipp freute sich bereits darauf, diese Geschichte Wanner unter die Nase zu reiben.

Als wir schlafen gehen wollten, kippte die Stimmung. Ich bekam einen heftigen Streit mit Philipp. Oder präziser: er mit mir. Nachdem ich ihm endlich erzählt hatte, was ich am folgenden Tag vorhatte, breitete sich eine hässlich fleckige Röte über sein Gesicht aus. Er war entsetzt darüber, dass ich mich in eine psychiatrische Klinik einschleichen wollte. Unter Vorspiegelung falscher Tatsachen, wie er das bezeichnete.

«Jetzt hör mir mal zu: Ich will, dass du diese blöde Studie noch heute aufgibst und dich morgen krankmeldest oder was auch immer. Hör mit dieser Farce auf. Stell dir doch mal vor, was geschieht, wenn das auffliegt. Was würden deine Kollegen von dir halten? Du schleichst dich in die Schweizer Psychiatrie ein, um quasi als Rollkommando deine Mutter zu entführen?»

«Ich entführe sie nicht. Ich will sie sehen, will wissen, dass es ihr gut geht, und wenn sie dort bleiben will, bitte sehr.»

«Aber sie ist nicht dort. Nimm das endlich zur Kenntnis, verdammt noch mal! Du denkst nicht mehr klar, seit du das Kind verloren hast. Du verrennst dich total.»

«Und du hast bloss Angst, dass *du* Ärger bekommst!», fauchte ich. «Anstatt mich zu unterstützen.»

«Du bist eine verbockte Nuss!»

Er packte mich am Arm. Ich schüttelte seine Hand wütend ab. Die Leute würden sagen, dass ich durchgedreht sei, fuhr er fort. Wenn ich es auch nur einen Moment sachlich betrachten würde, sei es doch ein vollkommener Blödsinn, was ich da vorhabe. Meine Mutter sei irgendwo unterwegs, am Theaterspielen in Petersburg, Wandern am Kilimanjaro, Ruinen betrachten in Sizilien, auf einer Kreuzfahrt für Kulturfanatiker, was auch immer, aber ganz sicher nicht unter einem falschen Namen in der Psychiatrie. Wenn ich das glauben würde, sei ich selbst reif für das Irrenhaus, und so weiter. Und was ich machen würde, wenn ich dort drin sei. Ich könne nicht einfach in der ganzen Klinik herumspazieren, von Zimmer zu Zimmer, und Patienten-Sightseeing machen wie ein durchgeknallter Tourist. Und dann sagte er noch, dass ich mich ausruhen solle, um wieder ganz gesund zu werden. Dass ich doch Vernunft annehmen solle.

Ich spürte Tränen in den Augen. Als er mit seiner Tirade nicht mehr aufhörte, zog ich mich wieder an und ging. Jetzt sass er zu Hause in meiner Wohnung auf meinem Sofa, mit den Füssen auf meinem Sessel, und ich lief draussen in der Kälte herum. Ich war wütend und traurig zugleich.

Ich schlug den Weg in Richtung Holligenquartier ein, kam an den Schrebergärten vorbei und stiess auf einen Igel. Der putzmuntere Winzling trippelte laut schnüffelnd und schnaubend vor mir her. Wie immer war ich erstaunt über die flotte Geschwindigkeit, die Igel mit ihren dünnen, kurzen Beinchen erreichen konnten. Die Begegnung tröstete mich, weshalb auch immer. Ich atmete die kühle feuchte Nacht, genoss die leeren Strassen und Trottoirs. Ich wählte Wege, die ich noch nicht kannte, kam irgendwann am altehrwürdigen Loryspital vorbei, dessen Fassade für mich zu den schönsten Bauwerken Berns gehört. Ich lief am Bettenhochhaus des Inselspitals vorbei, wo auch zu dieser späten Stunde viele Zimmer hell beleuchtet waren und ein träger Strom von Personal, Patienten und Besuchern unterwegs war. Kurz darauf überquerte ich das Bahnviadukt, gelangte hoch zum Bühlplatz, dann nach rechts in die Länggasse zum Falkenplatz, wo ich mir kurz überlegte, bei Helga und Paul zu klingeln, es sein liess und weiter zum Hirschengraben lief, wobei ich in der Nähe des Bahnhofs auf mehrere Gruppen von Betrunkenen stiess, denen ich so unauffällig wie möglich auswich.

Gegen halb zwei Uhr nachts machte ich mich auf den Heimweg. Das sanfte Nieseln war in einen seriösen Regen übergegangen, und ich kam nass bis auf die Unterwäsche zu Hause an. Die Wohnung war dunkel bis auf eine Kerze, die Philipp hatte brennen lassen. Er hatte eine Karte an den Kerzenständer gestellt. «Es tut mir leid. Ich liebe dich.»

Ich zog mich aus, trocknete mich ab, schlüpfte unter die Bettdecke, lauschte Philipps Schnaufen, das sich mit dem leisen Rauschen des Regens mischte, und schlief ein.

ZEHN

Es war nicht ganz einfach, mit öffentlichen Verkehrsmitteln zur Klinik Neuenau zu gelangen, schon gar nicht an einem Sonntag. Die Klinik war sehr ländlich gelegen. Ich musste mit der S4 ab Bern in Richtung Langnau fahren und kam nach gut vierzig Minuten in Lützelflüh-Goldbach an. Es war Viertel vor acht. Gemäss Google Maps sollte der Fussmarsch zwölf Minuten dauern, sodass ich rechtzeitig eintreffen würde. Von der Station Lützelflüh aus ging's weiter zu Fuss an der Emmentalstrasse und schliesslich der Rüderswilstrasse entlang. Ich wurde von einem gigantischen Milchtankwagen, einem laut röchelnden Traktor, einer alten Frau auf einem Mofa und – trotz der frühen Stunde – viel zu vielen PWs überholt. Ich hasse es, an solchen Strassen entlangzumarschieren, terrorisiert von Lärm und Abgasen. Nach meiner handgezeichneten Karte sollte die Klinik jetzt auftauchen. Bisher hatte ich noch kein einziges Hinweisschild gesehen, das auf die Klinik Neuenau aufmerksam machte.

Sehr diskret das Ganze, dachte ich. Ganz und gar nicht zeitgemäss.

Eine Klinik auf dem Lande, gepflegte Umgebung, Natur, gutes Essen, weit weg von allem Elend und allen Sorgen, das war früher das Konzept der Psychiatrie zumindest für wohlhabende Patienten gewesen. Ruhe, Erholung und frische Luft, das ist passé. Heute ist Aktivität Trumpf. Die Patienten sollen trainieren, an ihren Schwächen arbeiten, Kompetenzen erwerben, Ängste überwinden und sich ihren Schwierigkeiten mutig stellen. Das hat viel für sich. Was nützt es einem Alkoholiker, wenn er drei Monate lang in wunderschöner Umgebung und weitab von jeder Versuchung trocken ist, doch bei Sichtung der ersten Flasche Feldschlösschen wieder rückfällig wird? Deshalb sollen die Patienten heute lernen, ihren Alltag zu bewältigen, begleitet und gecoacht von den Therapeuten.

Jedenfalls in der Theorie. Wenn Ärzte und Psychologen die Zeit dafür finden, was angesichts der Spitalfinanzierungslogik immer fraglicher wird. Dieses Konzept fordert also eine zukunftsorientierte, effiziente Haltung des Patienten, auch ein Ausdruck unserer Zeit. Mit etwas Wehmut mag man der Zeit nachtrauern, als zur Heilung des Geistes das Innehalten, Sich-Ausruhen und das Trauern um alles Verlorene oder Nie-Dagewesene in diesem einen Leben, das uns geschenkt ist, dazugehörte.

Für psychisch Kranke, die kein Geld hatten, sah die Therapie, wenn man es denn so nennen will, jedoch schon in früheren Zeiten ganz anders aus: Da waren nicht Ruhe und Erholung angesagt, sondern harte Arbeit, Zucht und Ordnung. Die staatlichen psychiatrischen Kliniken dienten dazu, Menschen zu verwahren, die von ihren Familien und der Gesellschaft nicht mehr geduldet wurden. Mitte des letzten Jahrhunderts, in der Hochblüte der stationären Psychiatrie, lebten beispielsweise in der Waldau, der heutigen Universitären Psychiatrischen Klinik von Bern, rund eintausendeinhundert Patienten. Zu diesen riesigen Kliniken gehörten meist ausgedehnte landwirtschaftliche Güter. Die männlichen Patienten wurden als Knechte verdingt, die Frauen mussten in der Wäscherei, Näherei oder Küche Dienst leisten.

Wie auch immer, heute waren gemeindenahe Psychiatrie Trumpf und solche Kästen auf dem Lande im Grunde vollkommen anachronistisch. Im Kanton Bern konnte man allerdings diese Bewegung, weg von den Irrenhäusern hin zur modernen ambulanten Psychiatrie, nie ganz umsetzen; nicht etwa wegen der mangelnden Einsicht, sondern wegen des Denkmalschutzes. Da gibt es beispielsweise das ehemalige Kloster Bellelay, gegründet um das Jahr 1140 vom Orden der Prämonstratenser im Berner Jura. Sechshundert Jahre lang wurde das Anwesen von den Mönchen immer weiter ausgebaut zu einem prächtigen Barockbau mit Kirche, Abtei, Schutzmauern, Gärten und zwei Bauernhöfen. Das Kloster war weitherum berühmt für den Tête de Moine, den als

Mönchskopf bezeichneten Käse, der, so behauptet man, in diesem Kloster erfunden wurde. Am 15. Dezember 1797 wurde Bellelay von den französischen Revolutionstruppen erobert und die Mönche vertrieben. In der darauffolgenden Zeit wurden die dazugehörenden Gebäude geplündert und teilweise zerstört. Das ehemalige Kloster wurde der Reihe nach als Bierbrauerei, Glashütte, Stall, Scheune und Lagerhaus genutzt und verfiel zusehends, bis die Anlage 1891 vom Kanton Bern aufgekauft und renoviert wurde. Damit stand man vor der Frage, was man mit diesem riesigen Gebäude mit den meterdicken Mauern, weitab von allen sonstigen Infrastrukturen, anfangen solle. Es gab nur zwei Möglichkeiten, die in Frage zu kommen schienen: die Umwandlung in ein Gefängnis oder in ein Asyl für Geisteskranke. Man entschied sich für Letzteres. Und seither hängt der kantonalen Psychiatrie dieser Mühlstein am Hals, den man weder verkaufen noch verschenken kann, der aber jedes Jahr Hunderttausende an Unterhaltskosten fordert. Es bleibt nichts anderes, als ihn weiterhin zu nutzen, auch wenn man von der nächsten grösseren Stadt aus mehr als eine Stunde Anfahrtszeit benötigt, um mit dem ÖV dorthin zu gelangen.

Ich schrak zusammen, als ich von einem donnernden Mähdrescher überholt wurde. Rechter Hand folgten nach einem Rübenfeld junge Tannen, dicht an dicht. Zwischen den Stämmen konnte ich ab und zu ein Stück Mauer ausmachen. Ich schätzte sie auf über zwei Meter Höhe. Der Eingang zur Klinik tauchte auf, inklusive schmiedeeisernem Tor und Pförtnerhäuschen. «Schloss Neuenau», stand auf einem Schild und: «Privatklinik, Mitglied der internationalen Privatklinik-Vereinigung», darunter waren vier Sterne. Ich holte tief Luft und vergegenwärtigte mir die Aufgabe, die vor mir lag, und die Situation, in die ich mich begab. Ich spürte, wie angespannt ich war. Ich musste eine Rolle spielen, meine Gesten kontrollieren und auf jedes Wort achten, das ich sagte. Ich war von jetzt an Louisa Beck, die unsichere und gleichzeitig übermotivierte Psychoforscherin. Unsicher fühlte ich mich mehr als genug, das stellte kein Problem dar.

In dem Glaskasten des Pförtnerhäuschens sass ein junger Mann mit pickligem Gesicht, der in einer Motorrad-Zeitschrift blätterte. Ich klingelte, er legte hastig seine Zeitschrift zur Seite. Dann wurde ich nach Namen und Anlass des Besuchs gefragt. Er wies mich darauf hin, dass ich von nun an nicht mehr hier beim Haupteingang passieren, sondern den Mitarbeitereingang weiter vorne benutzen solle. Ich würde dafür einen Badge erhalten.

Es ertönte ein Summen, und das Tor öffnete sich automatisch. Ich ging mit klopfendem Herzen einen Kiesweg entlang, der in einem eleganten Bogen zu einem Gebäude führte, das der Berner Variante eines Schlosses entsprach: ein im Barockstil erbautes dreistöckiges Herrenhaus aus dem 17. Jahrhundert, elegant und schlicht zugleich. Ein moderner vierstöckiger Anbau, eine Holz-Glas-Konstruktion, erweiterte das Gebäude an der Nordseite. Unauffällig musterte ich den Park links und rechts des Weges. Das Gelände schien weitläufig zu sein. Es gab Blumenrabatten, gepflegten Rasen, kunstvoll zugeschnittene Buchsbäume, mäandrierende Kieswege und eine geteerte Zufahrtstrasse für Lieferungen. Ich nahm an, dass das gesamte Gelände von dieser Mauer umgeben war, die ich anfangs gesehen hatte. Mit einer Höhe von etwa zwei Metern zwanzig war sie zu hoch, dass meine Mutter sie hätte überwinden können. Die Mauer war auf der nördlichen und östlichen Richtung von Bäumen verdeckt. Vielleicht gab es irgendwo dahinter eine Pforte oder einen Durchschlupf. Auf dem Weg zum Hauptgebäude kam ich an einem Wachmann vorbei, der einen Deutschen Schäferhund an der Leine führte. Ich grüsste ihn lächelnd, er musterte mich und nickte mir schweigend zu.

Das Empfangs-Prozedere ging erstaunlich speditiv vonstatten. Nachdem mein Ausweis flüchtig kontrolliert und eingescannt worden war, bekam ich in der Administration, die im Neubau untergebracht war, einen Badge ausgehändigt. Dazu kam ein blassgelber Kittel mit dem Logo der Klinik auf der Brust und dazu die Erklärung, dass Gastronomie und Reinigung dunkelblau, Pflege gelb und medizinisches Personal weiss gekleidet seien. Man ordnete mich also offiziell der Pflege zu, was mir gelegen kam, da ich hoffte, dadurch weniger aufzufallen.

Ich wurde von dem diensthabenden Pfleger der allgemeinen Abteilung, einem Franz Messmer, abgeholt. Er begrüsste mich betont grantig. Der Direktor habe ihn informiert, dass ich für ein paar Tage in der Pflege mitarbeiten würde. Ich solle ja nicht erwarten, eine Extrawurst zu fahren. Ich hütete mich davor, dieses merkwürdige Sprachbild zu kommentieren. Messmer war knapp sechzig, vierschrötig, mit wuchtigem Kinn und kahlem Schädel, der von merkwürdigen Buckeln bedeckt war. Er wisse, dass ich eine Studierte sei. Das heisse, dass man mich kaum gebrauchen könne, das heisse es. Er schaute mich bei dieser Bemerkung scharf an. Ich blinzelte und versuchte erschrocken auszusehen. Die etwas naive «Studierte», die gottenfroh sein musste, ihre merkwürdige Forschungsstudie durchführen zu dürfen, würde es nicht wagen, diesem Typen Paroli zu bieten. Also schaute ich betreten zu Boden und murmelte etwas Unbestimmtes vor mich hin. Messmer schien zufrieden, dieses Arsch. Ich würde auf der Langzeitabteilung eingesetzt, da könne ich nicht allzu viel Schaden anrichten, meinte er zum Schluss. Auf die Premium käme ich garantiert nicht.

Ich biss mir auf die Zähne, das würde kein Zuckerschlecken, so viel war bereits klar. Aber es sollte ja nicht lange dauern. Ich musste bloss meine Mutter finden und dann ab durch die Mitte. Die folgende Stunde schüttelte ich zu viele Hände und vergass sofort die zugehörigen Namen, half, das Frühstück an Patienten zu verteilen, putzte Böden, führte eine Patientin in die Atem- und Singstunde und versuchte eine Streiterei vor dem Fernseher zu schlichten. Veronika Rauber, eine Psychiatrie-Pflegefachfrau, führte mich durch die Räumlichkeiten. Ich solle sie Vroni nennen, sagte sie und lächelte mir freundlich zu. Ich musterte sie unauffällig. Sie war leicht übergewichtig, hatte auffallend grosse Hände, ein rundes Gesicht, das von dunkelbraunen lockigen Haaren umrahmt wurde, und strahlte eine Art mütterliche Sanftheit aus. Sie stapfte leicht breitbeinig vor mir her, und ich hätte sie mir sehr gut auf einem Bergbauernhof vorstellen können. Sie war mir auf Anhieb sympathisch.

Als sie mir sagte, dass wir einen Rundgang durch alle Abteilungen machen würden, hatte ich Mühe, meine Erleichterung nicht zu zeigen. Ich würde alle Räumlichkeiten sehen, meine Mam finden, und zwar ohne dass ich heimlich herumschleichen musste. Mir ging auf, dass ich noch gar keinen konkreten Plan hatte, wie es weitergehen sollte, wenn ich auf meine Mutter stiess. Würde ich einfach «Ach, da ist ja meine Mam!» rufen oder unauffällig mit ihr abschleichen, indem ich vorgab, als Teil meiner Studie müsse ich mit dieser Patientin einen Spaziergang im Park machen? Und was, wenn Mam nicht mitwollte? Ich würde die Situation analysieren, improvisieren, rasch und kaltblütig handeln, nahm ich mir vor.

Vroni erklärte mir, dass in der Klinik eine strikte Zutrittskontrolle installiert sei, hauptsächlich aus Sorge um den Persönlichkeitsschutz der Klienten. Wenn ich von einer Abteilung in die nächste wechseln wolle, müsse ich immer eines der Trennsysteme passieren und mich mit meinem Badge ausweisen. Das Trennsystem bestand aus automatischen Schiebetüren aus Milchglas, die recht filigran aussahen, gleichzeitig bruchsicher und feuerfest waren, wie Vroni stolz anmerkte. Sie zeigte mir weitere Elemente des Sicherheitssystems wie Kameras und die diskret angebrachten und designten Badge-Leser. Die allgemeine Abteilung, wozu auch der Langzeitbereich gehörte, nahm den ganzen ersten und einen Teil des zweiten Stocks des Herrenhauses ein. Die vierundzwanzig Einzelzimmer waren alle im Anbau untergebracht, vom Personal bloss «der Kasten» genannt, zu dem man auf allen Stockwerken einen direkten Zugang hatte. Die Zimmer waren freundlich eingerichtet, aber klein.

Mit jeder Minute, die auf diesem Rundgang verging, sank mein Mut. Meine Mutter war in keinem der Zimmer, hielt sich in keinem der Therapie- oder Gruppenräume auf. Ich starrte unauffällig in jeden Winkel, jeden Raum und gab vor, dass mich die Einrichtung faszinierte. Nirgends ein Zeichen meiner Mutter. Blieb bloss die Premium-Abteilung. Doch weshalb sollte sie ausgerechnet dort sein? Sie war weder reich noch eine VIP.

«Ich will dir auch unser Therapiebad im Untergeschoss zeigen, hier entlang», sagte Vroni. Eine fette schwarze Katze mit grünen Augen sass mitten im Flur des Anbaus und beobachtete uns neugierig. Vroni bückte sich und streichelte sie.

«Das ist Sigmund. Er gehört zum therapeutischen Personal», sagte sie lächelnd.

Die Katze drückte sich um meine Beine und begann zu schnurren, als ich sie unter dem Kinn kraulte.

«Für einen Analytiker ist er ausgesprochen freundlich», sagte ich.

Vroni lachte. «Jedenfalls habe ich ihn lieber im Haus als seinen berühmten Namensvetter. Penisneid – wenn ich das nur schon höre.»

Sigmund strich mir voller Enthusiasmus um die Beine, sodass ich kaum mehr vom Fleck kam.

Vroni zeigte auf ein Bild, das einige Meter weiter, perfekt ausgeleuchtet, an der Wand hing. «Hier, schau mal, Sigmund wurde porträtiert, er ist berühmt.»

Es war eine Cartoonzeichnung. Eine schwarze Katze mit funkelnden grünen Augen hockte auf dem Dach einer Klinik Neuenau im Puppenstubenformat und lauerte auf Mäuse in Arztkitteln, die gerade aus der Türe traten.

«Diesen Strich kenne ich doch. Ist das nicht der Cartoonist der Berner Zeitung?»

«Max Spring, genau. Seine Tante war einige Jahre hier. Er ist oft auf Besuch gekommen, hat die Patienten mit seinen Zeichnungen amüsiert und irgendwann auch Sigmund porträtiert.» Vroni lachte. «Es gab fast einen Aufstand, als die Direktion verbieten wollte, dass man diese Zeichnung aufhängt. Aber in diesem Fall hat sich das Pflegepersonal durchgesetzt.» Sie schaute nach links und rechts, versicherte sich, dass niemand in der Nähe war. Dann sagte sie leise: «Schau mal, diese kahle Maus da.»

Die Maus trug als einzige den gelben Kittel der Pfleger, schaute ausgesprochen grantig drein und hatte einen hässlichen haarlosen Kopf mit Buckeln drauf.

«Hat Ähnlichkeit mit», ich schaute ebenfalls rasch links und rechts, «mit Franz Messmer?»

Vroni grinste. Sigmund maunzte und strich um meine Beine, bis ich ihn streichelte.

«Wo ist denn nun diese berühmte Premium-Abteilung?», fragte ich, noch immer den Blick auf die Katze gerichtet.

«Der dritte Stock des Schlosses und der dritte und vierte Stock des ‹Kastens› sind für die Privatpatienten eingerichtet. Direkt über uns befindet sich das Vier-Sterne-Restaurant. Jedes Jahr an Weihnachten essen wir dort.» Vroni lächelte. «Ein fünfgängiges Menu!»

«Leider werde ich dann nicht mehr hier sein. Zu schade», sagte ich und lächelte sie möglichst fröhlich an. «Und die Patienten scheinen sich hier auch wohlzufühlen.»

«Ich habe schon an übleren Orten gearbeitet», sagte Vroni mit einem Lächeln in der Stimme. «Am liebsten bin ich auf der Langzeit. Die Premium ist auch nicht schlecht.»

«Existieren eigentlich noch weitere Abteilungen, oder gibt es nur die Akut, die Premium und die Langzeit?»

«Ist dir das nicht genug Auswahl?» Vroni lachte. «Du bist eh ein merkwürdiger Vogel, Louisa. Eine Psychologin mit Abschluss und arbeitet hier auf der Pflege mit.»

«Dass ich mitarbeite, ist Teil einer Forschungsstudie, die ich durchführe. Teilnehmende Beobachtung nennt man das.»

Vroni musterte mich. Ich konnte ihr ansehen, dass sie versuchte, mich einzuordnen. «Das ist ja noch viel schräger. Ist das von oben genehmigt worden? Oder machst du hier eine Recherche? Gibt das eine Art Undercover-Geschichte? Für eine Zeitung?»

Ich versuchte, ein möglichst offenes Lachen hinzubekommen. Vroni kam der Wahrheit unangenehm nahe.

«Und wie hast du es eigentlich geschafft, so kurzfristig diese Studie genehmigt zu kriegen?», fragte sie weiter. «Letzte Woche wussten wir noch nichts davon, dass du kommen würdest. Ich habe gehört, der Direktor selbst habe sich da eingeschaltet.»

«Ja, das war etwas ungewöhnlich», sagte ich langsam, während ich mich verzweifelt bemühte, eine plausible Version der Geschichte zu erfinden, denn Vroni war eindeutig weniger gutgläubig als Oliver Weisszahn. «Ich hatte grosses Glück, weisst du? Mein Lebenspartner ist Geriater und Oberarzt in der Privatklinik Walmont. Sein ehemaliger Studienkollege, Oliver Strittmatter, ist bei euch konsiliarisch tätig. Den kennst du vielleicht.»

Vroni nickte.

«Ja, also, ich habe den Oliver gebeten, ein gutes Wort beim Direktor einzulegen, weil ich so schnell wie möglich mit der Studie anfangen wollte. Wenn schon, denn schon, nicht? Und das hat wunderbar geklappt. Und jetzt bin ich hier.»

Ich strahlte sie an, aber Vroni schaute weiterhin misstrauisch.

«Und wie heisst dein Freund, der Geriater?», fragte sie mich.

«Philipp Laval. Kennst du ihn?»

«Laval? So ein Kleiner, Drahtiger? Olivbraune Haut, schwarze Haare?»

«Du kennst ihn!»

«Das ist übertrieben. Ich habe mal eine Weiterbildung zum Thema ‹Integrierte geriatrische Versorgung› besucht. Wenn ich mich recht erinnere, war es ganz interessant.»

«Also, gibt es keine weitere Abteilung in der Neuenau?», fragte ich nochmals.

«Nein, gibt es nicht. Aber wenn du schon so fragst, das war mal geplant. Wir wollten eine forensische Abteilung führen. Nur drei Plätze. Eigentlich müsste man sagen: drei Zellen.»

«Forensisch? Für Strafgefangene?»

«Genau. Für Strafgefangene mit psychischen Problemen. Ich war die Vertreterin der Pflege bei der Erarbeitung des Konzepts. Wir haben uns an den internationalen Standards orientiert. Es gab hohe Auflagen bezüglich der Sicherheit der Insassen und des Personals. Und jetzt ist im UG3 des Neubaus alles bereit und steht leer.»

«Warum?»

«Finanziell wären diese Plätze sehr lukrativ für die Klinik. Forensische psychiatrische Plätze sind Mangelware in der Schweiz. Der Verwaltungsrat hat sich im letzten Moment dagegen ausgesprochen. Wegen dem Image, haben sie gesagt.» Vroni zuckte mit den Schultern. «Vielleicht haben sie ja recht. Oben ein Vier-Sterne-Restaurant und im Keller das Gefängnis, na ja. Und die Leute, die dort reinkämen, ich habe gehört, die wären echt gefährlich. Die Zellenwände sind alle in einer bestimmten rosa Farbe gestrichen, das soll beruhigen und besänftigen, aber ich weiss nicht ... Dort zu arbeiten wäre nichts für mich, gar nichts. Stell dir bloss vor, du hast jeden Tag mit Hannibal Lecter zu tun. Und ich bin definitiv keine Jodie Foster, äh, ich meine, keine Clarice Starling.»

Wir gingen weiter. In einem Nebengebäude waren Räumlichkeiten für therapeutisches Musizieren und Singen, ausserdem ein Fitnessraum. Vroni erklärte mir das Farbkonzept der Klinik: Orange zum Beleben auf der Langzeit, Ockergelb für Depressionen und Burn-out, Türkis für Angststörungen.

«Und warst du auch schon mal auf der Premium-Abteilung?», fragte ich möglichst beiläufig.

«Schon oft. Schon was anderes als hier. Interieur vom Feinsten, italienische Möbel, die Patienten haben sogar ein eigenes Spa. Aber weisst du was?»

Ich schüttelte den Kopf.

«Die Leute dort sind genauso arme Schweine wie wir alle, wenn wir eine Krise haben. Depressiv, verwirrt, ängstlich, einfach down. Da hilft ein italienisches Sofa auch nicht wirklich.»

«Also, das Restaurant und das Spa und so ... Das würde ich sehr gerne mal sehen.»

«Ich habe heute ab halb eins Schicht auf der Prem», sagte Vroni.

Möglichst treuherzig schauen, lächeln, Lou.

«Ich dürfte dich eigentlich nicht mitnehmen, doch das muss man ja nicht an die grosse Glocke hängen.»

Ich klatschte begeistert in die Hände und riss meine Augen kugelrund auf. «Oh ja, das wäre supertoll, mega!»

«Du bist witzig, Louisa. Du hast ja fünfundvierzig Minuten Mittagspause. Wenn du willst, treffen wir uns um Viertel nach zwölf. Ich führe dich schnell herum, so hast du gerade noch Zeit, um zu essen, bevor du wieder auf die Allgemeine musst.»

«Danke, das wäre wirklich super.»

«Ich zeige dir das Schwimmbad ein anderes Mal. Um diese Zeit ist unsere Kaffeepause. Kommst du auch?»

Ich erklärte Vroni, ich müsse mir die Beine vertreten und wolle unbedingt den schönen Park sehen.

«Bei dem Wetter? Nun ja, jeder nach seinem Geschmack.»

Es nieselte, als ich die drei breiten, leicht geschwungenen Treppenstufen hinunter in den Park lief. Das Gelände, überaus gepflegter Rasen, durchsetzt mit Blumenrabatten aus Tulpen und aus Rhododendren, die gelb, violett und feuerrot aus dem Grün des Rasens knallten, erstreckte sich erstaunlich weit gegen Westen und etwa zweihundert Meter gegen Süden. Ich ging so rasch wie möglich ohne Aufsehen zu erregen auf dem Kiesweg, der Richtung Westen verlief. An mehreren Stellen waren Kameras in Bäumen angebracht, auch dies wieder sehr diskret. Ich blieb stehen und gab vor, eine Rhododendron-Rabatte zu bewundern. Dann verfolgte ich den Flug einer Krähe und liess meinen Blick unauffällig über den Park schweifen: alle zehn Meter eine Leuchte den Fusswegen entlang, eine fixe Kamera in einer Birke etwa zehn Meter vor mir, welche den gesamten Weg erfasste, eine weitere Kamera weit über mir, am Stamm einer Pappel, die sich mit leisem Surren seitlich drehte. Wahrscheinlich entdeckte ich nur die Hälfte der Überwachung, die man angebracht hatte. Rechts vom Fussweg, auf dem ich ging, wuchs eine mannshohe Buchsbaumhecke, vielleicht war man dahinter geschützt vor dem Zugriff der Kameras. Auch dieses Mal sah ich einen Wachmann mit

Hund, diesmal ein Belgischer Schäferhund, der mich schon von Weitem anknurrte. Er trug einen Maulkorb, was ihn auch nicht sympathischer machte. Kein Wunder waren nicht viele Patienten im Park.

Noch knapp sieben Minuten Zeit. Ich trabte so leise wie möglich weiter. Ich wollte unbedingt sehen, wo der Weg hinführte. Etwa dreissig Meter nach dem Ende der Hecke beschrieb er eine sanfte Kurve und führte in einem Bogen zurück zur Klinik. Dort wollte ich nicht hin. Ich schaute mich vorsichtig um. Niemand in der Nähe. Ich betrat den heiligen Rasen und ging rasch quer darüber in Richtung eines Wäldchens, zwängte mich ins Gehölz, umging ein Brennnesselnest und stand kurz darauf vor der hohen Mauer, welche das Klinikgelände abgrenzte. Darüber war eine Rolle Stacheldraht angebracht. Das war keine Klinik, das war ein Gefängnis, dachte ich. Ein Blick auf die Uhr zeigte mir, dass ich mich beeilen musste, um rechtzeitig zurück zu sein. Ich wusste nun, dass es auf der südlichen Seite der Klinik kein Entkommen gab.

Bis zum Mittagessen wurde ich von Eliane betreut, einer weiteren Pflegerin, die einen osteuropäischen Akzent und eine erstaunlich sanfte Stimme hatte. Sie gab mir einen Schnellkurs in Psychiatriepflege à la Neuenau. Einige der sogenannten psychoedukativen Methoden kamen mir ziemlich unorthodox vor, erwiesen sich aber als äusserst wirksam. Einem über achtzigjährigen Bauern, der andauernd die Frauen belästigte, wurde bei Bedarf das künstliche Bein weggenommen, um ihn ruhigzustellen. Zum Hüpfen war er zu alt. Einem Zweiten, der dem Personal gerne heissen Kaffee, Tee oder Suppen ins Gesicht schüttete, wurden die Rössli-Stumpen weggesperrt, wenn ihm mal wieder ein Überraschungsangriff geglückt war. Er rotierte dann voll Erregung um den Kasten, in dem seine Stumpen verwahrt wurden, und war auf diese Weise zuverlässig beschäftigt. An einer Wand des Aufenthaltsraums stand zudem eine Frau, ein massiger Klotz, mit dem Gesicht zur Wand. Sie war wirklich aussergewöhnlich gross und kräftig und hatte ausserdem einen glänzend polierten Glatzkopf. Mir wurde erklärt, dass sie sich jedes einzelne Haar, das sich an ihrem Körper befand, ausriss. Weshalb, wusste niemand. In welcher Welt die Frau sich auch immer befinden mochte, sie hatte ganz offensichtlich etwas dagegen, dass ein anderer Mensch diese Welt betrat. Sie verharrte den ganzen Tag auf demselben Fleck, den Rücken zum Raum gewandt, flüsterte in einem monotonen Singsang und verlagerte ihr Gewicht in einer langsamen Bewegung von einem Bein aufs andere, hin und her. Kam ihr jemand zu nahe, ob Patient oder Betreuer, wurden die Pendelbewegungen heftiger und der geflüsterte Singsang nicht lauter, aber stärker artikuliert. Es wirkte bedrohlich, machte mir Angst. Ich machte einen Bogen um diese Frau. Mir fiel auf, dass sich auch die übrigen Pfleger so verhielten. Die meisten Patientinnen und Patienten waren friedlich und schienen zufrieden mit der Pflege und Betreuung, die sie hier erhielten. Wenn ich mich einen Moment mit jemandem unterhalten wollte, wurde ich von Franz sofort weggescheucht.

***

Um Viertel vor zwölf versammelten sich die Patienten zum Mittagessen im Säli. Beim Eingang wurden sie von Franz durchgezählt und den verschiedenen Tischen zugewiesen. Drei Pflegerinnen sorgten dafür, dass potenzielle Streithähne nicht nebeneinandersassen und dass alle platziert werden konnten. Ich wartete ungeduldig darauf, dass das Essen beginnen würde. Ich durfte auf keinen Fall meine Abmachung mit Vroni verpassen. Eine einmalige Chance, meine Mam zu finden.

«Hans-Arthur fehlt wieder, Gopferdammi», sagte Franz laut. «Hei, du da! Die Studierte.»

«Sie heisst Louisa», mischte sich Eliane ein.

«Dann halt Louisa die Studierte. Geh und hol Hans-Arthur.»

«Hans-Arthur Schnyder, Zimmer 114, im Neubau, fünfte Türe gegen rechts, wenn du reinkommst», flüsterte mir Eliane zu.

Die Türe zu Zimmer 114 stand einen Spalt offen. Ich klopfte, und eine merkwürdig gedämpfte Stimme antwortete, ich solle reinkommen. Das Zimmer war ebenso klein wie die übrigen, das Bett ordentlich gemacht, alles tipptopp aufgeräumt – und leer. Verblüfft schaute ich mich um. Ich hatte doch eben noch eine Stimme gehört. Mein Blick ging nach unten, und ich schrie auf vor Schreck. Unter dem Bettrand ragten Füsse in Pantoffeln hervor. Da lag jemand. Ich wollte eben um Hilfe schreien, da hörte ich ein Hämmern.

«Herr Schnyder? Sind Sie das?»

Das Hämmern ging weiter.

«Sind Sie verletzt?», fragte ich erschrocken.

«Was ist das Problem?», hörte ich erneut die gedämpfte Stimme. Unter dem Bett schob sich seitlich ein Kopf hervor. Eine breite Stirne, fröhliche Augen, eine Knubbelnase. «Kurbelwelle? Bremsen? Ein Ölwechsel?»

«Also, ich, äh ...»

«Wo hast du dein blaues Gwändli? Du weisst doch, dass du das für die Werkstatt brauchst.»

«Ach so, ich ...»

«Komm näher, wir haben ein echtes Prachtsding reinbekommen. Das ist ein Toyota Hilux, ein Eins-Komma-sechs-Liter mit Vier-Gang-Schaltung, Baujahr 1971. Schau hier, das ist interessant für dich, dieser alte Hinterradantrieb.»

Er klopfte liebevoll auf den hölzernen Bettrahmen.

«Ah, ja. Also ... Herr Schnyder, ich soll Ihnen ausrichten, dass das Mittagessen auf dem Tisch steht.»

«Ah, sag das doch gleich, Ändu. Du bist doch Ändu, oder?»

«Nein, ich bin Louisa.»

«Entschuldige, ich habe so viele Stifte gehabt, manchmal vergesse ich die Namen. So, Louisa, nach dem Essen ziehst du aber dein Gwändli an. Dann kannst du mir helfen, diesen Karren wieder in Gang zu bringen.»

Herr Schnyder robbte sich unter dem Bettgestell hervor und erhob sich ächzend. Er trug ein Mechaniker-Überkleid, das er sich auszog und ordentlich an einem Bügel aufhängte.

Am Lavabo, das in jedem Zimmer vorhanden war, wusch er sich gründlich die Hände, während ich unruhig von einem Fuss auf den anderen wechselte. Ich hatte den Eindruck, dass es keinen Sinn machte, den Mann anzutreiben. Als er die Hände abgetrocknet hatte, lächelte er mir freundlich zu und sagte: «Jetzt geht's los. Ich hoffe, es gibt heute wieder einmal Rösti und Bratwurst. Du bist ein wenig mager, du solltest mehr essen. Als Mechaniker braucht man Kraft, ein paar Müskeli musst du schon noch zulegen.»

Er kniff mich in den Arm und lachte. Ich lieferte Herrn Schnyder ab, schnitt einer Patientin, die stark zitterte, ihr Fleisch klein und machte einen Bogen um die kahlköpfige Riesin, die mechanisch Teigwaren in ihren Mund schaufelte. Ich sah auf die Uhr. Zehn nach zwölf. Mein Puls stieg. Franz machte Mittagspause. Kurz darauf meldete ich mich ebenfalls ab.

Auf dem Weg in den dritten Stock versuchte ich, den Grundriss des Gebäudes mit Treppen und Durchgängen zwischen Alt- und Neubau zu memorieren und mir gleichzeitig die Aufenthaltsräume des Personals zu merken. Auf dieser kurzen Wegstrecke musste ich insgesamt drei dieser Milchglas-Schiebetüren öffnen, was ohne Probleme funktionierte. Mein Badge war offensichtlich eine Art Passepartout. Vroni erwartete mich bereits. Wir passierten ohne Probleme die Loge für den Premium-Bereich, die von einer eleganten Dame besetzt war, die auch im «Schweizerhof» eine gute Figur gemacht hätte. Die beiden Frauen grüssten sich, und die Dame musterte mich neugierig. Louisa, eine Neue, hatte Vroni erklärt. Während sie sich unterhielten, schaute ich mich unauffällig um. Als Erstes fiel mir ein penetrant süsser Geruch auf. Wahrscheinlich sollte das Vanille sein. Quelle des Gestanks war ein kleines Glasgefäss, das mit Vanilleschoten gefüllt war und Duftstäbchen enthielt. Ich hasse diese Dinger. Auch in der Premium-Abteilung befanden sich die Therapie- und Aufenthaltsräume im alten Teil des Gebäudes, die Patientenzimmer im Neubau. Das Interieur hier war tatsächlich nochmals deutlich edler als auf den unteren Stockwerken. Mir gab es definitiv zu viel Gold, schwarzen Marmor und spiegelnde Flächen, aber *chacun à son goût*. Wir gingen um eine Ecke und standen erneut vor einer Milchglastüre. Diese war mit einem goldenen Muster ziseliert.

«Komme ich hier mit meinem Badge wieder raus? Ich muss ja zur Arbeit», sagte ich.

«Ja, kein Problem. Ich will dir noch das Restaurant zeigen. Du wirst staunen.»

Ich staunte tatsächlich. Die Innenarchitekten hatten alles getan, damit die Botschaft ankam, dass man in diesen Räumen geklotzt und nicht gekleckert hatte. Da waren Marmor, edles schwarz schimmerndes Holz, goldene Leuchten, riesige Gestecke mit weissen Orchideen und darin griechisch angehauchte Skulpturen. Gleichzeitig wirkte der Raum dunkel und überladen, und die Patienten, die noch am Mittagessen waren, schienen merkwürdig verloren in dieser Inszenierung von Erfolg und Protzerei. Ich lächelte und grüsste links und rechts, während wir durch den grossen Raum gingen. Einige beobachteten mich neugierig, die meisten wandten sich ab oder starrten mich mit leerem Blick an, während sie an irgendetwas kauten. Meine Mutter war nicht da.

Wir gingen weiter durch die Räumlichkeiten des Altbaus. Ich versuchte so unauffällig wie möglich, alle Patienten zu Gesicht zu bekommen. Ich hatte Angst, dass ich meine Mutter nicht erkennen würde. Vielleicht hatte sie sich stark verändert, vielleicht würde sie mich erkennen, vielleicht würde sie mich nie mehr erkennen, vielleicht …

Ich biss mir auf die Lippen. Mir war übel. Trotz der innenarchitektonischen Pracht war die Luft hier stickig von Verwirrung und Verzweiflung, jedenfalls nahm ich es so wahr. Wir schauten uns alles an, vom Kreativ-Atelier über den Achtsamkeits-Raum, den Fitness- und Spa-Bereich, der gerade nicht genutzt wurde. Meine Mutter war nirgends. Mein Puls beschleunigte sich.

«Wo sind die Patientenzimmer?», fragte ich.

«Die sind im dritten und vierten Stock des ‹Kastens›, aber dort können wir nicht einfach so durchspazieren. Das würde auffallen. Immer wenn du mit einem Badge-Leser Kontakt hattest, wird das im System vermerkt. So sehen sie auch, wenn jemand zu oft oder zu lange Pause macht.»

«Und wenn wir nur ganz kurz –»

«Geht nicht, Louisa. Ich will keinen Ärger. Und jetzt musst du eh zurück.»

Auf dem Weg zurück schloss ich einen Moment die Augen, Tränen schossen mir in die Augen. Erleichterung und Enttäuschung zugleich drohten mich zu überwältigen. Ich holte tief Luft, wischte mir die Tränen von den Wangen, während ich hastig durch die Gänge lief. In diesem Zustand konnte ich mich nicht zu den anderen Pflegern in die Kantine setzen. Ich kaufte mir ein Sandwich und verzog mich nach draussen in den Park. Hunger hatte ich keinen. Dennoch würgte ich einige Bissen herunter. Eine Viertelstunde später machte ich mich auf den Weg zurück in die Langzeitabteilung. Franz erwartete mich bereits und verknurrte mich dazu, Pflegerapporte in den Computer einzutippen. Das sei ebenfalls Teil der Praxis, meinte er mit hämischem Grinsen. Er erwartete, dass ich diese Aufgabe als herabsetzend empfinden würde, doch mir kam sie gerade recht. Während ich wenig Text und viele Zahlen abtippte, konnte ich nachdenken.

Ich hatte Mutter nirgends gesehen, und die Klinik war nicht gross. Ich war überall gewesen ausser in den Patientenzimmern auf der Premium. War sie dort? Aber warum sollte sie ausgerechnet dort sein? Die Wahrscheinlichkeit war extrem gering. Einige Minuten später fasste ich einen Entschluss. So einfach würde ich nicht aufgeben. Von da an verging die Zeit viel zu langsam. Es wollte und wollte nicht Abend werden. Gegen halb vier Uhr war ich mit der Tipperei fertig. Als ich den Aufenthaltsraum der Langzeitabteilung betrat, setzte Hans-Arthur Schnyder gerade zu einer Rede an.

«Liebe Frauen und Mannen», begann er, nachdem er sich mit gewichtigen Bewegungen von seinem Stuhl erhoben hatte und nun ganz magistral mit den Händen auf die Tischplatte gestützt alle anstrahlte, die Patientinnen und Patienten, die Pflegerinnen und Pfleger. Er hatte wunderbar leuchtende blaue Augen, fiel mir auf.

«Ich begrüsse euch alle ganz herzlich zu diesem geselligen Abend im ‹Hirschen›. Ich bin sicher, dass alle hier auf ihre Kosten kommen werden. Lotto im Säli!»

Einige der Patienten juchzten vor Freude, einer rief «Nicht schon wieder!», doch es tönte nicht böse, die meisten Pfleger lächelten, alle schienen das Prozedere zu kennen. Herr Schnyder hielt eine wirklich prächtige Rede, und für einen Moment waren alle Anwesenden in eine andere, fröhlichere Wirklichkeit verschoben. Das ging so lange, bis Franz Messmer den Raum betrat, auf Herrn Schnyder zuging und ihn mit den Worten «Herr Schnyder, der Gemeindepräsident wartet auf Sie» unterbrach.

Herr Schnyder war einen Moment verwirrt, dann sehr erfreut, sprach von «Ehre» und davon, dass er selbstverständlich dem Herrn Gemeindepräsidenten zur Verfügung stehe. Er entschuldigte sich bei allen Anwesenden und folgte Franz aus dem Raum. Neben mir zischte eine Pflegerin «Schwein», und ich schaute sie erstaunt an. Sie meinte ganz offensichtlich Franz Messmer, nicht Herrn Schnyder. Sie schüttelte den Kopf. Etwas an ihrem Gesichtsausdruck brachte mich dazu, den beiden Männern zu folgen.

Messmer und Schnyder liefen etwa zwanzig Meter vor mir und bogen nach rechts in Richtung Neubau ab. Ich hörte Herrn Schnyder aufgeregt Fragen stellen, weshalb denn der Herr Gemeindepräsident nach ihm geschickt habe und wo dieser denn sei. Franz hatte seinen Arm um Schnyders Schultern gelegt und sprach in liebenswürdigem Ton mit ihm, das hätte ich ihm gar nicht zugetraut. Ein paar Meter weiter öffnete er eine Türe und stiess Schnyder grob in den Raum, ich hörte Schreien, eine Rangelei und das Rauschen von Wasser. Schnyder schrie in höchster Not. Ich rannte. Franz hielt den Alten in einem harten Griff fest und zog ihm mit geübten Griffen das Hemd aus.

«He! Was soll denn das?», wagte ich mich vor.

«Hau ab! Er will bloss nicht duschen, der Sauhund.»

«Deshalb müssen Sie nicht so grob werden. Er hat Angst, das sieht man doch.»

«Angst? Er will einfach nicht, das ist das Problem.»

Herr Schnyder gab seine Gegenwehr auf. Er schluchzte leise, während er sich ausziehen liess.

«Aber – können Sie nicht ...»

Und dann verstummte ich, schaute zu Boden und ging. Mir war übel vor Scham und Hilflosigkeit. Eliane sah mich zurückkommen und hielt mich am Arm fest.

«Das macht Franz immer so, legt den armen Kerl rein. Jedes Mal mit demselben Trick, einmal ist es der Bundesrat, der ihn sprechen will, ein andermal der Gemeindepräsident. Und das immer exakt in den Momenten, wo Schnyder fröhlich ist und aus sich herauskommt. Wir können nichts dagegen machen. Komm, hilf mir mit den Betten.»

Wir machten Betten, und ich versuchte, nicht mehr an Herrn Schnyder zu denken. Ich hatte Mühe zu atmen. Eliane schüttelte die letzte Decke auf und ging Richtung Teestube. Nachmittagspause, eine Viertelstunde. Ich atmete auf, ich musste hier raus, wenigstens ein paar Minuten. Nach wenigen Schritten stellte sich mir Franz in den Weg. «Wo willst du hin? Wir gehen immer alle zusammen in die Pause.»

«Ich muss mich bewegen.»

«Du glaubst wohl, du bist etwas Besseres, he? Dabei hast du keine Ahnung, was es braucht, damit der Betrieb läuft. Du willst hier die grosse Therapeutin spielen und meinst, damit ist es getan, he? Aber wenn es hart auf hart kommt, hast du keinen Mumm. Du bleibst nicht lange hier, das verspreche ich dir.»

Er spuckte vor mir auf den Boden und ging mit grossen Schritten davon. Mein Puls raste, das Gefühl der Bedrohung liess mich nicht los. Der Mann hatte eine Wut auf mich, vielleicht auch auf die ganze Welt.

Endlich draussen angelangt, folgte ich dem Kiesweg, der

nach Osten führte, ging rasch, lief fast. Am liebsten wäre ich auf geradem Weg durch das Portal nach draussen gegangen und davongelaufen. Ich zitterte noch immer, ob vor Wut oder Angst, war nicht klar. Ich hasste Messmer, doch noch mehr verabscheute ich meine eigene Feigheit. Wie konnte Messmer bloss so fies sein? Hier ging es nicht um Körperhygiene, sondern um die Macht, jemandem Angst einzujagen, ihn zu quälen. Und ich hatte nichts getan, um den armen Herrn Schnyder zu beschützen. Ich steuerte auf eine grosse Eiche rechts des Weges zu und knallte mit voller Wucht meine Faust auf die schrundige Rinde. Es tat weh. Ich schlug nochmals zu und schrie auf. Einer meiner Fingerknöchel begann zu bluten, die anderen waren rot. Der Schmerz beruhigte mich. Ich holte tief Luft und erinnerte mich daran, warum ich hier war. Ich suchte meine Mutter. Und ich wollte sie hier rausbringen. Ich suchte nach einem Fluchtweg. Also weiter.

Auch auf diesem Weg kam ich an knallfarbig fetten Rhododendron-Beeten vorbei, querte ein kleines Buchenwäldchen und stiess dahinter auf einen Bach, etwa zwei Meter breit, der durch das Gelände mäandrierte, was sehr hübsch aussah. An einer Kurve wuchs eine grosse Trauerweide, die ihre Zweige bis ins Wasser hängen liess, etwas weiter hinten eine noch mächtigere Blutbuche. Im Bach paddelte eine Entenfamilie. Unter der Trauerweide befand sich ein Holzsteg, und daran befestigt war ein Ruderboot. Die reinste Idylle.

Ich blieb einen Moment stehen, betrachtete den Rasen, die Blumen, das Gewässer und die Bänkli. Der Park im Walmont war ja auch sehr schön, aber er war deutlich weniger gepflegt als das Gelände hier, Gott sei Dank. Weniger gepflegt heisst weniger tot, ökologisch wertvoller. Im Walmont hatten wir einheimische Stauden und Blumen, eine Trockenwiese, am Rand des Geländes einen Steinhaufen für Reptilien und dahinter Dornenhecken für brütende Singvögel. Und noch etwas war anders. Im Walmont fand man um jede Sitzgelegenheit Zigarettenstummel verstreut, nicht sehr schön, dennoch ein deutliches Zeichen dafür, dass der Park genutzt wurde. Hier hatte ich noch nicht eine Kippe entdeckt. Die meisten Psychiatriepatienten rauchten meiner Erfahrung nach. Das bedeutete wohl, dass sie sich nicht im Park aufhielten. Das ganze Brimborium mit englischem Rasen, Spazierwegen, Blumenpracht, Ruderboot et cetera war alles nur Kulisse. Ich hörte wieder Schnyders fröhliche Stimme und sein Schluchzen.

Ich schaute auf meine Uhr. Noch acht Minuten bis zum Ende meiner Pausenzeit. Ich folgte dem Flusslauf. Wieder staunte ich, wie gross das Gelände war. Der Bach verschwand in einem Wäldchen aus Tannen, und dahinter stiess ich auf dieselbe Mauer, die das Gelände westwärts begrenzte, gut zwei Meter hoch und auch hier mit Stacheldraht befestigt, unmöglich zu überwinden. Dann stutzte ich. Was war mit dem Bach? Es sah so aus, als ob er an der Mauer enden würde. Erst als ich ganz nahe war, sah ich, dass der Fluss in einer Betonröhre gefasst wurde und unter der Mauer im Untergrund verschwand. Die Röhre hatte einen Durchmesser von knapp anderthalb Metern, aber ich konnte nichts sehen ausser undurchdringlicher Schwärze. Ich lauschte. Das Wasser rauschte, floss mit hoher Geschwindigkeit. Es hörte sich nicht so an, als ob es nach unten fallen würde, sonst wäre das Rauschen viel lauter gewesen. Ich spähte angestrengt in die Dunkelheit hinein, aber auch als meine Augen sich angepasst hatten, konnte ich nicht sehen, wo die Röhre hinführte. Auch dies war keine Fluchtmöglichkeit, viel zu gefährlich, wenn man nicht wusste, was sich in dieser Röhre befand und wo der Bach hinführte.

Ich machte mich auf den Rückweg, musterte weiterhin das Gelände, suchte nach der unwahrscheinlichen Möglichkeit einer verschwiegenen kleinen Pforte, die nach draussen führte, natürlich unverschlossen und gut geölt. Wem wollte ich etwas vormachen? Das ganze Unterfangen war der reine Wahnsinn. Trotzdem konnte ich nicht aufgeben, unmöglich. Unter der Trauerweide stiess ich unverhofft auf einen Pfleger. Er rauchte und schaute mich misstrauisch an.

«Ich bin neu hier. Wollte mich nur etwas umschauen. Schönes Gelände», sagte ich und versuchte, unverfänglich zu lächeln.

«Verpfeif mich ja nicht. Rauchen verboten. Wir sollen ein Vorbild für die Patienten sein», sagte er.

«Kein Problem.»

Während er seinem Zigarettenrauch nachblickte, musterte ich ihn unauffällig. Er war etwas über einen Meter achtzig, anfangs vierzig, schlank und sportlich, mit gebräunter Haut, dunkelgrauen Augen, braunen, leicht gewellten Haaren, einem gepflegten Bart und auffallend muskulösen Schultern und Armen. Könnte ein Rudersportler sein, dachte ich.

«Enrico», stellte er sich vor.

«Louisa.»

Wir gaben uns die Hand. Er lächelte, bot mir eine Zigarette an und gab mir Feuer. Eine Weile standen wir schweigend da, nahe beieinander. Sein Körper strahlte Kraft aus, aber ich meinte auch etwas Verletzliches an ihm wahrzunehmen. Ich fühlte mich sicher hier unter den Ästen der Weide und nahe bei diesem fremden Mann. Den hätte ich gerne als Bruder, dachte ich. Und dann: Das ist der Stress, ich fange an zu spinnen.

«Von wegen Vorbild», nahm ich den Faden des Gesprächs wieder auf, «hier im Park sieht man sowieso keine Patienten, oder?»

«Da hast du auch wieder recht.»

«Warum eigentlich? Ist doch schade um die ganze Pracht.»

«Macht sich aber gut auf unserem Flyer und der Homepage.»

«Und warum ist das Gelände befestigt wie ein Gefängnis? Mit der Mauer, den Kameras?»

«Patientensicherheit. Und Komfort. So können wir die Gäste in den Garten lassen, ohne sie ständig überwachen zu müssen. Die Mauer und Zäune braucht es für ihre Sicherheit. Konzept: sicherer Garten.»

«Und warum sind die Patienten nie draussen?»

«Du stellst viele Fragen.»

«Entschuldige. Ich bin einfach nur neugierig.»

«Ich geb dir einen Tipp, Louisa, Fragen stellen ist hier nicht gefragt.»

Eine Weile schwiegen wir. Dann, einem spontanen Impuls folgend, zog ich das Foto meiner Mutter aus dem Hosensack.

«Hast du diese Frau schon mal hier in der Klinik gesehen?»

Enrico musterte das Bild.

«Warum? Suchst du sie?»

Ich nickte. Enrico betrachtete mich forschend, und plötzlich war ich unsicher, ob es eine gute Idee gewesen war, ihm das Bild zu zeigen.

«Ist das deine Mutter? Sie sieht dir ähnlich.»

«Ich muss zurück. Bis wieder einmal.»

***

Halb sechs Uhr. Noch eine halbe Stunde. Das waren dreissig lange Minuten, tausendachthundert Sekunden ... Ich hatte genug. Ich war müde, erschöpft von den vielen Begegnungen, Namen, offiziellen Regelungen und dem, was zwischen den Zeilen geregelt wurde. Und nach Arbeitsschluss würde das, was wichtig war, erst beginnen.

Oh nein, Franz kam auf mich zu. «Du kannst mir beim Einbetten helfen.»

«Meine Schicht ist beinahe fertig. Tut mir leid.»

«Einbetten gehört zur teilnehmenden Beobachtung, oder etwa nicht? Wenn du Gas gibst, sind alle bis sechs Uhr versorgt. Also los!»

Wer hörte, wurde mit lautem Klatschen aufgescheucht und Richtung Bett getrieben. Wer taub war, wurde grob am Arm gepackt und geschüttelt. Einmal in Bewegung gesetzt, gingen alle willig in Richtung Zimmer. Oder vielleicht sollte man besser sagen, willenlos.

Ich fühlte mich mies, aber ich imitierte Franz so gut es ging, um meiner Rolle als motivierte Hilfspflegerin gerecht zu werden.

Als alle Patienten im Bett waren und mehr oder weniger ihr Nachtzeug anhatten, wobei sich der Bauer mit dem künstlichen Bein wieder mal in das Zimmer einer Frau gedrängt und lautes

Protestgeschrei ausgelöst hatte, stand die Riesin immer noch da, unbewegt von allem, was um sie herum geschah.

«Bring sie in ihr Zimmer. Nummer 203, zweitletzte Türe links», befahl mir Franz.

Ich zögerte.

«Mach schon, dann haben wir alle», sagte er und ging in Richtung des Geschreis, das nach wie vor aus dem einen Patientenzimmer drang.

Ich zögerte noch immer. Ich hatte ein ungutes Gefühl bei dieser Sache. Wie würde sich die übermotivierte Forscherin in dieser Situation verhalten? Natürlich würde sie versuchen, die Aufgabe zu bewältigen, naiv, wie sie war. Ich ging ein paar Schritte und spähte in den Gang. Aber da war keine hilfreiche Seele zu sehen, die sich meiner erbarmt hätte. Nun gut denn, so schlimm kann es ja nicht werden, dachte ich. Ich hatte mich getäuscht.

Ich näherte mich langsam und vorsichtig von der Seite, sprach die Frau ruhig an, sagte ihr, dass ich sie zu ihrem Zimmer bringen würde. Ich gab ihr Zeit, mich aus den Augenwinkeln zu mustern. Sie pendelte schneller. Ich wartete. Die Pendelbewegungen wurden nicht langsamer, offensichtlich gewöhnte sie sich nicht an meine Nähe. Ich seufzte innerlich, fasste sie an ihrem rechten Oberarm. Das hätte ich nicht tun sollen. In einer einzigen, blitzschnellen Bewegung verpasste sie mir einen unglaublichen linken Haken in die Nierengegend, oder was auch immer sie erwischte. Jedenfalls tat es weh wie kaum etwas, was ich bisher erlebt hatte. Ich klappte zusammen. Das Nächste, was ich wahrnahm, waren stützende Hände auf meinen Schultern, grässliche Kotzgeräusche – von mir – und wieder dieser unglaubliche Schmerz in meinem Bauch, der bis zum Rücken ausstrahlte.

«Franz! Komm sofort hierher.»

Die stützenden Hände bekamen nun auch ein Gesicht. Es war Annelore Peter, stellvertretende Pflegeleiterin der Abteilung, an deren Namen ich mich von der Vorstellungsrunde am Morgen erinnerte.

«Franz! Wenn du nicht sofort hierherkommst, ist das dein letzter Tag bei uns», brüllte sie.

Sie half mir, mich aufzusetzen, wischte mir das Gesicht sauber.

«Das hat er schon mal mit einer Praktikantin gemacht. Dabei weiss er genau, was passieren wird. Aber jetzt ist Schluss, das wird Konsequenzen haben.»

Franz kam auf uns zugeschlendert, ein amüsiertes Grinsen im Gesicht.

«Wie kannst du nur eine Kollegin einer solchen Gefahr aussetzen? Du bist ein Schwein, Franz. Das wird Konsequenzen haben, das sage ich dir.»

«Das ist keine Kollegin, das ist eine Studierte. Eine von denen, die in zwei Jahren auf deinem Kopf herumtrampeln und alles besser wissen wird, Annelore.»

«Und wenn es so ist. Du hast kein Recht, so etwas zu tun. Du weisst genau, wie gefährlich die Wolfensberger werden kann.»

«Übertreib mal nicht.»

«Ich traktandiere das für die nächste Wochensitzung. Ich werde den Oberarzt informieren. Mir reicht's!»

Franz spuckte direkt vor unseren Füssen auf den Boden und ging. Annelore half mir auf und entschuldigte sich für das Verhalten ihres Kollegen. Ich versicherte ihr, dass ich nicht ernsthaft verletzt war. Sie bestand darauf, dass ich mich den Rest meiner Arbeitszeit hinsetzte und ausruhte.

Eine halbe Stunde später konnte ich die Neuenau nach automatischer Badge-Kontrolle endlich verlassen. Ich ging leicht gekrümmt, mit einer Hand auf den schmerzenden Bauch gepresst. Ich lief bewusst langsam, schwatzende Kolleginnen und Kollegen hinter und vor mir. Schichtwechsel. Sigmund tauchte auf, den Schwanz zu einem freundlichen Fragezeichen erhoben. Ich blieb stehen, streichelte ihn ausgiebig. Mit Sigmund an meiner Seite fühlte ich mich sicherer. Er kannte sich hier aus. Solange er entspannt neben mir stand und schnurrte, würde ich nicht von einem dieser Wachhunde attackiert werden.

Eliane, die als Letzte die Klinik verlassen hatte, blieb stehen. «Hat er eine weitere Verehrerin gefunden?», fragte sie. «Sigmund ist berüchtigt für seinen Charme.»

Dann eilte sie davon, ihr Postauto fuhr in drei Minuten. Es wurde still. Ich ging den Weg entlang in Richtung Trauerweide. Niemand zu sehen. Mit ein paar raschen Schritten hatte ich das kleine Wäldchen erreicht und mich im Dunkel der Stämme versteckt.

ELF

Die Klinik sah in der Nacht nicht weniger prächtig aus als am Tag. Die Beleuchtung war strategisch so ausgerichtet, dass die Fassade mit ihren vertikal angebrachten Mauervorsprüngen aus Sandstein perfekt zur Geltung kam. Ein wunderbares Gebäude – und ein Ort, der mir aus tiefster Seele Furcht einflösste. Der Kies knirschte leise unter meinen Schuhen, die Nachtluft roch würzig, man hätte sich einbilden können, einen harmlosen Abendspaziergang zu machen. Aber mein Herz wummerte. Ich hatte Angst.

Was, wenn mein Badge in der Nachtzeit einen Alarm auslöste? Oder wenn ich das Pech hatte, auf einen der Security-Männer zu stossen und dieser wusste, dass ich mich um diese Zeit nicht hier aufhalten sollte? Wenn man mich erwischen würde, hätte ich ernsthaft Ärger am Hals. Einen Moment dachte ich an Philipps Sorge, dann schob ich die Erinnerung an unseren Streit zur Seite. Ich musste mich auf diese Sache hier konzentrieren. Ich wollte mich vergewissern, dass meine Mam nicht auf dieser Premium-Abteilung war, und anschliessend würde ich von hier verschwinden und nie mehr herkommen. Was ich jetzt benötigte, waren Kaltblütigkeit und Entschlossenheit. Während ich auf den Personaleingang zulief, stellte ich mir vor, dass ich nur hier wäre, weil mich eine Kollegin angerufen und gebeten hätte, für sie einzuspringen, reine Routine das alles. Das war ein Trick, den ich mir als Kind beigebracht hatte. Ich konnte damals das, was Lüge war, so stark zur eigenen Wirklichkeit machen, dass die Lüge wahr wurde. Ich hatte es sogar geschafft, Fieber zu bekommen, wenn ich dringend nicht in die Schule wollte.

Ich stellte mir also vor, Vroni oder irgendeine andere Kollegin habe mich vor zwei Stunden angerufen, das Kind sei krank oder sie selbst habe Migräne, egal, also sie hatte angerufen just in dem Moment als ich, die Füsse auf dem Sofa, ein Glas Wein in der Hand, eine neue Folge von «Dr. House» sehen wollte.

Ich wäre also müde und verärgert, dass mein freier Abend wieder einmal dahin war. Ich hätte mein Auto genommen, einen Renault, nein, einen Fiat, ja, einen Fiat Panda, eine alte Kiste, und wäre hergefahren. Es hiess nun die Nachtschicht durchstehen, nichts Aufregendes, bloss lästig.

Es funktionierte, mein Puls beruhigte sich. Ich benutzte meinen Badge, um die erste Türe zu öffnen. Die Schiebetüre öffnete sich, kein Alarm ging los, nirgends blinkte etwas, und niemand war zu sehen. Der Gang war nur schwach beleuchtet, die Empfangstheke nicht besetzt. Die Neuenau war keine Notfallklinik. In den Nachtstunden konnte das Personal drastisch heruntergefahren werden. Meine Schuhe quietschten erschreckend laut auf dem Linoleum, am Tag war mir das nicht aufgefallen. Ich stand vor der zweiten verschlossenen Türe, hielt den Badge hin, und sie öffnete sich. Gut, gut. Ich musste mich kurz orientieren. Der Eingang zur Premium befand sich im Altbau. Ich lief den Gang entlang, nicht zu schnell, ganz die müde, schlecht gelaunte, doch gewissenhafte Mitarbeiterin.

Die erste Treppe führte in die Langzeitabteilung. Ich ging daran vorbei, nahm die zweite, bog im ersten Stock nach rechts ab und stieg nochmals eine Treppe hoch. Ich stand vor dem Zugang zur Premium-Abteilung. Die «Schweizerhof»-Dame war natürlich nicht mehr in der Loge, noch immer war kein Mensch zu sehen. Obwohl ich extrem froh war, niemandem zu begegnen, wirkten die langen, schwach beleuchteten Gänge und leeren Aufenthaltsräume, in denen ausser meinen Schritten kein Laut zu vernehmen war, doch auch unheimlich auf mich. War ausser den Patienten überhaupt ein Mensch hier, oder hatte man aus Spargründen gänzlich auf das Personal verzichtet?

Ich stand vor der goldverzierten Milchglastüre der Premium, holte zitternd Luft und wollte gerade den Badge auf den Leser drücken, da hörte ich von hinten eine Stimme. Jemand kam den Gang entlang auf mich zu. Rasch drückte ich mich in die nächste Fensternische hinter die gerafften Vorhänge. Ich hielt den Atem an. Eine Pflegerin schlurfte mit leise quietschenden Gesundheitsschuhen an mir vorbei. Sie sprach am Handy, es tönte portugiesisch. Sie betrat die Premium. Ich konnte durch das Milchglas undeutlich ausmachen, wie sie den Gang entlangging und um eine Ecke verschwand. Ich liess den angehaltenen Atem pfeifend entweichen. Viel zu laut. Ich erschrak, aber ich war wieder alleine.

Ich durfte nicht länger warten. Ich öffnete ohne Probleme die Türe, schlich die nächste Treppe rechts hoch. Nochmals eine Milchglasscheibe und ich stand endlich im Flur der Patientenzimmer der Premium. Da war wieder dieser durchdringende süssliche Vanillegeruch, den ich bereits am Tag wahrgenommen hatte. Ekelhaft. Aus dem Personalraum, erstes Zimmer rechter Hand, drang das Geräusch eines Fernsehers. Rasch ging ich daran vorbei. Das Blut rauschte in meinen Ohren.

Das erste Patientenzimmer, Nummer 301. Ich öffnete die Türe einen Spalt, um hineinschauen zu können. Das Rauschen in meinen Ohren wurde lauter. Das Gefühl, etwas Ungeheuerliches zu tun, überwältigte mich beinahe. Ein kleines Nachtlicht brannte in der Nähe des Bettes. Dort lag ein junger Mann, schön wie ein Gott. Er schlief. Eine Zeile des Gedichts, das mich hierhergeführt hatte, ging mir durch den Kopf:

Before the Angel had told his tale,
A sweet and a creeping sound
Like the rushing of wings was heard around;
And suddenly the lamps grew pale –

Ich zog mich rasch zurück, schloss die Türe. Ein grosser Schatten zeichnete sich neben mir an der Wand ab. Dieser Schatten war vorhin noch nicht da gewesen. Er bewegte sich. Ich schrie.

Eine Hand presste sich hart auf meinen Mund und meine Nase. Ein schwerer Körper drückte mich gegen die Wand, nahm mir jede Bewegungsfreiheit.

Luft, ich brauche Luft! Meine Stirne knallt an die Wand, leuchtend roter Schmerz.

Schwarz.

… pieps … pieps … pieps … pieps … pieps … pieps … pieps …

Wo? Rosa Licht. … pieps … pieps … pieps … pieps …

Schritte. Eine Hand.

… pieps … pieps … pieps … pieps … pieps … pieps … pieps …

Meine Augen schwer. So schwer. Konnte nicht …

pieps …

… pieps … pieps … pieps … Ein Monitor, mein Herzschlag.

Eine rosa Wand, ein kleines Zimmer. Wo war ich? Ein Spital? So müde, warum war mein Körper so schwer? Ich lag, konnte nicht aufsitzen, gelähmt? Oh Gott, nein, bitte nicht. Ein Unfall? Meine Zunge fühlte sich riesig an, dick. Durst. Luft! Ich konnte nicht atmen, Angst.

… pieps-pieps-pieps-pieps-pieps.

Mein Herz raste.

Ruhig, atme, ruhig.

… pieps … pieps … pieps.

Müde, so müde. Meine Augenlider tonnenschwer.

Schritte. Ich versuchte, die Augen zu öffnen. Einen Spalt.

«Ach, Sie sind aufgewacht? Sehr gut.»

Ich sah die Person nicht. Hinter mir. Wer war das? Was machte sie?

«Jetzt werden Sie nochmals ein paar Stunden schlafen, das wird Ihnen guttun.»

Mach die Augen auf, wer ist das? … Zu schwer … Und wenn es Gott wäre oder der Teufel … Ich bekomme die Augen nicht auf …

Ein warmer Schwall floss in meinen rechten Arm. Der Schwall verbreitete sich in meinem Körper. Heiss, so müde.

Was geschieht mit mir? Ich will nicht …

… pieps … pieps … pieps … pieps.

Ich lag in einem Spitalzimmer. Hatte ich einen Unfall mit dem Velo gehabt? Das Zimmer war klein, etwa drei auf drei Meter, die Wände rosa gestrichen. Ich war alleine. Meine Augenlider waren schwer, ich brachte sie nur einen Spalt auf. Ich wollte mit der Hand nach meiner Stirne greifen. Ich konnte meinen rechten Arm nicht bewegen, den linken auch nicht, ich konnte mich nicht aufsetzen, nicht im Bett drehen. Ich war gelähmt.

Ich war gelähmt!

Neinneinnein ... Ich war am Bett festgemacht. Meine Arme waren am Bett festgemacht. Mit den Fingern ertastete ich ... gepolsterte Gurte. Gurte über meinen Hüften, über meiner Brust, nirgendwo Schnallen, ich konnte die Gurte nicht öffnen. Gefesselt ... Ich war gefesselt.

... pieps-pieps-pieps-pieps.

Ruhig bleiben, Panik nützt nichts. Nachdenken.

An der Decke surrte etwas. Eine Kamera ... Das war eine Kamera, die langsam nach links und rechts schwenkte und das Zimmer beobachtete. Wer? Wer beobachtete mich? Was war das für ein Krankenzimmer, in dem man von einer Kamera beobachtet wurde?

Und weshalb war ich hier? Was war geschehen? Ein Unfall? Ich konnte mich nicht erinnern. Ein Unfall mit dem Velo? Ich versuchte, meine Augen aufzubekommen. Ich sah die Decke des Zimmers, die Wände, den Rand meines Bettes. Als ich den Kopf nach links drehte, kippte die Welt nach oben, und mir wurde schlagartig speiübel. Ich schloss hastig die Augen. Gleichgewichtssinn gestört, das Innenohr. Eine Kopfverletzung? Hatten sie mich zur Sicherheit fixiert, damit ich nicht aus dem Bett fallen konnte? Vorsichtig öffnete ich die Augen wieder. Solange ich den Kopf nicht drehte, blieb alles ruhig. An meinem rechten Handrücken war eine Infusionsnadel angebracht. Am Bettgalgen konnte ich den Infusionsbeutel erkennen. War ich krank? War ich in einem Spital? Was war mir zugestossen? Meine Augenlider waren zu schwer, die Müdigkeit überrollte mich.

Schritte. Ich hörte Schritte, da kam jemand. Aus den Augenwinkeln sah ich, wie sich die Schiebetüre meines Zimmers öffnete. Ein Mann in Pflegeuniform. Sein Gesicht war ausserhalb meines Gesichtsfelds.

«… wirst du sehen.»

«Ja … nein! Hör mir zu, Chérie. Ich …»

Der Mann stand mit dem Rücken zu mir, musterte die Angaben des Monitors. Er sprach mit jemandem. Wo war der andere? Nein, nein, nein. Er hatte ein Handy in der Hand. Er plauderte mit dieser Chérie, während er die Angaben meines Monitors kontrollierte. Kannte ich diese Stimme? Hatte ich sie nicht schon mal gehört? Ich versuchte, besser zu sehen, drehte den Kopf zur Seite. Jäh kippte die Welt, und mir wurde erneut übel. Ich erstarrte und kniff die Augen zu.

«Nein, Chérie. Natürlich nicht, aber … Hör mir verdammt noch mal zu!»

Seine Stimme wurde laut, er war wütend. Ich versuchte, ihn anzusprechen, er hörte nicht, ich zerrte an den Gurten. Meine Arme fühlten sich gummiartig und kraftlos an. So hilflos.

«Oh nein, ganz sicher nicht. Es geht hier um meine Stelle, falls du das vergessen hast. Ich muss meine Stelle riskieren für diese hirnverbrannte –»

Während er lauschte, versuchte ich nochmals, ihn anzusprechen, zu leise, zu schwach.

«Ja, natürlich habe ich sie runtergebracht», fuhr er fort. «Die Alte auch. Aber ich kann das nicht mehr lange … Nein, das geht nicht … Wenn ich das bloss höre. Das ist doch total krank!»

Ich biss mir auf die Lippen, wollte verstehen. Es war, als ob alle Geräusche durch dicke Melasse zu meinem Hirn durchdringen müssten.

«Nein, nein, nein, der ganze Scheiss hängt mir zum Hals …»

Etwas stimmte nicht. Warum war der Pfleger so wütend, was redete er da? Er verstummte, wandte sich halb zu mir um. Ich sah ein wenig von seiner Wange und Stirn, seinem Kinn, er drehte sich wieder weg, sprach leise, unverständlich. Kannte ich ihn? Ich drehte meinen Kopf millimeterweise zur Seite, wieder kippte der Raum, und mir wurde übel. Ich schloss die Augen, hielt den Atem an, um besser zu hören. Er wurde wieder laut, klang empört.

«Freie Marktwirtschaft, dass ich nicht lache. Du schlachtest die Leute aus, darum geht es. Für mich ist Schluss. Vergiss es! Viel zu auffällig. Sie ist eine Mitarbeiterin, verdammt noch mal, und du willst sie hier in der Klinik verschwinden lassen?»

Eine Mitarbeiterin? Verschwinden lassen? Ich erstarrte.

«Du gehst zu weit, das sage ich dir ja schon lange. Nein, das –»

Seine Stimme senkte sich zu einem Flüstern. «Sie ist hier, weil sie ihre Mutter sucht. Ja ... Mutter ... Ja ... Nein, aber ... Ach, Scheisse!»

Ich keuchte laut auf vor Angst.

Sein Rücken wurde steif, er holte laut Luft, als wollte er etwas entgegnen. «Du hast –» Er wurde unterbrochen, hörte zu, dann mit lauter Stimme, um den Anrufer zu übertönen: «Nein! Du hast es mir versprochen. Ich habe ... Warte! Scheisse!»

Er knallte das Smartphone auf die Ablage neben meinem Bett. Ich spürte, dass er sich gleich umdrehen würde, und schloss rasch die Augen. Eine Weile war es ganz still. Ich konnte nur mit Mühe atmen, spürte endlos lange seinen Blick auf meinem Gesicht. Endlich hörte ich das Zischen der automatischen Türe. Ich war wieder alleine.

Mir war schlecht, und ich fühlte mich einer Ohnmacht nahe. Der Typ hatte von mir gesprochen. Er wusste, dass ich Mam suchte, und er hatte etwas von «verschwinden lassen» gesagt. Ich zerrte wieder an den Gurten. Sie gaben keinen Millimeter nach. Das Smartphone lag noch immer auf der Ablage, ganz nahe, doch für mich unerreichbar. Wenn ich nur Philipp anrufen könnte. Ich war hilflos, so verdammt hilflos.

Ich musste weggedämmert sein. Als ich wieder erwachte, hatte sich das Licht verändert. Jemand hatte die Lampen gedimmt. Ich fühlte mich etwas klarer, wacher. Die Übelkeit war auch weg. Ich versuchte mit neuer Energie, meine Arme freizubekommen. Ich musste, *musste* einfach hier rauskommen. Ich versuchte mich zu drehen, meine Beine zu bewegen, meine Arme, irgendwas! Der Monitor piepste rasend schnell, es war mir egal. Ich zerrte und kämpfte, bis ich völlig erschöpft war.

Hilft mir denn niemand?

Als ob mein Flehen erhört worden wäre, vernahm ich wieder Schritte, andere Schritte, leichtere. Eine Frau erschien, hellgelber Kittel, eine Pflegerin der Neuenau. Ich war in der Neuenau – oh, ich erinnerte mich. Ich war in den Park gegangen, es war Nacht geworden. Die Premium-Abteilung, der Engel schlafend in seinem Bett ... Der Schatten, ich wurde an die Wand geknallt, der Angreifer hatte mich fast erstickt und dann bewusstlos geschlagen. Ich wollte nach meinem Hinterkopf tasten, aber die Gurte liessen das nicht zu. Meine Gedanken rasten, und ich fühlte, wie eine Welle der Panik auf mich zurollte. Der Monitor piepste im Tempo eines Prestissimo.

«Oh, Sie sind ja wach, meine Liebe.»

Oberländer Dialekt, ein rundes Gesicht mit einer breiten Stirn, graue Haare in einem mehr praktischen als modischen Kurzhaarschnitt, freundliche braune Augen. Ich schöpfte Hoffnung.

«Bitte! Helfen Sie mir.»

Meine Worte stolperten, meine Stimme klang fremd in meinen Ohren. Ich erschrak. Die Pflegerin lächelte mich einfältig an.

«Ich bin überfallen worden», sagte ich und versuchte, so langsam und deutlich zu sprechen wie möglich, «jemand hat mich hierhergebracht und gefesselt. Bitte helfen Sie mir, machen Sie mich los.»

Sie lächelte wieder und tätschelte meine Schulter. «Das sagen sie alle, nicht? Und wenn man nicht aufpasst, gehen sie los und bringen sich um. Oder sie gehen *auf* jemanden los. Und das wollen wir doch nicht, oder? Oh nein, das ist schon in Ordnung so, der Herr Doktor weiss schon, was gut ist für seine Patienten.»

«Nein, nein. Sie verstehen das falsch.» Die Vokale kamen an der falschen Stelle, als ob ich schwer betrunken wäre. Ich schluchzte auf, biss mir auf die Lippen. «Ich bin Psychologin, ich arbeite hier. Rufen Sie die Polizei an. Bitte!»

Sie lachte und tätschelte erneut meine Schulter. «Ja, ja, und ich bin der Kaiser von China.»

Vor Verzweiflung hätte ich am liebsten laut geschrien. Aber das machte mich nicht glaubwürdiger. Wie konnte ich ihr auf einfache Weise meine Identität beweisen?

«Rufen Sie Dr. Laval an, er kann Ihnen versichern, dass …»

Sie hörte mir gar nicht mehr zu. «Oha. Zwei Gramm Phenobarbital intravenös», sagte sie im Plauderton. «Das haut ja ein Ross um. Nun ja, wenn er das so will. Ich bin ja bloss die Schwester, mich fragt ja keiner.»

Ich spürte, wie mir der Schweiss ausbrach. «Nein! Bitte nicht! Ich bin keine Patientin, ich bin eine Pflegerin. Ich habe mit Vroni gearbeitet, mit Eliane, ich habe Herrn Schnyder kennengelernt, ich –»

«Gerade eben waren Sie noch Psychologin, und jetzt sind Sie Pflegerin.» Sie lachte. «Pscht, nur keine Angst, meine Liebe. Ihnen geschieht nichts, ausser dass Sie schlafen werden wie ein Murmeltier. Wir haben ja den Monitor, und so ist alles bestens unter Kontrolle, nicht? Wir können sofort reagieren, wenn etwas nicht gut läuft. Zwei Gramm, puuh!»

Sie wickelte eine Blutdruckmanschette um meinen linken Oberarm und machte sie fest.

«Das misst jede Viertelstunde Ihren Blutdruck. So sind wir auf der sicheren Seite. Ich kann ja nicht immer hier sein.»

«Hören Sie mir doch zu! Bitte, nein! Ich …»

Sie machte sich ausserhalb meines Blickfelds am Infusionsbeutel zu schaffen.

«So. Dauert noch etwa dreissig Minuten, dann werden Sie prima entspannt sein.»

Sie lächelte mir nochmals freundlich zu und ging. Ich war wieder alleine und starrte die rosa Wand an. Die Blutdruckmanschette blies sich auf, quetschte meinen Oberarm schmerzhaft zusammen und liess wieder zischend die Luft ab. Ich erkannte das Zeichen für zu hohen Blutdruck am Monitor. Würde überhaupt jemand reagieren, wenn ich Probleme bekam? Bleierne Verzweiflung legte sich über mich, nahm mir die Luft zum Atmen. War das bereits die Wirkung des Medikaments? Würde ich hier ersticken? Ganz alleine sterben?

Ich musste hier raus, ich musste einfach. Diesmal versuchte ich, meine Hände aus den Gurten zu ziehen, zu drehen, zu quetschen. Es tat verflucht weh und brachte rein gar nichts. Der Drang, laut um Hilfe zu schreien, war fast übermächtig. Ich beherrschte mich und dachte nach. Rosa Wände, Milchglastüre mit dem Logo der Neuenau ... Ich war in dieser verdammten Forensikabteilung im Untergeschoss. Eine der drei Zellen, die nie in Betrieb genommen worden waren. Diese Erkenntnis machte die Sache nicht besser. Es gab keinen Zweifel daran, dass ich unrechtmässig festgehalten wurde. Mein Aufenthalt hier war nicht das Ergebnis eines Missverständnisses, sondern ein kaltblütiges Verbrechen. Nackte Angst erfasste mich, ich hatte das Gefühl zu ersticken. Und nicht nur ich war betroffen, sondern auch meine Mam. Aber warum? Warum? Warum?

Ich meinte zu hören, wie Tropfen des Gifts durch den Infusionsschlauch bis zum intravenösen Zugang an meinem Handrücken rannen. Tropfen für Tropfen auf dem Weg zu meinem Organismus. Ich schrie gegen meinen Willen laut auf. Schritte! Ich biss mir schmerzhaft auf die Unterlippe, und meine Hände ballten sich zu Fäusten. Die Silhouette eines Mannes zeichnete sich ausserhalb der Milchglasscheibe ab. Die Türe öffnete sich, ich erkannte aus dem Augenwinkel den Kittel, den die Pfleger der Neuenau trugen. Angst liess mich erstarren. Ich stellte mich schlafend und versuchte, so viel wie möglich durch einen kleinen Schlitz meiner Augen zu sehen. Der Pfleger bewegte sich rasch, warf beinahe die Wasserkaraffe um, die auf dem Beistelltisch stand. Er fluchte leise, fasste nach meinem Handgelenk und fühlte den Puls. Er kontrollierte den Infusionsschlauch, drehte am Rädchen, welches die Fliessgeschwindigkeit regulierte, öffnete ein Schränkchen ausserhalb meines Gesichtsfeldes, näherte sich mir wieder, eine Spritze und eine gläserne Ampulle in den Händen.

Scheisse!

Schlagartig schwitzte ich am ganzen Körper, und mein rechtes Bein begann unkontrolliert zu zittern.

Der Pfleger brach die Spitze der Ampulle ab, zog die Flüssigkeit mit der Spritze auf. Ich hielt den Atem an, der ganze Körper steif vor Angst und Widerwille. Er spritzte die Flüssigkeit in den Infusionsschlauch. Ich kniff meine Augen zusammen, atmete oberflächlich, hechelte fast, wartete auf Schmerz und Tod. Der Mann beugte sich wieder zu mir und fummelte an meinen Gurten herum. Wollte er mich noch härter fixieren? Ich biss die Zähne zusammen, bis mein Kiefer schmerzte.

Er wandte sich ab, ich hörte erneut, wie eine Schranktüre geöffnet wurde. Er legte etwas auf den kleinen Tisch, der rechts neben dem Bett stand. Ich schielte vorsichtig hinüber und sah meine Kleidung, säuberlich zusammengelegt, daneben meine Turnschuhe.

Mir entfuhr ein «Was?».

Der Pfleger hatte mir bereits den Rücken zugedreht und verliess eilends den Raum. Ich lag eine Weile da, schaute den Tropfen zu, die langsam durch den Infusionsschlauch nach unten kullerten, auf mein Blut zu.

Ich will das nicht!

Ich bäumte mich auf und ballte reflexartig meine Faust, versuchte, mich dem Gift zu entziehen. Da realisierte ich, dass ich meinen rechten Arm anheben konnte. Der Pfleger hatte die Schnalle des Gurtes gelöst! Ein Adrenalinstoss holte mich aus der Versenkung. Gleichzeitig merkte ich, dass mir das Atmen leichter fiel, dass die bleierne Müdigkeit etwas von mir abrückte. Ich fummelte an der Schnalle des zweiten Gurts, der meine linke Hand festhielt, konnte mich von den restlichen Gurten befreien und die Blutdruckmanschette entfernen. Ich riss die Pflaster von meinem Handrücken weg und zog die Injektionskanüle raus. Es blutete.

Egal. Bloss raus hier!

Ich kletterte schwerfällig aus dem Bett. Es war, als ob ich eine schwere Grippe hinter mir hätte. Ich trug bloss meine Unterwäsche am Leib. Mit unendlicher Dankbarkeit faltete ich meine Kleider auseinander. Mein Handy, das in meiner Hosentasche gesteckt hatte, war weg, doch zuunterst unter dem Kleiderstapel lag ein Badge. Ein Badge! Das bedeutete wohl, dass ich wirklich eine Chance hatte, hier rauszukommen. Ich spürte Hoffnung in mir aufsteigen. Es fühlte sich an, als ob in einer vollkommen grauen Welt erste Farbschimmer aufleuchteten. Ich bückte mich zu dem Abfalleimer neben dem Bett. Da lag die Glasampulle, aus der der Pfleger die Spritze aufgezogen hatte. Vorsichtig drehte ich sie, bis ich die Aufschrift lesen konnte.

«Bemegrid, 500 mg».

Ich versuchte mich zu erinnern. Bemegrid ... Bemegrid ... Das sagte mir doch was. Mein Hirn war weichgekocht, es wollte nicht in Gang kommen. Ich schloss einen Moment die Augen. Ich musste mich erinnern.

Komm schon!

Bemegrid, genau! Das gab man Patienten, die sich mit Barbituraten vergiftet hatten. Bemegrid war ein Antagonist, der die Atmung stimulierte und die Schläfrigkeit des Barbiturats bekämpfte. Kein Wunder fühlte ich mich besser. Ich stockte. Dieser Pfleger ... Er wollte mir wirklich helfen, mich retten. Wer war das bloss? Ich drehte den Badge um. Normalerweise war darauf ein Kleber mit dem Namen des Mitarbeiters angebracht, hier sah ich nur einen Kleber mit einer Zahl.

Los jetzt, ich muss hier so schnell wie möglich raus!

Ich hatte eine hohe Dosis Barbiturat intravenös verpasst bekommen und dazu einen Antagonisten, der mich eine Zeit lang wach halten würde. Aber wie lang? Ich fluchte innerlich über mein mangelndes pharmakologisches Wissen und zog mir hastig und ungeschickt meine Kleider an. Merkwürdigerweise wurde mir in dem Moment, da ich die gewohnten Stoffe auf meiner Haut spürte, bewusst, wie absurd diese Situation war. Als ob ich mich alleine durch das Tragen meines T-Shirts und meiner gestreiften Lieblingssocken wieder meiner Identität versichern könnte und umso mehr der Ungeheuerlichkeit der letzten Stunden gewahr würde. Ich hatte keine Zeit, darüber nachzudenken. Ich drückte den Badge auf den Leser rechts von der Schiebetüre. Es zischte leise, die Türe öffnete sich, und ich spürte eine massive Welle der Erleichterung.

Bloss raus hier! Weit weg von diesem Wahnsinn!

Ich spähte vorsichtig den Gang entlang. Niemand war zu sehen. Über meiner Zellentüre war eine Lampe angebracht. Und diese blinkte rot. Das war kein gutes Zeichen. Ich eilte so schnell und leise wie möglich in die Richtung, aus der die Pfleger gekommen waren. Ich kam an zwei weiteren Zellentüren vorbei. Vroni hatte davon gesprochen, dass man für die geplante forensische Abteilung drei Zellen eingerichtet hatte. Bei der letzten war das Raumlicht an, und ich sah schemenhaft eine Gestalt in dem Bett liegen.

Keine Zeit, ich muss hier raus.

Ich lief möglichst lautlos weiter, sah weiter vorne bereits die mit massivem Metallgitter verstärkte Stationstüre. In wenigen Momenten wäre ich draussen und ausser Gefahr. Ich blieb abrupt stehen, die Gestalt auf dem Bett blitzte vor meinem inneren Auge auf, ich drehte um, lief zurück und spähte durch die Milchglasscheibe in den Zellenraum hinein. Man konnte die Umrisse eines hageren Menschen mit kurzen roten Haaren ausmachen. Mit zitternden Händen drückte ich den Badge auf das Lesegerät, stürzte in die Zelle und starrte auf meine Mam.

«Louisa, wie schön», begrüsste sie mich, als würden wir uns unverhofft auf einer Party begegnen. Ich war sprachlos vor Erleichterung. Es klang allerdings mehr wie: «Laaisa, waschaan.»

«Gahanwarnachhaase?», fragte sie mich. Gehen wir nach Hause, übersetzte ich.

Ihre Aussprache wirkte verwaschen, als ob sie Mühe hätte, ihre Zunge zu kontrollieren. Man hatte auch ihr eine Infusion angehängt, und sie war mit Gurten festgebunden. Sie sah erschreckend alt und zerbrechlich aus. Mein Herz krampfte sich zusammen. Sie hatten ihr die wunderschönen langen Haare abgeschnitten. Wut und Angst nahmen mir einen Moment den Atem.

Ich machte mich daran, ihre Gurte zu lösen. Sie lächelte mich an, als ob sie keine Ahnung hätte, in welcher Lage sie war und wo wir uns befanden.

«Mam, wir müssen hier weg», sagte ich.

«Nach Haase, Laaisa.»

Sie sprach, als ob sie das Sprechen verlernt hätte, bei jedem Wort überlegen würde, wie die Laute geformt werden müssen.

Ich musste mich räuspern. «Wir gehen nach Hause. Komm.»

Ich löste das Pflaster und zog ihr die Nadel aus dem Handrücken. Sie jammerte laut. Als ich mich aufrichtete, spürte ich eine Welle der Übelkeit, und voll Schrecken fiel mir ein, dass mit jeder Minute, die verging, die Wirkung des Antagonisten in meinem Blut ab- und diejenige des Sedativs zunehmen würde. Mam trug ein Nachthemd mit dem Logo der Klinik. Ich half ihr aufstehen.

«Komm! Rasch.»

«Maana Schaaha?»

Ich stöhnte. So wie ich meine Mutter kannte, würde sie nicht einmal bei einem Erdbeben die Wohnung ohne ihre Schuhe verlassen. Ich kauerte unter das Bett, suchte im Schrank und fand endlich ein Paar Hausschuhe hinter der Türe. Wir gingen los. Mam schlurfte mit kleinen Schritten neben mir her, der ganze Körper steif wie ein Roboter, die Arme seitlich angedrückt. Aber sie hatte mich erkannt, redete mit mir. Was hatten diese Schweine ihr bloss angetan? Was war ihr zugestossen?

«Ach hab Hanger, Laaisa.»

«Hunger? Hast du Hunger?»

«Hanger, Laaisa.»

Ihre Stimme bekam einen ärgerlichen Klang. Ich musste versuchen, sie bei Laune zu halten, und sie rausbringen, ohne dass wir auffielen. Ich wusste nicht einmal, was für eine Tageszeit wir hatten. Morgen? Mittag? Mitten in der Nacht? Einen Moment wurde mir schwarz vor Augen, und ich musste mich abstützen.

Wir mussten uns beeilen. Nicht nur wegen des Sedativs in meinem Blut. Der Flur im Zellentrakt war nun hell erleuchtet, das grelle Licht schmerzte in meinen Augen. Über meiner und über Mams Zelle blinkte eine Lampe alle paar Sekunden rot auf. Das war sicherlich kein gutes Zeichen. In der Zwischenzeit war wahrscheinlich ein Alarm ausgelöst worden, weil wir nicht mehr am Überwachungsmonitor angeschlossen waren. Ich zog Mam vorwärts, fühlte nun eindeutig die Wirkung der Dosis, die mir die Pflegerin fröhlich lächelnd verpasst hatte. Mir war, als ob ich schweben würde, rechts und links verzog sich mein Gesichtsfeld, schwindlig und übel war mir auch. Ich keuchte.

Wir kamen viel zu langsam vorwärts, wie in einem dieser schrecklichen Alpträume. Da war endlich das Ende des Gangs, und wir standen vor der Stationstüre mit dem massiven metallenen Gitter. Ich drückte den Badge auf das Lesegerät. Nichts geschah, das Gitter öffnete sich nicht.

Oh nein! Ich versuchte es nochmals. Die Türe musste sich öffnen, es musste einfach klappen. Keine Reaktion. Ich versuchte es nochmals und nochmals, und endlich bemerkte ich, dass auf dem Display des Lesers ein Befehl leuchtete: «ENTER FORPSY X8-S-NR».

Ich überlegte und realisierte gleichzeitig, wie schwer mir dies fiel. Enter … etwas eingeben, FORPSY könnte für *forensic psychiatry* stehen. Der Rest war unverständlich. Mein Hirn wurde zunehmend zu Mus. Woher zum Teufel sollte ich wissen, was ich eingeben musste. Ein Passwort? Eine Zahl? NR könnte für *number* stehen. Ich drehte den Badge, schaute die klein gedruckte Zahlenfolge an, die jemand daraufgeklebt hatte. Ich zählte die Ziffern und kam auf sieben, dann acht, dann nochmals acht. X8 … Bedeutete das «achtstellige Zahl»? Mutter versuchte mich zurück zur Zelle zu ziehen, sie sei müde und wolle ins Bett. Ich hielt sie fest, so gut es ging. Wir schwankten, mir war schlecht. Was hatte ich zu verlieren? Ich gab die Zahl vom Badge ein. Das schwere Gitter öffnete sich. Niemand zu sehen. Mein Gott, war ich müde, alles ging viel zu langsam.

Da war ein Wandtelefon. Wir waren schon fast vorbei, da fiel mir ein, dass ich es benutzen könnte. Ich hob den Hörer ab, hörte den Summton.

Glück, was für ein Glück!

Ich wählte die Null und Philipps Nummer. Er meldete sich sofort. Ich hätte weinen mögen vor Erleichterung. Stattdessen erklärte ich ihm, dass wir in der Klinik Neuenau gefangen seien, Mam und ich, und dass er versuchen solle, uns rauszuholen. Ich hängte mitten in seinen aufgeregten Fragen auf. Keine Zeit.

Wir fuhren mit einem Lift hinauf ins Parterre. Da waren Patienten und Pflegepersonal. Es war Tag, normaler Betrieb in der Neuenau. Wieder überkam mich das Gefühl, in einem Traum, einem surrealen Film gefangen zu sein. Ich wusste nicht, wer Freund war, wer Feind. Mit gesenktem Kopf ging ich weiter, schaute nicht nach rechts und links, meine Mam eingehängt am Arm.

Wir gingen auf die nächste gläserne Schiebetüre zu, niemand fragte, wo wir hinwollten, oder versuchte uns aufzuhalten, ich drückte den Badge auf den letzten Leser, der uns noch vom Park trennte. Die Türe öffnete sich, und wir standen draussen. Mildes Nachmittagslicht empfing uns. Ich holte tief Luft. Der Schrei eines Mäusebussards lenkte meinen Kopf nach oben zum Himmel. Und in diesem Moment ging mir erst auf, dass wir keineswegs in Sicherheit und Freiheit waren, sondern gefangen in diesem Gelände, das von einer unüberwindbaren Mauer und Stacheldrahtzaun gesichert und von Kameras überwacht war. Ich fühlte eine Schwäche, die mich beinahe zu Boden zwang.

ZWÖLF

Meine Augen drohten zuzufallen. Mitten im Gehen. Ich liess den Kopf hängen, schaute auf den Boden vor meinen Füssen, setzte wie ein Automat Fuss vor Fuss. Fuss vor Fuss. Rechts vom Kiesweg wuchsen Blumen, rote, blaue, gelbe Blumen.

«Stiefmütterli», sagte meine Mutter.

Ich wollte mich hinlegen, neben diese Blumen legen, schlafen, bloss ein paar Minuten schlafen. Aber wir mussten weiter, mussten unbedingt weiter. Ich schloss einen Moment die Augen, nur kurz …

«Gehen wir nach Hause?», fragte meine Mutter.

Sie sprach ein wenig deutlicher, ging weiterhin wie ein Roboter, mit kleinen schlurfenden Schritten. Wir mussten hier raus, so schnell wie möglich. Ich musste sie in Sicherheit bringen. Mutter blieb stehen. Ich zog sie am Arm weiter. Es fühlte sich an, als ob man durch dickflüssigen Sirup waten würde.

«Dort vorne geht es nach Hause. Komm mit, du wirst sehen», sagte ich.

Wir gingen weiter, Schritt für Schritt, während ein überwältigendes Gewicht mich zu Boden drückte. Ich meinte zu spüren, wie der Antagonist seine Wirkung von Sekunde zu Sekunde mehr verlor und das Barbiturat den Kampf gewann. Eine Dosis, die ein Pferd einschläfern würde, hatte die Pflegerin gesagt. Ich würde es nicht mehr lange schaffen, wach zu bleiben. Ich hatte zu viel Zeit verloren. Verzweiflung riss mich hoch, gab mir die Energie, meine Augen offen zu halten. Wir mussten weg von der Klinik, so weit wie möglich weg, uns verstecken, raus aus diesem Park. Ich spürte tausend Blicke auf meinem Rücken, während wir uns ungeschützt über den offenen Rasen bewegten. Schon bald würden sie bemerken, dass wir weg waren, würden uns suchen und zurückbringen. Ich hatte noch immer keine Ahnung, weshalb, doch innerhalb dieser Mauern waren wir in tödlicher Gefahr.

«Wie schön, schau, die Blumen», lallte Mutter.

Vor uns lagen die Biegung des Flusses und die Trauerweide. Unter der Weide eine Bank und das halb verfallene Ruderboot. Die Weide schützte uns vor Blicken. Aber verstecken nützte nichts, gar nichts. Früher oder später würden sie uns finden. Die Angst liess mich keuchen.

«Bist du sicher, dass wir nach Hause dürfen?», fragte Mutter.

Ich konnte nicht mehr, das Gewicht meiner Augenlider … Ich stolperte, sie hielt mich fest.

«Da ist eine Bank. Setzen wir uns», sagte sie.

Die Bank fühlte sich kalt an, fest, man könnte darauf liegen. Ich lehnte mich an Mutters Seite. Ihr Körper fühlte sich fremd an, steif, mager.

Nur einen Moment. Schlafen.

Laute Rufe rissen mich wieder hoch. Von der Zufahrt her Motorengeräusche, Hundegebell.

Die Jagd hatte begonnen.

Kalte Angst durchfuhr mich. Wir mussten raus hier. So rasch wie möglich. Aber wie? Rings um uns die Mauer, darüber Stacheldraht. Mutter konnte nicht klettern. Ein Ausweg, wir mussten …

Der Fluss. Er floss nach draussen. Das alte Ruderboot, zwei Ruder, gross genug, eine Handbreit Wasser drin. Wir mussten es versuchen.

Aufstehen, gehen, jetzt.

«Ruderboot», brachte ich heraus. «Einsteigen, Mam. Nach Hause.»

Meine Augen fielen zu.

«Schlaf nicht ein, Louisa. Ich habe Hunger.»

Ich biss in meine rechte Hand. Der Schmerz weckte mich noch einmal.

Einsteigen, wacklig, sitzen.

«Nein, ich will nicht. Da ist Wasser, meine Füsse werden nass.» Mams Stimme machte mir Angst. Sie tönte, als ob sie gleich davonlaufen würde.

«Bitte. Sitz, Mam, wir kippen, sitz ab.»

Abstossen, warum geht es nicht?, wir hängen fest.

«Wein nicht, Louisa.»

Die Leine. Natürlich. Leine lösen, abstossen, rudern, ich kann nicht, meine Augen, der Fluss nimmt uns, wiegt uns …

«Louisa, da kommt eine Mauer.»

«Louisa, der Fluss hört auf. Da kommt eine Mauer!»

«Louisa! Mach doch was!»

Ich riss die Augen auf, die Mauer direkt vor uns, ein schwarzes Loch, die Röhre. Das Wasser rauschte, floss schnell, kalt, schwarz, alles schwarz, und hinab

«Louiiisaa!»

***

Der Geruch von nassem Gras in der Nase. Gedämpfte Stimmen um mich. Männliche Stimmen. Ein Kreischen liess mich jäh auffahren. Das war Mam – und sie schrie laut. Ich öffnete meine Augen, richtete mich auf, und jäh kippte die Welt nach links ab. Ich stöhnte laut und kotzte.

Eine Hand packte mich grob an der Schulter. Rings um mich Hosenbeine, olivgrün, schwere schwarze Schuhe, über mir die Schnauze eines Schäferhundes. Zwei Meter rechts von uns lag der Kahn, mit dem ich hatte fliehen wollen, gestrandet im Kiesbett des Baches. Ich schaute nach oben, während sich alles um mich drehte. Wir waren von drei Wachmännern umringt, zwei davon hielten Mam an den Armen fest. Sie schwankte schwer, liess ihren Kopf hängen. Ich riss mich von der Hand los, die mich zu Boden drückte, wollte Mam helfen. Ein Weisskittel drängte sich neben mich.

«So sieht man sich wieder», sagte er. Die Stimme kannte ich. Ich starrte nach oben und sah den verlebten Alain Delon vor mir.

«Matter?»

«Steh auf!»

Matter nickte dem Wachmann neben mir zu. Dieser nahm meinen linken Arm, Matter den rechten. Sie zogen mich hoch,

Matter packte mein rechtes Handgelenk, drehte mir den Arm auf den Rücken und zog ihn nach oben, sodass ein glühender Schmerz mich aufschreien liess. Ich krümmte mich gegen vorne, um den Druck auf meinen Arm zu lindern, der Wachmann hielt eisern dagegen. Ich keuchte vor Schmerz.

«Los. Wir gehen ganz entspannt, wir wollen kein Aufsehen», hörte ich Matter zu dem Wachmann sagen.

Wir gingen der Mauer entlang bis zu einer Seitenpforte, die mit einem Schlüssel geöffnet wurde. Hinter uns folgte leise jammernd meine Mutter, geführt von dem zweiten Wachmann. Dahinter folgte der dritte mit dem Schäferhund. Ich fühlte mich völlig hilflos. Wo war das Personal der Neuenau? Wo waren Zeugen dieser Ungeheuerlichkeit? Mir war schwindlig und übel, und ich konnte kaum atmen vor Schmerz. Matter würde mir die Schulter auskugeln, wenn er so weitermachte. Als wir schon beinahe bei der Klinik angelangt waren, kam eine Gruppe von Pflegefachleuten und Patienten um die Ecke des Altbaus. Mehrere Personen starrten neugierig zu uns herüber. Ich sah Vroni mit gross aufgerissenen Augen. Sie hatte mich erkannt. Matter drückte mir den Arm noch einen Deut nach oben. Ich stöhnte laut auf.

«Vroni», brachte ich keuchend über die Lippen.

«Einen Moment», sagte diese, «was ist hier los?»

«Ich habe meine Patientinnen ausserhalb des Klinikareals aufgefunden, und zwar in einem kritischen Gesundheitszustand. Ich will eine lückenlose Aufklärung, wer da gepfuscht hat», fuhr Matter sie an.

«Ihre Patientinnen? Aber –»

«Falls Sie in Bezug auf meine Therapie Vorbehalte haben sollten, wenden Sie sich doch an den Direktor. Aber wenn ich Sie wäre, würde ich den Dienstweg einhalten. Diese Schlamperei wird Konsequenzen haben. Vorwärts, meine Herren, es wird Zeit.»

Er stiess mich vorwärts. Ich brachte keinen Ton heraus, hielt nur Blickkontakt mit Vroni, solange es ging.

Auf dem Weg nach unten ins UG3 trafen wir keine Menschenseele an. Ich fühlte mich einer Ohnmacht nahe. Ich wollte nicht wieder eingesperrt werden. Einen Moment dachte ich an Philipp. Er war nicht gekommen, hatte meinen Hilferuf nicht ernst genommen. Oder er war noch immer wütend auf mich. Matter führte uns zu der mittleren der drei Zellen. Sie war deutlich grösser als die beiden, in denen ich und Mutter festgehalten worden waren. Und sie war gedrängt voll. Matter liess endlich mein Handgelenk los und stiess mich nach vorne. Ich schrie auf vor Schmerz und versuchte vorsichtig, meinen Arm zu bewegen. Dann musterte ich die Leute um mich herum. Ein gross gewachsener Mann mit gepflegtem Bart und Pflegekittel kam mir bekannt vor.

«Enrico! Was machst du hier?», entfuhr es mir.

Enrico fuhr herum, schaute mich erschrocken an, sagte aber kein Wort. Ausser Matter, den Wachleuten, meiner Mam und mir waren vier Personen anwesend: Enrico, zwei Frauen und ein Mann. Enrico stand uns gegenüber an der Wand, seine Gesichtszüge starr vor Anspannung. Die Frauen und der Mann, die ich alle auf Anfang bis Mitte dreissig schätzte, sassen auf Stühlen. Ihre Kleidung war abgetragen, ihre Schuhe sahen billig aus. Eine der Frauen trug ein Kopftuch mit einem Blumenmuster, die andere hatte lange blonde Haare, die normalerweise sicher wunderschön waren, jetzt aber strähnig und ungekämmt herabhingen. Der Mann sah erschreckend bleich aus, seine schulterlangen Haare waren fettig. Er trug ein ausgeleiertes Manchester-United-T-Shirt. Wir starrten uns alle einen Moment an, verwirrt über diese Entwicklung. Zwei der Wachleute hatten sich draussen vor der Schiebetüre postiert. Der dritte stellte sich neben Matter. Er hielt ein klobiges Ding in der Hand, das ich als Taser identifizierte. Das sah alles viel zu eingeübt aus. Das war nicht das erste Mal, dass sie das machten.

«Die sind ja immer noch da», fuhr Matter Enrico an, «du solltest sie doch zum Teufel jagen. Immer muss ich alles alleine machen, alles bloss unfähige Idioten um mich herum, Scheisse!»

«Enrico, bitte hilf mir», sagte ich, während ich gleichzeitig versuchte zu verstehen, was hier vor sich ging. Enrico wich meinen Blicken aus.

«Jerry, bitte», sagte er. Seine Worte klangen zugleich bittend und besorgt. Mir wurden gleichzeitig mehrere Dinge klar, und die hatten alle keine gute Bedeutung für mich und Mam. Für Enrico war es offensichtlich keine Überraschung, was da geschah, dass Matter mich und Mam gegen unseren Willen hierhergeschleppt hatte, und dazu die Anwesenheit dieser drei Menschen, deren Rolle ich noch nicht verstand und denen es offensichtlich nicht gut ging. Was auch immer hier los war: Enrico und Matter kannten sich gut und waren offenbar beide in diese Sache verwickelt. Und ich Idiot hatte Enrico erzählt, dass ich Mam suche, und ihm das Bild gezeigt.

Eine Erinnerung tauchte auf, langsam, schwerfällig, wie aus trübem Gewässer. Enrico hatte Matter «Jerry» genannt ... Ich hatte das schon mal gehört. Jerry ... Es klang in Enricos Aussprache genau wie ... Chérie. Es war Enrico gewesen, der in meiner Zelle gewesen war und mit seiner «Chérie» gestritten hatte, bloss war das keine Frau gewesen, sondern Jeremias oder eben Jerry Matter. Enrico hatte geholfen, mich festzuhalten. Er spielte Matters Spiel mit.

«Das bringt doch nichts», sagte Enrico in diesem Moment. «Wir müssen Ruhe bewahren und –»

«Halt's Maul, Rico!», gab Matter zurück.

Der bleiche Mann im ManU-T-Shirt wandte sich an Matter und begann etwas zu erzählen. Er sprach englisch mit einem starken osteuropäischen oder russischen Akzent, ich konnte die Sprache nicht identifizieren. Aber ich erkannte, dass er wütend war oder verzweifelt, und ich verstand, dass er von Fieber sprach und davon, dass sie ihr Geld nicht erhalten hatten. Eine der Frauen hatte ein gerötetes Gesicht, auffallend glänzende Augen und wischte sich immer wieder über ihre Stirne, die schweissbedeckt war. Die Frau mit dem Kopftuch hielt sie in einer beschützenden Geste an der Schulter fest.

«Schluss jetzt! Haut ab», unterbrach Matter grob und machte eine wegscheuchende Bewegung.

«Du kannst sie doch nicht so wegschicken», widersprach Enrico.

«Und warum nicht?»

Enrico blinzelte. «Das schadet unserem Ruf.»

«Ist doch scheissegal! Wir müssen sowieso wieder bei null anfangen.»

«Wer sind diese Menschen?», fragte ich.

«Niemand von Bedeutung», sagte Matter.

«Das sind Opfer von Menschenhandel», sagte ich.

«Grosse Worte von einer kleinen Frau», sagte Matter spöttisch, «Opfer von Menschenhandel ... Wenn ich das schon höre. Wir haben einen Handel abgeschlossen, der zu unser aller Vorteil ist. Ich will mich nicht selbst rühmen, aber ich habe hier ein absolut geniales Geschäftsmodell realisiert.»

Matter prahlte ... in dieser angespannten, absolut irrwitzigen Situation prahlte er! Was war das bloss für ein Mensch?

«Und alles lief wie eine gut geölte Maschine.» Er starrte mich böse an. «Und nun kommen Schlampen wie du ins Spiel. Und deine Mutter. Haben von nichts eine Ahnung, doch stören. Stören den Ablauf, den gut geölten, eingespielten Ablauf meines Geschäfts. Das ist nicht gut. Das können wir nicht zulassen, nicht wahr?»

Dieser Mann ist vollkommen durchgeknallt, dachte ich.

«Jerry, bitte», mischte sich Enrico ein.

«Schnauze, Rico-Schätzchen», sagte er erneut in überaus freundlichem Ton. «Im Moment sind wir also in einer aussergewöhnlichen Situation, aber dieses Business verlangt Flexibilität. Also, nutze die Welle, reite die Welle, sei die Welle.»

«Was soll das heissen?», fragte Enrico gepresst.

«Dass wir die beiden Schlampen noch eine Weile hierbehalten. Sie werden ruhiggestellt und überwacht. Und die anderen sollen endlich abhauen.»

«Jerry! Merkst du eigentlich überhaupt noch, was du da sagst?»

«Halt die Schnauze! Ich kann dein schwules Gejammere nicht mehr hören.»

Enrico zuckte zusammen, als ob er geschlagen worden wäre. Matters Stimmung war erneut im Bruchteil einer Sekunde gekippt: von Fröhlichkeit und charmanter Plauderei zu schneidender Kälte. Meine Mutter hatte recht gehabt. Dieser Typ war böse. Meine Mutter hatte recht gehabt, und ich hatte ihr nicht glauben, nicht zuhören wollen. Merkwürdigerweise war es dieser Gedanke, der mir Kraft und Entschlossenheit schenkte. Ich musste uns hier rausbringen. Irgendwie. Und diesen Psychopathen besiegen. Wir mussten Zeit gewinnen. Matter redete offensichtlich gerne. Das musste ich nutzen.

«Was haben Sie eigentlich gegen meine Mutter?», fragte ich leichthin.

«Sie hat gedroht, mich anzuzeigen. Ich konnte nicht zulassen, dass mir ein paar Schlampen die Rendite vermiesen.»

«Lass uns nach Hause gehen, Louisa», sagte meine Mutter.

Ich war froh, dass Mutter offensichtlich nur die Hälfte von dem mitbekam, was hier vor sich ging.

«Die Schlampe und ihre gottverdammte Kerze. Damit hat der ganze Ärger begonnen. Wegen dieser einen blöden Kerze.»

«Ich wollte bloss eine Kerze für Livia anzünden», sagte meine Mutter mit weinerlicher Stimme.

Die Frau mit dem Kopftuch versuchte sich in das Gespräch einzumischen. Eine drohende Bewegung des Wachmanns brachte sie zum Schweigen.

«Wir müssen sie gehen lassen, alle zusammen», sagte Enrico. «Sie können dir nichts beweisen.»

«*Mir* nichts beweisen? Was soll denn das heissen? *Du* hast bei allen Deals mitgemischt. Du steckst mindestens so sehr im Dreck wie ich.»

«Ich wollte nicht –»

«Komm mir nicht mit der Leier. Mitgegangen, mitgehangen.»

«Ich bin raus, Jerry. Da mache ich nicht mehr mit.»

«Ach, der liebe gute alte Heini», sagte Matter und lächelte

wieder. «So heisst er nämlich in Wirklichkeit. Taufname Heinrich Hächler, was haben sich seine Eltern bloss dabei gedacht? Heini haben ihn die anderen Kinder genannt, Heini. Zu einer Zeit, als man Tinu hiess oder Thömu, Stöffu, Mättu oder Dänu. Aber Heini? So einer hat keine guten Karten, wird geplagt, macht schlechte Noten, nicht? So ist das Leben für einen Heini. Damit war unser Heinrich nicht zufrieden. Er wollte mehr sein als ein dummer Heini. Deshalb heisst er jetzt auch Enrico.»

«Hör auf, bitte.»

«Enrico, ja, das ist ein Name, ein schöner Name. Das klingt nach Kultur, nach Oper, nach etwas Besserem. Vornehm ganz einfach. Und für so ein Enrico-Leben braucht es Geld, nicht? Und das habe ich ihm verschafft, so ist das. Und wenn der Heini ein Enrico bleiben will, rate ich ihm zu kuschen. Sonst wird Heini nämlich ein schlechtes Ende nehmen. Und das wollen wir doch nicht, oder?»

Er drehte sich um, lächelte Enrico an, tätschelte ihm die Wange. Enrico erstarrte unter der Berührung.

«Du Schwein. Du drohst mir?»

«Ach, Enrico, nimm's nicht persönlich.»

«Wie kann ich es nicht persönlich nehmen?», flüsterte Enrico. «Ich liebe dich, und du …» Er verstummte, schluckte schwer. «Du bist wahnsinnig, Jeremy.»

«Und du bist langweilig.»

Die beiden Männer waren völlig mit sich selbst beschäftigt. Der Wachmann beobachtete gebannt die Auseinandersetzung. Meine Augen trafen sich mit denjenigen des Mannes in dem ManU-T-Shirt. Ich meinte, in ihnen ähnliche Überlegungen lesen zu können. Wenn wir die Waffe des Wachmanns an uns bringen könnten, würden wir ihn und Matter überwältigen können. Vielleicht. Ich versuchte unauffällig, die Distanz bis zu der Waffe abzuschätzen.

«Denk nicht mal dran», herrschte Matter mich an.

«Wenn du nicht mit dieser Scheisse aufhörst, landest du im Gefängnis», sagte Enrico.

«Ich weiss, was ich tue.»

«Nein, das weisst du eben nicht», sagte Enrico mit einer Armbewegung, die uns, die drei Osteuropäer und den Raum mit einschloss. Seine Stimme wurde sanft. «Ich liebe dich, Jerry. Und ich muss zuschauen –»

«Du musst gar nichts, Rico, gar nichts.»

«Ich verstehe. Am liebsten wäre dir wohl, ich würde aus deinem Leben verschwinden.»

«Das habe ich nicht gesagt.»

«Aber warum dieses Risiko? Wir hatten doch auch vorher eine gute Zeit.» Besänftigend und sehnsüchtig zugleich fuhr er fort: «Wir sind gereist, waren in den besten Hotels, haben gut gegessen … Weisst du noch, Barbados?»

«Wir hatten eine gute Zeit, das steht fest.»

«We need our money now», sagte die Frau mit dem Kopftuch mit fester Stimme, und ich bewunderte ihren Mut. *«We will go, but we need our money. Please.»*

«Where do you come from?», fragte ich.

«Haltet eure Schnauzen», fuhr uns Matter an.

Die blonde Frau mit den fieberglänzenden Augen antwortete leise: *«Moldova.»*

Dann richtete sie sich plötzlich ruckartig auf, schüttelte die Hand der anderen Frau ab, riss sich ihre Bluse hoch und gab uns den Blick auf einen grossen Pflasterverband frei, der sich etwa dreissig Zentimeter lang entlang ihrem Rippenbogen erstreckte. Die Haut ringsherum war gerötet. Die andere Frau redete auf sie ein und versuchte die Bluse wieder runterzuziehen.

Lebendnierenspende. Offene Entnahmetechnik dem Rippenbogen entlang. Wilma hatte mir Fotos von genau dieser Operationsnarbe gezeigt. Da war er also, der Beweis, dachte ich. Und jetzt wurden die Opfer auch noch um ihr Geld betrogen. Genau wie Wilma gesagt hatte.

«Du musst ihnen ihr Geld geben und sie gehen lassen, Jerry. Du musst», sagte Enrico in beschwörendem Ton. «Du darfst das nicht tun. Du bist Arzt, du hast so viele Leben gerettet. Vergiss das nicht. Wir können ein neues Leben anfangen, weit weg von hier.»

«Wir?»

«Ja. Lass uns nach São Paulo gehen. Es hat dir dort gefallen. Oder nach Barbados. Weisst du noch, das Häuschen am Tent Bay? Wir haben es geliebt.»

«Barbados – ja.» Matters Stimme bekam etwas Träumerisches. «Ich könnte dort praktizieren.»

«Ich würde dich unterstützen», sagte Enrico. «Nochmals von vorne anfangen. Wir schaffen das.»

Matter überlegte. «Du willst sie alle gehen lassen?», fragte er.

«Ja. Das ist das einzig Vernünftige. Und eine Basis. Für uns beide. Für unsere Zukunft.»

Matter dachte nach, seine Augen huschten hin und her. «Dann brauche ich aber deine Hilfe.»

«Du tust ihnen nichts?», drängte Enrico.

«Mach schon, Rico. Hilf mir ein letztes Mal. Ich tue ihnen nichts, ich versprech's dir. Danach fangen wir ein neues Leben an. Nur wir beide.»

«Was soll ich machen?», fragte Enrico, die Stimme voller Hoffnung.

«Fahr nach Hause, pack das Notwendigste ein. Du weisst ja, was ich brauche. Nimm den Porsche. Er steht auf dem Mitarbeiterparkplatz.»

Matter warf ihm einen Autoschlüssel zu. Enrico drehte sich auf dem Absatz.

«Geh nicht!», rief ich.

«Fahr vorsichtig», sagte Matter.

Dann war er weg.

Sobald Enricos Schritte verklungen waren, wandte sich Matter an den Wachmann.

«Und dieses Pack soll endlich verschwinden. Schmeisst sie aus dem Klinikgelände raus.»

Der Wachmann gab seinen Kollegen Bescheid, und zu dritt führten sie die Moldawier weg, die offensichtlich resigniert hatten und jede Gegenwehr bleiben liessen. Ich rief ihnen meinen Namen hinterher, eine der Frauen winkte einen müden Abschiedsgruss. Meine Mutter wollte ganz automatisch hinterher. Matter packte sie grob am Arm und hielt sie zurück. Ich wollte ihr zu Hilfe kommen. Matter schleuderte Mam zur Seite, sodass sie stürzte. Ich schrie vor Wut, kniete mich neben sie und half ihr, sich aufzurichten. Als ich mich Matter wieder zuwandte, realisierte ich zunächst bloss, dass er merkwürdig breitbeinig dastand. Erst ein paar Sekunden später sah ich die Schusswaffe in seinen Händen. Am beängstigendsten war das klobige, etwa zwanzig Zentimeter lange Rohr, das vorne auf die Waffe geschraubt war. Ich kannte mich nicht mit Waffen aus, aber das war eindeutig ein Schalldämpfer. Er hob mit betonter Langsamkeit seine rechte Hand. Ich erstarrte. Er zielte nun genau auf meine Brust, mein Herz.

«Setzt euch auf die Stühle, langsam», sagte er.

Die Art, wie Matter die Pistole hielt, sah professionell aus. Die rechte Hand hielt die Waffe, mit der linken stützte er den Ellenbogen des rechten Armes. Er stand noch immer breitbeinig da und sah zugleich ruhig und konzentriert aus.

«Macht vorwärts.»

Ich führte Mam mit schlotternden Knien zu einem der Stühle und setzte mich auf den anderen.

«Du hast das richtig erkannt, meine Liebe, es handelt sich um eine Schusswaffe», sagte Matter in dem charmanten Plauderton, den ich bereits von seiner Praxis her kannte. «Um genau zu sein, das ist eine neun Millimeter Heckler & Koch SFP9 mit Schalldämpfer und Weichkernmantel-Munition. Diskret, präzise und tödlich.»

«Was sagt er da?», fragte Mam.

«Jetzt können wir uns in aller Ruhe unterhalten, bis der gute Heinrich zurück ist», sagte Matter lächelnd. «Wenn ihr muckt, seid ihr tot.»

Ich umklammerte meine Knie, um das Zittern zu unterdrücken. Mam starrte ihn mit offenem Mund an. Ich wusste nicht mehr weiter. Das Einzige, was ich tun konnte, war, ihn bei Laune zu halten und Zeit zu gewinnen.

«Und wie funktioniert sie also, Ihre geniale Geschäftsidee?», fragte ich.

Matter zuckte mit den Schultern, doch ich sah ihm an, dass er sich über die Frage freute. «Es ist so einfach, dass ich nicht verstehen kann, dass niemand sonst auf die Idee gekommen ist. Auf der einen Seite haben wir reiche, gesunde Schweizer, die weshalb auch immer sterben wollen. Auf der anderen Seite todkranke, aber lebenshungrige Amis, Araber, Juden, Mexikaner, was auch immer, bloss stinkreich müssen sie sein. Ich handle mit gesunden Organen, Schweizer Qualität. Das ist gefragt. Ich mache in nachhaltiger Wirtschaft, ich sollte zum WEF eingeladen werden. Nichts verschwenden, nichts fortwerfen, was man noch gebrauchen kann.»

«Organhandel?»

«Nieren hauptsächlich. Die sind einfach zu transplantieren, wenig Aufwand, wenig Komplikationen. Und die Schweizer Qualität, die wir anbieten, bringt im Welthandel schon so an die achtzigtausend Euro. Pro Stück. Garantiert sauber, keine Drogen, keine Hepatitis, kein HIV, keine Mangelernährung. Swiss Quality eben. Ist echt gefragt.»

«Sie meinen, illegaler Organhandel?»

«Was ist schon legal in der Medizin? Ich helfe, ich rette Leben. Was gibt es Edleres?»

Er lächelte wieder. Der Typ war wahnsinnig.

«Du siehst also, ich habe ein gut gehendes Geschäft», fuhr Matter fort. «Natürlich gibt es auch Fixkosten, aber alles in allem ein satter Gewinn, ich bin zufrieden. Ich bin international vernetzt, eine Koryphäe, anerkannt und beliebt. Nun gut, da sind die ungeregelten Arbeitszeiten, Abend- und Nachtschichten, das sind wir Ärzte uns ja gewohnt. Ich habe allerdings eine ganze Menge Personal, ohne geht es ja nicht heutzutage. Ich brauche Anästhesisten, einen Chirurgen, medizinisches Personal, Sekretärinnen, einen Broker, ein –»

«Einen Broker?», fragte ich.

«Ja, meine Liebe. In meiner Branche braucht man einen Broker, der bringt Anbieter und Kunden zusammen. Er muss die passenden Paare finden und aufbieten, sodass sie zur richtigen Zeit am richtigen Ort sind.»

«Wie ist es möglich, dass das hier in der Schweiz nicht entdeckt wurde?»

«Das braucht natürlich schon eine gewisse Erfahrung, ich habe den Karren auch nicht von null auf hundert raufgefahren. Es braucht Geduld, um die richtigen Partner zu finden. Ich habe drei Bestattungsunternehmen in der Region, die mal ein Auge zudrücken», er lachte laut auf, «Bestatter, die ein Auge zudrücken ... Das ist gut, nicht?» Wieder lachte er schallend über seinen eigenen Witz.

Einen Moment kippte das Bild, wie bei einem dieser Vexierbilder, und ich sah den Arzt Matter als Patienten in der Neuenau. Er war offensichtlich wahnsinnig, dachte ich. Er würde uns lachend ins Gesicht schiessen.

«Meine Bestatter schauen also weg, wenn eine Leiche nicht ganz so aussieht, wie sie sollte», fuhr er fort. «Dazu diese Praxis an erstklassiger Adresse in Bern. Und natürlich hilft es auch, dass in der Schweiz eine ganze Menge Sterbewillige herumlaufen, meine freiwilligen Spender. Die mir nebenbei eine ganze Menge dafür zahlen, dass ich ihnen sanft über den Styx helfe.»

Matter strahlte. Er musste noch vor ein paar Jahren ein atemberaubend schöner Mann gewesen sein.

«Meine Firma ist nach dem Fährmann benannt, der die Todgeweihten über den Fluss setzt. Charon Unlimited. Sehr passend, nicht? Und so kultiviert. Ich sage ja, das perfekte Geschäftsmodell.»

«Aber diese Menschen aus Moldawien», sagte ich, «das waren keine sterbewilligen Schweizer.»

«Jedes erfolgreiche Business muss irgendwann wachsen und diversifizieren. Ich habe drei Standbeine: die Suizide, da kann man hauptsächlich Nieren und Gewebe verwenden. Als zweites die Lebendspender aus Moldawien, Rumänien und Polen. Da verwende ich jeweils eine Niere. Und als drittes und neuestes Standbein die Versteigerungen.»

«Versteigerungen?», fragte ich und schluckte. *Versteigerungen?*

«So, genug geschwatzt. Dann wollen wir mal», sagte er beiläufig, hob die Waffe und richtete sie direkt auf meinen Kopf.

Mein Herz begann zu rasen. «Sie haben gelogen! Sie hatten gar nie vor, uns am Leben zu lassen.»

«Das gibt jetzt eine Sauerei, aber was sein muss …»

«Nein!»

Ohne zu überlegen, stiess ich mich vom Boden ab, flog auf Matter zu. Er riss reflexartig seine Arme hoch, um mich abzuwehren, die Waffe knallte, aber es tönte nicht allzu laut. Ein gellender Schrei liess mich erstarren.

Mutter!

Ich warf mich voller Angst herum. Doch sie war nicht nur unverletzt, sie griff an.

«Mengele! Nazi-Schwein!», meinte ich zu hören, während sie mit Matter zusammenprallte und die beiden zu Boden gingen.

Matter kam wieder auf die Beine und schlug mit der Waffe nach Mam, sie sackte zusammen, ich packte seinen rechten Arm, er schüttelte mich ab, wich zurück, drehte sich um und ging leicht in die Hocke, beide Hände an der Waffe, uns beide im Zielbereich. Wir waren verloren.

«Halt, Jerry! Hör sofort auf!»

Ich fuhr zur Türe herum. Enrico war zurück.

«So schnell?» Matter blinzelte verwirrt. «Hast du bereits gepackt?»

«Ich liebe dich, Jerry», sagte Enrico leise und ging langsam auf Matter zu. Er ging steif, als ob er heftige Schmerzen hätte.

Matter kniff die Augen zusammen. «Das heisst wohl, du hast nicht gepackt.»

«Du bist mein Atem, mein Herzschlag, mein Blut, mein Leben.» Enrico redete wie im Traum.

«Das ist jetzt nicht …», sagte Matter mit gepresster Stimme und wich vor Enrico zurück. «Mach keinen Scheiss, Rico. Wir haben etwas abgemacht. Wir haben einen Plan.»

«Ich habe die kleine Reisetasche im Porsche gefunden, Jerry», sagte Enrico. «Die Kalbsledertasche, die ich dir zu deinem Geburtstag geschenkt habe. Mit Pass und Ticket.»

Matter erstarrte. «Warte, ich kann das –»

«Businessclass, Zürich–Johannesburg, Abflug nächsten Montag, elf Uhr dreissig. Ohne Rückflug. Für *eine* Person.»

«Hör zu, Rico –»

«Nein, hör *du* zu.»

Aber dann sagte Enrico nichts mehr, sondern zog eine Waffe, die er hinten in seinem Hosenbund getragen hatte, und zielte auf Matter.

Die beiden Männer standen kaum zwei Meter voneinander entfernt, jeder eine Waffe auf den anderen gerichtet. Es war gleichzeitig grauenhaft und vollkommen surreal. Das war der Zeitpunkt, um abzuhauen, zu reagieren, irgendetwas zu tun. Die beiden waren einzig auf sich konzentriert. Doch ich konnte mich nicht einen Millimeter rühren.

«Dieses Ding war ebenfalls in der Reisetasche, die ich dir geschenkt habe, Jerry. Wolltest du mich abknallen? Weil ich dir im Weg bin, wenn du dein neues Leben beginnen willst?»

Enricos Stimme zitterte, er zielte genau auf Matters Brust.

«Rico, Rico … Hasst du mich etwa? Nach all diesen Jahren?»

«Ich hasse dich nicht, Jerry. Ich bin bloss müde, dich zu lieben.»

«Du nimmst immer alles persönlich, das ist dein Problem. Aber ich liebe dich noch immer. Wie zu Beginn.»

«Lüg mich nicht an», entgegnete Enrico heftig. «Du liebst niemanden ausser dir selbst. Du bist nicht schwul, du bist nicht hetero und auch sonst nichts. Du fickst alles, was dir nützlich ist und solange es dir nützlich ist. Du fickst für Geld und Macht. Eigentlich bist du eine Hure. Eine Edelnutte.»

«Ach, nicht doch. Keine Emotionen, das bringt doch nichts. Bleiben wir sachlich. Gib mir die Waffe, Rico. Gib sie mir, und alles ist wieder gut.»

Enrico schüttelte den Kopf, biss sich auf die Zähne, seine Kiefermuskeln traten hervor. Er hob die Waffe einige Zentimeter an. Sie war nun auf Matters Kopf gerichtet. «Du kommst mit mir, Jerry. Wir gehen jetzt beide da raus.»

«Das hätte ich dir nicht zugetraut.»

Einige Sekunden verstrichen. Mam stöhnte.

«Es scheint, ich habe keine andere Wahl», sagte Matter. «Diesmal bestimmst du.»

Er klang amüsiert, liess mit einer theatralischen Geste seine Pistole sinken. Ich atmete auf. Und dann – mit einer einzigen fliessenden Bewegung hob er sie wieder an und schoss Enrico mitten in die Brust.

Ich war wie gelähmt, während Matter durch die Türe verschwand. Mutter richtete sich jammernd auf. Enrico blutete heftig, und ich sah Schaum auf seinen Lippen. Er würde sterben, wenn ich nicht sofort Hilfe organisieren konnte. Ich schnappte mir Enricos Badge, drückte ihn auf das Lesegerät, wollte nach oben rennen. Ich machte zwei Schritte und prallte hart mit einem Mann zusammen, der seinerseits in voller Geschwindigkeit in die Zelle gelangen wollte. Ich hatte keine Zeit, erstaunt zu sein. Ich realisierte bloss, dass es Philipp war, der mich da so heftig umarmte, dass ich keine Luft mehr bekam. Ich drückte ihn von mir weg.

«Schnell, hilf dem Mann am Boden. Eine Schussverletzung.»

Philipp sprang über Mams Beine, die noch immer am Boden hockte, und untersuchte Enrico. «Die Lunge ist kollabiert. Ich brauche etwas Luftdichtes. Eine Plastikfolie, ein Beutel, irgendwas, um die Wunde zu verschliessen.»

Ich durchsuchte in rasender Eile den Wandschrank und fand eine Packung Folien zum Wundschutz beim Duschen.

«Sehr gut. Das wird gehen», sagte Philipp, während er die Packung aufriss. «Lou, hol rasch Hilfe, wir brauchen Notärzte, rasch!»

Ich rannte los, angetrieben von der Sorge um Enrico, flog die Treppe hoch und knallte ein zweites Mal in vollem Schwung in einen Menschen. Diesmal war es Vroni.

«Was? Was?», brachte sie heraus.

«Du bist hier, oh Gott, Vroni!» Ich packte sie am Arm.

«Schnell, Enrico wurde angeschossen, die Lunge. Ruf die Ambulanz, den Notdienst, was immer. Sie sind im UG3, mittlere Zelle. Schnell! Schnell!»

Sie tippte bereits auf ihrem Handy. Ich nahm den schnellsten Weg in Richtung Mitarbeiterparkplatz. Noch bevor ich die letzte Türe passiert hatte, hörte ich das muskulöse Röhren eines Sportwagenmotors, der sinnlos hochgepeitscht wurde. Matter war noch da! Ich rannte.

Es war ein roter Porsche, und er stand verkeilt zwischen einem Kastenwagen mit Logo der Neuenau und einer Ambulanz. Matter hatte es in der Eile geschafft, sich so quer zu stellen, dass er Mühe hatte, den Wagen aus der schmalen Lücke herauszufahren. Wieder gab er Gas, der Porsche machte einen Satz, und ich hörte einen Knall, als er mit seiner rechten Frontseite in die Ambulanz krachte. Ich schaute mich verzweifelt um. Keine Menschenseele weit und breit, um mir zu helfen. Ich musste ihn aufhalten. Direkt neben mir war ein Traktor abgestellt. Ich war als Kind schon mal Traktor gefahren. Normalerweise steckte der Schlüssel. Der Führerstand war auf meiner Kopfhöhe. Ich sprang hoch, packte den Türgriff und zog mich mühelos hinauf, spürte meine Kraft und Entschlossenheit. Der Schlüssel steckte. Nur nicht nachdenken, einfach handeln, schoss es mir durch den Kopf. Ich liess den Motor an, gab sachte Gas und drückte den Gang rein. Der Koloss fuhr mit einem Ruck los. Matter hatte es in der Zwischenzeit geschafft, den Porsche aus der Lücke zu manövrieren. Er wendete sein Fahrzeug. Die einzige Ausfahrt aus dem Parkplatz führte an mir vorbei. Ich hielt gegen links, ging auf Konfrontationskurs. Ich sah Matters Gesicht, sah sein Erstaunen, dann seine Wut. Im nächsten Moment hatte er die Waffe in der Hand, zielte auf mich, ich versuchte mich zu ducken, aber der Schuss knallte bereits durch die Windschutzscheibe, die zersplitterte und mir die Sicht stark behinderte.

Eine kalte Wut füllte mich bis zum Platzen aus. Da war kein Raum für Angst. Ich duckte mich, hielt das Steuer eisern fest und gab Vollgas.

Epilog

Ich hatte einen Porsche 911 Carrera GTS plattgemacht. Und Matter beide Beine und ein Hüftgelenk gebrochen. Aber diese Details erfuhr ich erst später.

Ambulanz und Polizei trafen fast zur selben Zeit ein. Enrico wurde intubiert, stabilisiert und abtransportiert. Nachdem die Feuerwehr Matter aus seinem Porsche rausgeschnitten hatte, wurde auch er mit der Ambulanz ins Spital gefahren. Ich selbst wurde von der Polizei befragt, in der Rechtsmedizin untersucht und zwanzig Stunden später auf freien Fuss gesetzt, nachdem Erkenntnisse der Spurensicherung meine Aussage bestätigten. Schmauchspuren konnten ausschliesslich an Matters Händen festgestellt werden; die Heckler & Koch mit Schalldämpfer wurde im völlig zerknautschten Fussraum des Porsches gefunden; eine erste provisorische Analyse der Blutspritzer und des Einschlaglochs der Kugel in der Zellenwand passten zu meiner Schilderung, wer wann wo gestanden und wie geschossen hatte; dazu kamen die zerschossene Windschutzscheibe des Traktors und weitere Zeugenaussagen.

Als ich endlich nach Hause kam, erzählte mir Philipp, dass er sich nach meinem wirren Telefonanruf aus der Neuenau grosse Sorgen gemacht habe. Ich hätte mich angehört, als sei ich völlig betrunken, und hätte davon gefaselt, er müsse mich und Mam aus der Klinik raushauen. Er sei deshalb zur Neuenau gefahren. Dort stand er vor verschlossenen Toren, bis Vroni Rauber ihn auf seinem Handy anrief, ihn fragte, ob er Philipp Laval, der Freund von Louisa Beck, sei, und ihm erzählte, ich sei in Schwierigkeiten. Sie sei erstaunt gewesen, dass er bereits vor Ort war, und habe ihn eingelassen. Und so kam es zu unserem Zusammentreffen im UG3 der Neuenau mit der Folge, dass Philipp Enricos Leben retten konnte.

Meiner Mutter ging es nach erstaunlich kurzer Zeit wieder gut. Sie verschlief zwei ganze Tage bei mir zu Hause, dann stand sie irgendwann schwankend, aber aufrecht in der Türe und sagte mit gewohnter Energie, sie müsse duschen, ob es in diesem Haushalt Dinge wie Shampoo, Pflegebalsam, Conditioner und ein einigermassen sauberes Handtuch gebe. Nach dem Duschen fragte sie, was sie denn da für eine üble Grippe gehabt habe. Eine Lungenentzündung vielleicht? Oder etwas Lepramässiges? Sie wartete die Antwort nicht ab, sondern widmete sich bereits wieder wichtigeren Themen. Sie hatte mordsmässig Hunger und wollte wissen, was Philipp für sie kochen würde. Ich erkannte, dass sie schon bald die alte Nervensäge sein würde und ihre Persönlichkeit keinen Schaden genommen hatte. Ein warmes Gefühl der Dankbarkeit machte sich in meinem Bauch breit. Spät am selben Abend bestellte sie sich ein Taxi, wir umarmten uns und weg war sie. Nach ihrem Abgang fühlte sich meine Wohnung leer an.

Im Gegensatz zu meiner Mutter konnte ich die Erlebnisse in der Neuenau nicht so schnell überwinden. Mein Herz wollte sich einfach nicht beruhigen, der Pulsschlag ging nicht unter eine Rate von hundertzwanzig Schlägen pro Minute. Ich schlief kaum und fühlte mich zittrig. Alles war vorbei, ein Hauch von Sommer lag in der Luft, und ich war dennoch unruhig, voller böser Vorahnungen. Dann kam ein Einschreiben von der Anwaltskanzlei Fitzenhagen, Fitzenhagen und Ottoboni in Arlesheim. Im Auftrag der Eden AG drohten sie mir mit Verweis auf Artikel 339a des Obligationenrechts sowie mit Artikel 186 und 321 des Strafgesetzbuchs mit einer Geldbusse bis zu dreissigtausend Franken und einer Freiheitsstrafe bis zu sechs Jahren. Sie warfen mir vor, dass ich Hausfriedensbruch begangen, Betriebseigentum (Boot) entwendet und zerstört und ausserdem den Badge nicht zurückgegeben hatte. Ausserdem erteilten sie mir ein Hausverbot und drohten mir mit einer weiteren Gefängnisstrafe von bis zu drei Jahren, falls ich mit einer dritten Person darüber sprechen würde, was ich in der Klinik Neuenau gesehen, gehört, gelesen oder sonst wie in Erfahrung gebracht hatte. Das Schlimmste kam ganz am Schluss: Eine Kopie des Schreibens ging zur

Kenntnisnahme an die Direktion der Privatklinik Walmont in Bern.

Keine Stunde nachdem ich den Brief geöffnet hatte, rief mich Tscharya an. Im Walmont ging das Gerücht um, mir drohe die fristlose Entlassung, weil ich bei einem Konkurrenzbetrieb tätig sei und eine Strafanzeige am Hals habe. Und das ausgerechnet wenige Tage vor der entscheidenden GEKO, an der das Schicksal unserer Abteilung entschieden wurde. Tscharya war den Tränen nahe und liess sich nicht beruhigen. Ihre Sorge war berechtigt. Merian liess mir über seine Sekretärin ausrichten, ich sei noch vor der GEKO für eine Aussprache aufgeboten, bei der auch die beiden Leiterinnen der Rechts- und HR-Abteilung anwesend seien.

Doch all diese Probleme waren mit einem Schlag unwichtig, als Enrico mich bat, ihn auf der Bewachungsstation des Inselspitals zu besuchen, weil er mich um Verzeihung bitten und sich die Geschichte vom Herzen reden wollte. Enrico und Jeremias Matter hatten sich elf Jahre zuvor kennengelernt. Er hatte sich sofort in den intelligenten, gut aussehenden und hochbegabten Chirurgen verliebt. Sie interessierten sich für dieselben Dinge, liebten modernes Design, erstklassige Hotels, gutes Publikum. Sie wurden ein Paar, zogen zusammen und hatten eine gute Zeit. Matter entwickelte seine Geschäftsidee mit den assistierten Suiziden und dem Organhandel, und Enrico konnte zunächst dahinterstehen und half ihm, die Praxis in der Gutenbergstrasse aufzubauen. Aus Enricos Sicht war die Sache illegal, aber von hohem moralischem Wert. Schliesslich retteten sie verzweifelten Menschen das Leben, und die Sterbewilligen waren immer einverstanden gewesen, dass man ihnen die Nieren, die Netzhaut und anderes Gewebe nach dem Tod entnommen und für kranke Menschen verwendet hatte. Der Todeszeitpunkt war geplant, man konnte also die Transplantation exakt timen, eine perfekte Voraussetzung für die Qualität der Organe. Matter und Enrico machten viel Geld, reisten nach Barbados, Paris, Rom und wohnten in den besten Hotels. Matter war nie treu, doch Enrico liebte ihn und war bereit, darüber hinwegzusehen.

Nach ein paar Jahren kam Matter auf die Idee zu diversifizieren, wie er das nannte. Die assistierten Suizide genügten ihm nicht mehr, und er fing an, ein Nierenspendernetz in Rumänien, Moldawien und Polen aufzubauen. Matter setzte Enrico unter Druck, die Räumlichkeiten im Untergeschoss der Klinik Neuenau zu organisieren, um die Menschen aus Osteuropa vor der Operation unterbringen zu können. Offiziell wurden die drei Zellen von einer Stiftung gemietet, die Gesundheitsfachleuten aus Schwellenländern im Rahmen eines Entwicklungshilfeprojekts Weiterbildungen anbot. In Wirklichkeit handelte es sich bei den angereisten «Ärzten» um Frauen und Männer, die Matter eine ihrer Nieren verkauften. Enrico wollte mit dieser Sache nichts zu tun haben, aber es war zu spät, um auszusteigen. Und dann wurde alles noch viel schlimmer.

Rolandas Landsbergis, der Anästhesist in Matters Transplantationsteam, ein kompetenter und schweigsamer Mann aus Litauen, setzte Matter unter Druck, weil er mehr Geld wollte. Matter beschloss, ihn zu töten und seine Leiche loszuwerden. Er wollte sie zunächst im Thunersee versenken. Dann sei ihm aufgegangen, dass dies eine Verschwendung wäre. Es sei nicht nachhaltig, einen Körper wegzuwerfen, hatte er Enrico später gesagt. Deshalb hatte er den Mann überwältigt, sediert und in einer der Zellen in der Neuenau festgehalten. Und seine Organe im Darknet versteigert. Sein Herz, seine Lunge, seine Leber, die Nieren, Pankreas und Netzhäute. Die Versteigerung dauerte einige Tage lang, damit Matter Spitzenpreise erzielen konnte. Nachdem sie abgeschlossen war, liess er Landsbergis mit einem Privatjet nach Ankara fliegen, ein Patiententransport mit gefälschten Papieren und in Begleitung eines Arztes. Die Käufer kamen auch dorthin. Und Matter machte trotz des hohen Aufwands unglaublich viel Geld. Er habe gekotzt, als er das erfahren habe, sagte mir Enrico. Jerry habe jede Ehrfurcht vor dem Leben verloren, er sei wahnsinnig geworden. Nach einem längeren Schweigen fügte er an, dass er damit rechne, dass Jerry nach spätestens fünfzehn Jahren seine Haft verbüsst haben werde, und dass er auf ihn warten wolle. Ich wollte widersprechen, aber er schüttelte den Kopf. Jeremy sei sein Leben, ohne ihn bliebe ihm nichts. Diese Liebe sei wie ein Brandmal, sagte er.

Und dann kam Enrico auf meine Mam zu sprechen. Sie sei nochmals in die Praxis in der Gutenbergstrasse gekommen und habe gedroht, sie alle anzuzeigen. Jerry sei unglaublich wütend geworden und habe sie niedergeschlagen und in die Neuenau verfrachtet. Zu dem Zeitpunkt, als ich sie gefunden und aus der Zelle rausgeholt hatte, waren ihr Herz, ihre Leber und eine ihrer Nieren bereits versteigert.

Ich war geschockt und wie paralysiert von dem, was ich gehört hatte und dem Gedanken, was um ein Haar geschehen wäre. Philipp brachte mich schliesslich dazu, darüber zu reden, und benutzte die Information, um Merian davon zu überzeugen, nicht weiter gegen mich vorzugehen. Die drohende Entlassung wurde nie mehr erwähnt. Von der Anwaltskanzlei Fitzenhagen et cetera hörte ich auch nie wieder ein Wort. Im Walmont machte das Gerücht die Runde, ich hätte einen illegalen Organhandel aufgedeckt und bei einer Schiesserei fast mein Leben verloren. Tscharya wollte Details wissen und liess sich damit ein wenig besänftigen. Ausserdem war die Diskussion um die Reorganisation um ein Jahr verschoben worden: Ein externer Berater hatte Merian empfohlen, das Projekt erst nach der Pensionierung von zwei Chefärzten anzugehen.

Die alte Frau Graf war für eine betreute Wohngemeinschaft angemeldet, wo man versuchen würde, ihren Alkoholkonsum zu reduzieren. Gegen ihre Tochter und den Schwiegersohn war Anklage wegen schwerer Körperverletzung erhoben worden. Wanner gab schliesslich zu, dass er sich mit seiner Diagnose getäuscht hatte, und entschuldigte sich bei Philipp. Die Stimmung in der Geriatrie verbesserte sich dadurch nicht, im Gegenteil. Mitte August verbrachte Philipp ein Wochenende auf dem Beatenberg. Er hatte erfahren, dass ein bekannter Cree-Heiler die Schweiz besuche und ein Retreat zur Reinigung und zum Finden der eigenen Harmonie anbiete. Ich wartete ängstlich auf Philipps Rückkehr, nicht sicher, was dieses Wochenende bei ihm auslösen würde. Er kam ruhig und zufrieden zurück. Der Hammer kam erst drei Tage später. Er habe eine Wohnung gefunden, verkündete er breit lächelnd. Als ich erwiderte, ich wolle nicht umziehen, sagte er, die Wohnung sei für ihn, nicht für uns. Ich erschrak, aber er rückte damit heraus, dass es die Wohnung der Simonetts war, die direkt unter der meinen lag, und dass sie in eine Alterssiedlung zogen. Das war die perfekte Lösung.

Dann fragte mich Philipp betont sachlich, ob ich weiter mit ihm zusammen sein wollte, auch wenn ich jetzt wusste, dass er wahrscheinlich keine Kinder zeugen konnte. Ich versuchte mir mein Leben mit Kindern vorzustellen und anschliessend ohne Kinder. Beide Imaginationen blieben vage Bilder einer Zukunft, die ich nicht kontrollieren konnte. Wer kann schon wissen, was geschehen wird, welche Entscheidungen, welche Wendungen des Schicksals Glück verheissen, welche Verzweiflung? Das Zusammenprallen der Lebenslinien von Matter, dem Wahnsinnigen, dem Gierigen, dem Monster mit dem Skalpell, und meiner Mam, das sich letztlich wegen der Frage, ob eine Kerze angezündet werden dürfe oder nicht, zu einer Katastrophe entwickelte, hatte dazu geführt, dass Mutter und ich uns endlich nahegekommen waren. Sie hatte mich in ihrer Not «Lou» genannt und ich sie «Mama».

Mit einem Mal hatte ich unbändige Lust zu leben, vom Leben überrascht zu werden. Philipp las meinen Gesichtsausdruck, umarmte und küsste mich.

***

Seit der Zeit in der Neuenau träume ich von rosa pulsierenden Wänden, die näher und näher zusammenrücken, während ich mich nicht rühren kann, und erwache nass geschwitzt und zitternd. In meinen Tagträumen spielt ein anderer Film. Zuerst sehe ich eine Frontalaufnahme des roten Porsches, dann folgt ein Zoom auf Matters von Panik verzerrtes Gesicht, als er erkennt, dass ich voll auf ihn zuhalte. Der Moment, in dem ich Vollgas gebe, erfüllt mich jedes Mal von Neuem mit einer phantastischen Mischung aus Euphorie und Genugtuung. Ich hätte nie gedacht, dass mir Auto fahren so viel Freude machen könnte.

Anmerkungen der Autorin

Das Hotel Beau-Rivage existiert an der angegebenen Adresse in Genf. Ich habe mir allerdings bei der Namensgebung der Suiten sowie bei der Idee eines Kontingents für Mitarbeitende von Hilfswerken einige schriftstellerische Freiheiten erlaubt.

Als Hintergrund für diesen Roman dienten mir zahlreiche wissenschaftliche Quellen. Die wichtigsten sind hier aufgeführt:

Barnett, W., & Saliba, M. (2011). A Free Market for Kidneys. Options, Futures, and Spot. In *The international trafficking of human organs: A multidisciplinary perspective* (S. 95–113). Taylor & Francis.

Caplan, A., Domínguez-Gil, B., Matesanz, R., & Prior, C. (2009). *Trafficking in organs, tissues and cells and trafficking in human beings for the purpose of the removal of organs.* Joint Council of Europe/United Nations study: Strasbourg.

Council of Europe (2015). *Explanatory Report to the Council of Europe Convention against Trafficking in Human Organs* (Nr. 216.).

Dalle Ave, A. L., Gardiner, D., & Shaw, D. M. (2016). Cardio-pulmonary resuscitation of brain-dead organ donors: A literature review and suggestions for practice. *Transplant International*, 29(1), 12–19.

Koller, M., Stampf, S., Rick, J., Bianco, S., Branca, S., Achermann, R., & Steiger, J., on behalf of all members of the STCS (2016*). Swiss Transplant Cohort Study report* (May 2008–December 2015).

Meyer, S. (2011). Trafficking in Human Organs in Europe. A Myth or an Actual Treat? In *The international trafficking of human organs: A multidisciplinary perspective* (S. 23–48). Taylor & Francis.

Neagle, J. (2011). China Profit$ from Prisoners. Organ Procurement and the Ethical Issue of Consent. In *The international trafficking of human organs: A multidisciplinary perspective* (S. 13–21). Taylor & Francis.

Office of the Special Representative and Co-ordinator for Combating Trafficking in Human Beings (Hrsg.) (2013). *Trafficking in human beings for the purpose of organ removal in the OSCE region: Analysis and findings.* OSCE.

Schweizerischer Ärzteverlag (August 2017). *Synapse. Schwerpunktthema: Transplantation.* Schweizerischer Ärzteverlag: Muttenz.

Territo, L., & Matteson, R. (2011). Trafficking in Body Parts. In *The international trafficking of human organs: A multidisciplinary perspective* (S. 3–11). Taylor & Francis.

Zimmermann, M., Felder, S., Streckeisen, U., & Tag, B. (2019). *Das Lebensende in der Schweiz: Individuelle und gesellschaftliche Perspektiven.* Schwabe Verlag.

Dank

Im Zusammenhang mit dem Auftrag, ein Buch über das Ende des Lebens in der Schweiz zu redigieren, habe ich einige lange Gespräche mit Prof. Dr. theol. Markus Zimmermann, Theologe und Ethiker an der Universität Fribourg, führen dürfen. Diese Gespräche und die Arbeit an dem Buch haben mich zu diesem Roman inspiriert.

Für Informationen zu den Themen assistierter Suizid und Transplantation danke ich: Prof. Dr. med. Christian Jackowski, Direktor des Instituts für Rechtsmedizin der Universität Bern, Dr. med. Carlos Quinto, Universitäres Zentrum für Hausarztmedizin beider Basel, sowie einer Intensivpflegefachperson eines universitären Transplantationszentrums, die nicht namentlich genannt werden wollte. Zur Geschichte der psychiatrischen Versorgung hat mich Johann Binder, früherer Leiter der Dienststelle Psychiatrie, Gesundheits- und Fürsorgedirektion des Kantons Bern, mit Informationen versorgt. Der Rechtsanwältin Brigit Rösli danke ich für ihre Hilfe bei rechtlichen Fragen im Zusammenhang mit dem Schreiben der Anwaltskanzlei Fitzenhagen, Fitzenhagen und Ottoboni. Für fachliche Fehler in diesem Roman trage selbstverständlich ich als Autorin die Verantwortung.

Wie immer bin ich meinen Testleserinnen und Testlesern von Herzen dankbar: Monique Lauper, Evelyne Roth, Max Spring (der als Leiche in dem Roman erscheinen wollte), Matthias Walpen, Marie-Louise Ziegler und Andrea Zumbrunn. Sie haben mir nicht nur viele entscheidende Hinweise gegeben, sondern auch Mut gemacht, diesen Roman zu Ende zu bringen: merci beaucoup!

Für ihre Unterstützung und ihr Vertrauen danke ich dem Emons Verlag und der Literaturagentin Katharina Altas. Irène

Kost, Lektorin des Romans, danke ich herzlich für ihr Mitdenken, ihre Genauigkeit und Flexibilität.

Cosima und Lea Bachmann haben mich nie im Stich gelassen, auch wenn Haushalt, Ernährung oder gemeinsames «Was-auch-Immer» unter dem Schreiben gelitten haben.

Der grösste Dank gebührt Andy Iten. Für alles!

Nicole Bachmann
ENDSTATION BERN
Broschur, 304 Seiten
ISBN 978-3-95451-388-8

Bern wird von einer Mordserie erschüttert: Die Opfer sind alle männlich, stammen aus dem Ausland und wurden nach ihrem Tod mit weisser Farbe beschmiert. Der Schauplatz der Verbrechen ist Ausserholligen, bekannt als ein sozialer Brennpunkt Berns. Ein rechter Politiker nutzt die Gunst der Stunde und schürt den Fremdenhass. Lou Beck, Epidemiologin im Privatspital Walmont, störrisch und gefährlich neugierig, stösst auf eine alte Krankheit – und einen rachsüchtigen Mörder.

«In diesem Krimi geht es so rasant zu und her, dass einem zeitweilig der Atem wegbleibt. Ein Krimi, den man nicht mehr aus der Hand legen kann.» Brigitte Schweiz

www.emons-verlag.de